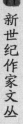

新世纪作家文丛

第六辑

化骨绵掌

马金莲 著

长江出版传媒　长江文艺出版社

图书在版编目（ＣＩＰ）数据

化骨绵掌 / 马金莲著.-- 武汉：长江文艺出版社，
2021.12
（新世纪作家文丛.第六辑）
ISBN 978-7-5702-2373-2

Ⅰ.①化… Ⅱ.①马… Ⅲ.①中篇小说－小说集－中
国－当代②短篇小说－小说集－中国－当代 Ⅳ.
①I247.7

中国版本图书馆 CIP 数据核字(2021)第 178779 号

化骨绵掌
HUAGUMIANZHANG

责任编辑：周　聪　　　　　　　　　责任校对：毛　娟
封面设计：颜森设计　　　　　　　　责任印制：邱　莉　　王光兴

出版：　长江出版传媒｜长江文艺出版社

地址：武汉市雄楚大街 268 号　　　　邮编：430070
发行：长江文艺出版社
http://www.cjlap.com
印刷：武汉市首壹印务有限公司

开本：880 毫米×1230 毫米　　1/32　　印张：9.375　　插页：2 页
版次：2021 年 12 月第 1 版　　　2021 年 12 月第 1 次印刷
字数：180 千字

定价：36.00 元

《新世纪作家文丛》编委会

"新世纪作家文丛"总序

白　烨

　　摆在读者诸君面前的,是长江文艺出版社接续着"跨世纪文丛",新推出的"新世纪作家文丛"。

　　在 20 世纪的 1992 年至 2002 年间,长江文艺出版社聘请资深文学评论家陈骏涛,主编了"跨世纪文丛",先后推出了 7 辑,出版了 67 种当代作家的作品精选集。因为编选精当、连续出书,也因为是一个在特殊时期的特殊文学行动,"跨世纪文丛"遂成为世纪之交当代文坛引人注目的重要事件。当时,主编陈骏涛在《"跨世纪文丛"缘起》中说道:"'跨世纪文丛'正是在新旧世纪之交诞生的。她将融汇 20 世纪文学,特别是 80 年代以来中国文学变异的新成果,继往开来,为开创 21 世纪中国文学的新格局,贡献出自己一份绵薄之力,她将昭示着新世纪文学的曙光!"这在当时看来实属豪言壮语的话,实际上都由后来的文学事实基本印证了。"跨世纪文丛"出满 67 本,已是 21 世纪初的头两年。《中华读书报》曾经在一篇文章中这样写道:"在新世纪的钟声即将敲响的时候,它暂时为自己画上了一个圆满的句号。这套文丛创始于 7 年以前的 1992 年,其时正值纯文学图书处于低迷时期,为了给纯文学寻求市场、为纯文学的发展探路,陈骏涛与出版家联手创办了这套旨在扶持纯文学的丛书。丛书汇聚了国内众多名家和新秀的文学创作成果,王蒙、贾平凹、莫言、梁晓声、韩少功、刘震云、余华、方方、池莉、周梅森等 59 位作家均曾以自己的名篇新作先后加入了文丛。几年来,这套丛书坚持高品位、高档次,又充分考虑到读者的阅读需求和阅读期待,为纯文学图书闯出了一个品牌。"这样的一个说法,客观允当,符合实际。

也正是自 1992 年起,在邓小平南方谈话精神的强劲指引下,国家与社会的改革开放,加大了力度,加快了步伐,社会生活真正开始以经济建设为中心,经济建设以市场秩序的确立为重心。社会生活的这种历史性演变,对于未曾接受过市场洗礼的当代文学来说,构成了极大的冲击与严峻的挑战。提高与普及的不同路向,严肃与通俗的不同取向,常常以二元对立的方式相互博弈。正是在这种日趋复杂的社会文化背景之下,以严肃文学的中青年作家为主要阵容,以他们的代表性作品为基本内容的"跨世纪文丛",就显得极为特别,格外地引人关注。究其原因,这既在于"跨世纪文丛"不仅以高规格、大规模的系列作品选本,向人们展示了当代作家坚守严肃文学理想和坚持严肃文学写作的丰硕收获,还在于"跨世纪文丛"以走近读者、贴近市场的方式,给严肃文学注入了生气、增添了活力,使得正在方兴未艾的文学图书市场没有失去应有的平衡,也给坚守严肃文学和喜欢严肃文学的人们增强了一定的自信。

大约是在 20 世纪 90 年代中期,在"跨世纪文丛"出满 5 辑之际,我曾以《"跨世纪文丛":九十年代一大文学奇观》为题,撰写了一篇书评文章。我在文章中指出:"跨世纪文丛"是张扬纯文学写作的引人举措，而且"有点也有面地反映了 80 年代以来文学发展演进的现状与走向。在纯文学日益被俗文化淹没的年代，这样一套高规格、大规模的文学选本不仅脱颖而出，而且坚持不懈地批量出书，确乎是 90 年代的一大文学景观"。我在文章的末尾还这样期望道："热切地希望'跨世纪文丛'坚持不懈地走下去，并把自己所营造的 90 年代的文学景观带入 21 世纪。"

好像是冥冥之中的一种缘分，我当年所抱以期望的事情，现在正好落在了我的身上。

因为种种原因，"跨世纪文丛"在文学进入新世纪之后，未能继续编辑和出版，因而渐渐地淡出了读者视野与图书市场。约在 2014 年岁末，在新世纪文学即将进入第十五个年头之际，长江文艺出版社决意重新启动这套大型文学丛书，并希望由我来接替因年龄和身体的原因很难承担繁重的主编事务的陈骏涛先生。无论是出于对于当代文学事业的热爱，还是出于对于长江文艺出版社的敬重，抑或是与亦师亦友的陈骏涛先生的情意，我都盛情难却，不能推辞。于是，只好挑起这副沉甸甸的重担，把陈骏涛先生和长江文艺出版社共同开创的这份重要的编辑事业继续下去。

2015 年 1 月 7 日，在北京春节图书订货会期间，长江文艺出版社借着举办《中国年度文学作品精选丛书》出版 20 周年座谈会，正式宣布启动大型重点出版项目——"新世纪作家文丛"。由此开始，我也进入了该套文丛的选题策划和作者遴选的准备工作。当时的"新浪·文化"就此报道说："面对新的文化格局、新的文学现象，出版人仍然应该'有自己的事情要做'。'跨世纪'有跨世纪的机缘，新世纪同样有着它的使命召唤。在一片喧扰之中，一大批严肃的理想主义文学者，仍然怀揣着圣洁的执著，身负着难以想象的重压蹒跚而行,出版人当然没有理由旁而观之。这正是《新世纪作家文丛》的缘起。"

经与长江文艺出版社的社长刘学明、总编尹志勇、项目负责人康志刚几位多次沟通和商议,我们大致达成了以下一些基本共识:一、新的丛书系列以"新世纪作家文丛"命名,即以此表示所选对象——作家作品的时代属性,又以此显现新的丛书与"跨世纪文丛"的内在勾连与历史渊源;二、计划在5年时间左右,推出50~60位当代实力派作家的作品精选集,每辑以8~10位作家的作品集为宜;在编选方式上,参照"跨世纪文丛"的原有体例,作品主要遴选代表作,并在作品之外酌收评论文章、创作要目等,以增强作品集的学术含量,以给读者、研究者提供读解作家作品的更多资讯。

事实上,文学在进入新世纪之后,在社会与文化的诸种因素与元素的合力推导之下,越来越表现出一种史无前例的分化与泛化,创作形态也呈现出前所少有的多元与多样。文学与文坛,较前明显地发生了结构性的巨大变异,我曾在多篇文章中把这种新的文学结构称之为"三分天下",即以文学期刊为阵地的传统型文学(严肃文学);以市场运作为手段的大众化文学(通俗文学);以网络科技为平台的新媒体文学(网络文学)。在这样一个有如经济新常态的文学新生态中,严肃文学的生存与发展,传统文学的坚守与拓进,就显得十分重要并具有非同寻常的意义。因为这一文学板块的运作情形,不只表明了严肃文学的存活状况,而且标志着严肃文学应有的艺术高度,这也在一定程度上影响和引领着整体文学的基本走向。而就在与各种通俗性的、类型化的不同观念与取向的同场竞技中,严肃文学不断突破重围,一直与时俱进;一些作家进而脱颖而出,一些作品更加彰显出来,而且同90年代时期相比,在民族性与世界性、本土性与现代性等方面，都更具新世纪的时代特点和新时代的审美风貌。即以最为显见的重要文学奖项来说，莫言获取2012年度诺贝尔文学奖的殊荣自不待说；近几届的茅盾文学奖、鲁迅文学奖，不少出自"60后"和"70后"的作家频频获奖、不断问鼎，获奖作者的年轻化使得文学奖项更显青春，文学新人们也由此显示出他们蓬勃的创造力与强劲的竞争力。这一切，都给我们的"新世纪作家文丛"的持续运作，提供了丰富不竭的资讯参照，搭建了活跃不羁的文学舞台。

我们期望，藉由这套"新世纪作家文丛"，经由众多实力派作家姹紫嫣红的创作成果，能对新世纪文学做一个以点带面的巡礼，也经由这样的多方协力的精心淘选，对新世纪文学以来的作家作品给以一定程度的"经典化"，并让这些有蕴含、有品质的作家作品，走向更多的读者，进入文学的生活，由此也对当代文学事业的繁荣与发展，乃至对社会主义精神文明建设，奉上我们的一份心力，作出自己的一份贡献。

我们将为此而不懈努力，也为此而热切期盼！

2015年8月8日于北京朝内

目 录 —— Contents

听　众

　　苏序走出镇子的时候两手空空，可以说没带一针一线，赤条条地离开了。下一个去向是到县第一中学报到，她只背着一个双肩包，里头是她全部家当，身份证毕业证离婚证等一堆用以证明她前半辈子所走人生道路的纸和塑料。纸张做瓤儿，塑料封皮儿，皮儿保护着瓤儿，一副相依为命不离不弃的模样。曾经她背着它们走进了小镇，和一个男人，以情投意合做借口，合谋办理了一张叫结婚证的本本。红色皮儿包着白纸瓤儿。然后她和那男人以这个本本做遮羞布，名正言顺地睡了五年。把彼此都睡腻了。然后她开始了半年时间的抗争，最后以净身出户做代价，把一个红色封皮的本本换成了另外一个红色封皮的本本。红色和红色有什么区别吗？苏序远远打量着新的工作环境，看到了花花绿绿的颜色。旗帜，墙绘，树木，花草，和穿长裙的女教师们。一切看上去都很美好。但是苏序的心情说不出的低落灰暗。五年前也是这样一个人走来，被分进镇中学教书，只不过那时候她心里充满了对美好的期待。现在她不想和任何人交谈，办完手续，拿到教学任务，她脚步疲惫地走进了办公室。她想她应该得了厌语症。这是她为自己发明的一个病种。讨厌说话。像厌食症患者不爱吃饭一样，她现在不爱说哪怕一句多余的话，连嘴皮都懒得动一动。

才子热烈欢迎了苏序。苏序压制着内心的吃惊，好奇地打量这个自称冯老师而被所有同事喊作才子的中年男人。她真值得像他说的那样欢迎？他和自己是亲戚？同学？还是曾经认识？苏序看了半眼，就百分百确定这人她不认识，属于前半辈子从来不曾对过眼神的物种。苏序又多看了半眼。确定这个才子是个神经病。后来苏序看到才子以同样热烈的程度欢迎每一个新来的同事，苏序就明白才子还真是不折不扣的神经病。苏序也就放下了心里留存的一丝难解。就说嘛，她知道自己没那么大魅力，还没漂亮到一见面就让一个男人拍手欢迎。苏序和才子握了手。办公室是时下流行的大开间，里头塞满了小隔断。苏序的隔断和才子的紧挨。和才子握手，不是苏序想要的，是他主动伸过来了，苏序想冷淡处理，装作没看到，或者干脆告诉他自己不擅长握手。但她实在懒得劳动唇舌，就把手懒洋洋伸了过去。办公室除了才子一个雄性，剩下的都和苏序一样，清一色女教师。女同事们目光灼灼，打量着苏序。苏序懒得跟她们开口，就装羞怯，眉眼上挂出一个淡笑，弱弱地点了一圈头，算是跟全体都打了招呼。

苏序冷的名声第一天就被定格下来。后来的日子苏序懒得去改，也就一直把冷锅背了下来。冷苏序以勤勤恳恳与人无争的状态适应了新的工作融入了新的环境。除了上课去教室，就是回来改作业，工作单调清苦，节奏一成不变。直到有一天她跟才子聊起了婚姻和家庭，算是发生了一点点变化。他们的交谈其实算不上真正的交谈，基本上是才子在诉说，苏序是听众。除了正常讲课必须开口说话之外，苏序几乎不说多余的话。才子说，苏序就点头。刚开始她点头，是出于礼貌。中间继续点头，是告诉他，自己在听，你继续絮叨吧。她懒得打断。后来她还能听，是因为不知不觉当中吧，才子这啰啰唆唆拖泥带水的倾诉，被她听进去了。大家已经适应了苏序的寡言。也早适应了才子的啰唆。才子诉说的时候，女同事们对他和他的故事没兴趣，早几年他闹离婚的时候，她们就听过八百遍了，早没味道了。她们好奇的是，一个老掉牙的故事，苏序居然能云淡风轻地听下去。要知道才子的诉说可是有他自己的独有风格的。那是能把人折磨到想吐的风格。一般人受不了。核心就是他和一个女子的一段婚恋，如何相遇，如何相爱，如何步入婚姻，如何孕育出爱的结晶，现如今又如何互相深度厌弃，恨不得对方从地球上蒸发。为什么不离呀，不是有那么一句话叫好离好散吗——这句话早在几年前就有女教师替今日的听众苏序问过了。不止一个女教师问过大意一样的问题。才子的回答千篇一律，从来都没有新意。为了儿子呀，男孩不能没有亲爸啊。答完他就一脸愁苦，五官像被人揉皱的抹布，苦兮兮挤成一团。谁还好意思再追问。再问下去，于心何忍。你会担心把他逼哭。现在儿子长大了，上高中了。个子比他爸还高大。早就到了离开亲爸完全可以活下去的年纪。现在才子还好意思拿这样的理由做借口？女同事们等着听苏序替她们问。可苏序不问。苏序始终都不问。她是这么多年来，唯一能够静静地倾听才子的婚姻故事，而始终不吭声的听众。

生活正常下来以后，苏序开始出去相亲。没人知道第一个相亲对象就是才子介绍的。苏序单身，并且离过一次的背景，只有才子知道。不是苏序告诉他的，是他自己自说自话，一边倾诉自己不幸的婚姻生活，一边对比推测出来的。才子其实不笨，也不是那种只顾着自己发泄，丝毫不顾及别人感受的人。他有时候挺善解人意的。他说爱情是有的，世界上真有爱情，真正的爱情。尽管那么多人都在嚷嚷说爱情死了，我们的时代没有真正的爱情。你说有吗？苏序你相信有真爱吗？问完他定定地望着苏序。好像他刚刚长大，还没有从清纯如水的男孩变成藏污纳垢十恶不赦的男人。男孩对世界充满期待，他坚信人间有美好存在。苏序点了点头。她懒得张嘴。她也不忍心。她不知道自己什么时候就有了不忍心。才子一开始跟苏序诉苦,是他主动提起来的。他说苏序啊,结婚了吗?婚姻,可真叫人说不清楚啊。有时候太难了。我一个大男人都觉得难,你们姑娘家,比我们男人难多了。他这些话其实也没什么内涵,也没水平。像个妇女委员会主任在极力讨好他管理的妇女们。女同事们听得撇嘴。又是那一套。又来了。没人有兴趣再听。

苏序愿意听。或者说,苏序不反对才子自说自话,不打断,不中途走开。她坚持在椅子上坐着,埋头备课,改作业,上网查资料。一会儿回头看看才子。眼神冷静,平常。女同事们观察过,那眼神里看不出更多的内容。这足以给才子带去鼓励。他就那点出息,只要没人强行打断,他就有勇气继续叨叨下去。他历数婚姻的不易。还列举几个他自己的亲身事例。苏序就在他的讲述中认识了他的老婆。一个颇有几分姿色却华而不实,天天盘算着怎么出去勾搭别的男人的女人。苏序从头到尾没问过一个问题。她只负责听。静静地倾听。才子忽然就问,苏序你恋爱过吗?苏序抬头看。苏序的眼神不再云淡风轻。有一丝波澜掠过。才子心细如发,他捕捉到了。他说哦,有过。是应该有的。不等苏序有反应,他又抛出一个问题。是刻骨铭心海誓山盟那种吗?苏序有点生气。谁允许一个大男人这么婆婆妈妈汤汤水水了!你操心点大事不好吗,比如国家领导又出于战略考虑出访哪国了。比如全球变暖对地球物种生存的威胁。苏序懒得表达自己的愤怒。她不爱多说一个字的话。才子好像绝地探险有新发现一样兴奋，抚掌含笑，说这就对了，你这样的姑娘，就应该有过刻骨铭心，有过海誓山盟。苏序有点哭笑不得。她没有点头，也没有摇头。她默认了。她发现自己其实挺虚荣的，才子的话满足了她的虚荣心。才子就是以这种退两步进一步的方式，一点一点推敲出了苏序的全部。那是苏序的秘密。秘密里有她走过的路，爱过的人，演绎过的命运。才子掌握的只是大概，像一座骨架。细枝末节，肌肉和血脉，脂肪和纤维，还有毛细血管与末梢神经，他并不知道。别看才子喜欢咋咋呼呼，其实那都是外表，苏序发现他也有守口如瓶的一面，他并没有把苏序的秘密跟同事们宣扬。他推敲出来就装在了心里。他这时候居然不是大嘴巴的人。苏序感到欣慰。也就纵容了他。才子既然知晓了一个姑娘的秘密，他就认定自己有义务为姑娘介绍一个小伙儿做对象。

小伙子长得挺好，五官端正，身体微胖，穿深蓝西服，还配了条红领带，显得狗模人样的。据说是公务员。父母也是有公职的人。这样的人，前途无量，跟了他，房子车子都有，不用为买房买车还贷款发愁。才子看办公室没人的时候，跟苏序交代了小伙子的详细信息。是他表弟。也是他姑父姑母的唯一爱子。老两口人也不错。苏序有点感动。能把亲姑舅介绍给她，可见对她的看重。苏序就回租住的房子精心把自己捯饬了一下。至少是对才子的尊重嘛。见面定在一家中档餐厅。苏序到达的时候，秘书早到了，菜也点了，他坐在椅子上等。苏序有过相亲经验。早在五年前就跟小镇上的一个派出所民警，一个小学老师，一个税务官，一个大学生村官，先后见过面。时隔五年，她可能业务生疏了。她居然有点紧张。公务员秘书，未来的领导干部，他显得很沉稳，也严肃，也亲民，亲自站起来，主动和苏序握了手。手握得很庄重，一个肥厚的肉手，捏着苏序的瘦手抖了抖。毫无逻辑地，苏序想到了从前的夫妻生活。每次事情完毕，那个在结婚证上被称为苏序配偶的男子，总要提着身子抖一抖，好像在检验是否还有库存没有淘净。苏序差点笑出声来。秘书很正规地笑了笑，说教师好啊，为人师表，教书育人。苏序不爱说话的症状顿时发作，她龇牙笑笑，算是回答。秘书好像某位发表讲话的领导，高瞻远瞩高屋建瓴的话说完，还不尽兴，还有必要再做补充，他就补充说教师挺好嘛，生活单纯，时间规律，除了上班，回家后还能做做饭，干干家务，最重要的是，能帮娃娃辅导作业，最好把娃娃带到自己学校去念书，这就能省去不少麻烦。

事后苏序得知秘书有一个女儿，正上小学一年级，秘书和老婆离异时留下了女儿。秘书之所以和一个教师见面，就是出于女儿的抚养和教育需要。苏序的心情顿时糟透了。情报也是才子提供的。才子像事后诸葛亮一样，带着神秘跟苏序讲这些。苏序心里感到了悲哀。她的悲哀是大龄离异女子的悲哀。别人考虑找她的原因，居然已经不是情感，长相，性格，或者别的参数。哪怕是色相。偏偏世人已经不拿这些来考量她。居然不光找免费的保姆，性伙伴，还想让她做家庭教师，看来到时候秘书连家教费都不用掏了。苏序愤怒。才子也愤愤的。说其实他姑妈一家人挺不好相处的，那个七岁的小公主也不好带，脾气比大人还大。她的后妈估计一般女人承担不起来。苏序深深看了眼才子。目光带霜，含意复杂。才子赶紧解释，他不是有意坑同事，他也是刚从他妈那里听到的实情。他后悔得不行，多亏苏序有主见，这事情万一真成了，他就对不起苏序。他的表情显得痛苦极了，就像苏序已经掉进坑了，水深火热地熬呢。苏序就原谅了才子。看得出来，这个男人是真心在为她的终身考虑。这样的人，对于现在的苏序来说，除了亲生父母，还真不多。

苏序的第二个相亲对象也是才子牵的线。这回不是亲戚。是同学的朋友。是做生意的。苏序对着镜子精心打扮自己。三十五岁的脸，已经经不起近距离细看。细纹，黑头，毛孔粗大，暗哑，泛黄……连头发也没有了早年的柔顺浓黑，右鬓还冒出几根白头发。苏序一根一根拔白发。才子给苏序透露了一些主要信息。四十岁，离婚两次，目前没带孩子，很有钱，县城最大的超市就是他开的。苏序开始满脑子胡思乱想，那个超市叫家家，她去过。如果真成了，她就是家家的老板娘了？她觉得像做梦。那么大的超市，老板娘得多气派呐。她忽然发现自己其实挺庸俗的，也很渴望真做成超市老板娘。做老板娘的感觉肯定无比酸爽。这班也就不用上了吧，每天起早摸黑的，睡不醒，常被学生气得想哭，有时候还要挨学生家长的骂。更担心的是，忽然哪一天，被某个变态学生拍了砖头或者捅一刀子。老师挨打，现在已经不是啥稀罕新闻。一年里总会爆发几起。常见到整个社会的神经早就脱敏了。老师自己也习惯了。

苏序此刻才发现自己有点渴望离开。再也不做人类灵魂的工程师了。以前从没考虑过，是因为压根就没有离开的能力。现在有了机会，她灵魂深处沉睡的欲望被激活了，她蠢蠢欲动了。她甚至有点看不上做教师了。以后的生活节奏会很松弛，自由，每天睡到自然醒，穿着法兰绒睡衣，走在松软的地毯上，饭菜应该有保姆来做，她对着镜子打扮自己，然后坐加长版专车去某个会所或者宾馆参加社交活动，穿着貂，拿着限量版手包，戴宝石或者翡翠首饰，喝咖啡，红酒，举着高脚杯……苏序把自己想得晕头转向。她越发觉得有必要打扮得精致点。做生意的见多识广，接触的人多，围绕他打转的女人肯定不会少，苏序不想让自己第一印象就输掉。她打了口红，擦了脂粉，还是不满意，又补了眼影和眼线，勾了唇线。临出门，还觉得欠缺，就拿起粉饼又补一层粉。她应该是美艳的。她走在路上看自己在阳光下投下的身影，身影娇小，玲珑，宛如少女。岁月蹉跎，她唯一坚守住的阵地就是，身材还在。因为没有生育，它不像大多数妇女那样变得松弛臃肿。好身材也是资本，跟脸蛋一样重要。苏序又变得信心满满了，她踩着最高的高跟鞋咯噔咯噔走进了县城的大饭店。

一切都符合苏序的想象。对有钱人的，对高档饭店的，对这次相亲的。苏序长这么大接触这些的机会很少。只参加过几个同学在酒店举办的婚礼。对有钱的大款，倒真没机会近距离见识。大学时候听说艺术系有女同学被大款包养，周末就被豪车接走。苏序和同学们远远看到过豪车，只看到车屁股后冒出的尾气。大款长啥样，她这棵校草一辈子都没机会靠近。不得不说，苏序在这方面的见识，是靠一些影视剧来补充的。有钱人，大款，老板，要么肥头大耳，挺着大肚子，戴着指头粗的金链子。要么，全身名牌，保养得当，夹着公文包，忙碌得脚不沾地，时间就是金钱。苏序被服务生带着，一路走上旋转楼梯，穿过一个个包间，最后进了其中一间。一把木头椅子上坐着一个秃顶老汉。穿一件白布褂子，老汉在喝白开水，看到苏序他笑了，说苏老师啊，你好。

房间不大，没有旋转餐桌。菜已经上桌，饭菜很简单，简单到跟这家高档饭店的名气不搭。苏序有点失望。她赶紧压制这种情绪。大简若繁。也许人家是刻意这样安排的，是为了考验她这个女人是否跟一般女人不一样，具备着不贪图钱财和不追求享受的美德。再或者，是他自己的生活本身就是这样，有钱但不奢侈，富了但不忘本，还是过着朴素简单的生活。并不是为人吝啬，舍不得为她点一桌大餐。苏序想通了，也就安之若素起来。她发现自己其实具备着演戏的天赋，只是过去从来没有机会发现而已。现在她决定发挥这个天赋。她努力设想那些在生意场上和大佬们周旋的女性。她们应该是烈焰红唇，面若娇花，能说能笑，气质和见识都不输给男人。苏序努力让自己往这样的方向靠。她不想让对方看出内心的弱，她主动伸出手，她含着得体的微笑，说你好。

等回到出租屋，苏序气得拿头撞墙。她悔恨交加。首先就不应该去跟个做生意的相亲。其次，不应该浓妆艳抹，把好好一个人打扮得跟想卖一样。再三，不应该演戏。她哪有什么演戏天赋，纯粹是脑子临时抽筋。总之她出丑了，在一个据说钱很多的老板面前。她像个笨到极点的傻子，很自以为是地做了一场表演，而人家，看了一场免费的戏。苏序越想越后悔，想找个窟窿钻进去好好凉快凉快。她下了决心，以后再找对象，绝不找任何生意人。钱再多也不考虑。因为她明白了，有钱人和她没缘。人家有钱，不代表你有钱。也不代表愿意分给你一些让你快速成为有钱人。苏序还是踏踏实实做老师吧。钱不多，但可以做自己，是自由的。不用像牲口一样，被人盘问生育能力如何？能不能保证头一胎就为他生一个儿子出来？老板应该是真心要找女人的，但不是做老婆，而是能生育的女人。说白了就是做生育工具。老板有钱，随便找个女人来生就是，他身边还愁没女人？苏序的疑问老板直接给了答案，他要找一个受过教育的，有正规职业的，贤惠的女人。从事教育专业的女人，孕育出来的孩子质量肯定不会低。

但是，老板说，丑话要说在前头，他不会给苏序什么名分的，他出钱，苏序出人，这是一次合作，大家是生意伙伴。等孩子生出来，苏序拿钱，他抱孩子，从此没有任何瓜葛，就算见了面也是陌生人。老板说这件事不急，苏老师可以慢慢考虑，有结果就打他电话。

苏序当时悄悄偷看了一下自己的肚子。她偏瘦，肚腹间几乎看不到育龄妇女该有的饱满和丰饶。有人居然惦记上她的肚子了。她哭笑不得。把自己肚子出租，为别人养一个儿子出来。这奇葩事竟然落到了自己身上。这得需要多幸运。她在心里呸自己，幸运个屁！都啥时代了，还有这恶心事找上门？她难道真的已经沦落到了这样的地步？她可是苦读书本二十年，拿着研究生学历的女性，不是那种脸蛋漂亮肚子里却一包草的花瓶。生一个儿子给别人，从此母子不能相认，儿子管别人喊爸妈，叫自己情何以堪。苏序愤怒了。等回到家她才记起一件事，那就是自己精心化的妆，那个老头根本就看都没看，他的目光只观察了苏序的身体。他一直都在忙着掂量，苏序这名高学历女性的生育能力如何吧。和生意人相亲，苏序倒是不后悔走那一趟。就当走路不小心踩上了一泡狗屎吧。也算丰富了一下人生经历。唯一不足的是自己化了浓妆。好像她有多嫁不出去，上赶着一样。跟站街女一样。有了下贱的成分在里头。这是她最不甘心的。她后悔当时没把一杯白开水端起来泼到那老头脸上。

苏序第三次相亲才子不知道，人是苏序自己碰上的。苏序一个人过，不爱生火做饭。有时候泡一碗面凑合。有时候去街头饭馆吃。这天她去吃鲜家籴面。照例要了大碗。鲜家籴面远近有名，味道好，分量也足，尤其是面结实，盐水面，卧足了时间，下锅前使劲地扯，扯出长条，有多长呢，一碗有时候也就只能盛得下一两根面。苏序好这一口。面劲道，耐嚼。先端起碗把汤汁全喝了，再一口气吃完一碗面，摸一把撑足了的肚皮，深呼吸，那个舒坦。如果在原价基础上再加钱，就能吃到加份的牛肉。和商人相亲失败后，苏序天天来这里吃籴面。籴面挺贵的，一大碗十五元。以前她觉得天天吃奢侈。现在改看法了。人生在世，无非吃喝。连饭都舍不得吃，还攒钱做啥。家家超市老板那么有钱的人，居然穿着布褂子，还吃那么清寡，是返璞归真呢还是舍不得？这问题最近常纠缠苏序。原来富人是这样的样子。要不是亲眼所见，打死她也不信。苏序告诉自己，得吃，每天一碗生籴面，偶尔多加份肉，不吃对不起自己。她忽然不再担心吃胖体型。保持这么一副比木乃伊丰满不了多少的身材的意义，她开始质疑。她也觉得委屈。说不清哪里来的委屈。尤其筷子挑着宽长的面条往嘴里送的时候，大口嚼着肉丸子的时候，莫名其妙就是委屈。这么豪壮的面条，这么洒脱的肉丸，吃着喝着难道不好，为何要去跟什么有钱人相亲，结果是在有钱人的注视下，吃他给准备的一盘清水炒洋芋丝，一盘白水煮小青菜，一盘盐水豆腐。吃得她像吞了苍蝇，现在还耿耿于怀。真不知道那老头是变态，还是极度吝啬。反正是戏耍她苏序呢。一个大龄二婚女青年，高学历有什么用，反倒成为受辱的把柄。苏序大口大口往嘴里塞面，一口气吃完了，望着空碗发呆。眼里没泪。她这几年从不落泪。就像能不说话就不说话一样，她可能也得了厌泪症。讨厌流泪。讨厌用眼泪表达内心的情绪。她一个人偷偷地冷笑。

一个人坐到了苏序对面。鲜家余面馆不大，但也有九张桌子呢，这会儿没满员，他为什么不去空桌，而是坐到了苏序面前，二不愣愣地瞅着苏序吃。苏序吃完最后一口面，放下碗发现有人在看。苏序差点一口汤吐他脸上。她当然忍住了。苏序是那种内心强悍，堪比十个大汉，但外表和行动都还相当柔弱的人。她小女人的气质是天生的。她默默咽下那口汤。细看这个男人。年龄比她还小吧。皮肤挺白，眉眼活络，长了一对小眼睛，单眼皮。笑的时候眼角比嘴角还翘得高。他笑嘻嘻看着苏序。还把屁股下的凳子往前挪挪，一张笑脸离苏序更近了。苏序看到他的眼仁黑白分明，显得一尘不染，时间还没来得及在里头添上一丝翳影。鼻子两侧有几个斑痕，应该是青春痘脱落留下的。下巴上有三道划痕。像小刀或别的锐器剐蹭留下的。当时应该不轻，至少出血了。打架斗殴挂的彩，还是爬树登高，跌了下来留的纪念。反正不是个安分孩子。苏序坐着没动，心里想的是怎么对付他。苏序从小就听话，安分守己的孩子，没有跟调皮鬼打交道的经验。两个人静静对坐。都没有说话。苏序掏出手机看。反正消磨时间的办法有的是。微信朋友圈岁月依旧，苏序对男性们的帖子一一漠视，那都属于雄性动物的范畴，一些以碎片方式携带的逻辑和理性，她没兴趣。她关注女同胞。尤其有家有室有娃有房子有车还有闲情常常晒这些的同龄女人。老公，孩子，家，照着菜单炮制出的一桌丰富的饭菜，老公送的鲜花……苏序是怀着爱恨交加的心情看这些的。她最看不惯这些女人卖弄所谓的幸福，一天到晚就知道嘚瑟，却不觉得自己有多浅薄。但是，苏序也羡慕。这个她必须承认，她其实挺羡慕这些陷在日常生活里的女人。相夫，教子，对老人孝敬，冲一杯速溶咖啡就幸福，老公送朵发蔫的玫瑰更幸福。她何尝不知道，幸福就得由这些琐碎平凡的日常组成。看得透，放不下，怕得到，又想得到。她其实一直活在矛盾当中。她越来越喜欢看家庭妇女们晒出的幸福。一边恨恨地鄙视她们俗，庸，不可救药。一边她也禁不住渴望，让自己也有机会陷入到那些庸俗里去。被庸常淹没，人才能活得更真实吧。

苏序一边看手机，一边偷偷揣摩对面的男人。她其实应该离开。她完全可以离开。他只是坐得离她近了点，这不成其为让她滞留的理由。再说他也没跟她说任何话。只是她在一厢情愿吧。她舍不得就这么走。她喜欢单眼皮男生。这个小白脸正是她喜欢的类型。她想钓他。苏序觉得自己很流氓。一个外表温婉文静的女子，道貌岸然地坐在那里，又有谁知道，她的内心里正在思谋着不可告人的秘密。她脸上还是很平静，没有春心荡漾的蛛丝马迹。逗留了二十分钟吧，她该走了。她起身，把小包拎上，钱早就付了，她转身离开。虽然穿的是粗笨肥大的坡跟软底休闲鞋，她还是装作很淑女地迈出小碎步，收腹，挺胸，该凸的让它更明显，该凹的地方就该平板一块。拿什么让小白脸侧目，她如今就这点成本，她全押了。等一等。男子说。苏序停顿了三秒。她不急于回头。又迈出两步。你手机忘了——他说。听到这话，苏序知道事情成了。鱼儿上钩了。手机是她特意下的饵。如果他对她没意思，要么装作没看到手机，要么等她走后他捡起来离开。他喊了，说明他至少不讨厌她。苏序回头，淡淡地笑着，虽然淡，但是她知道，这是自己最迷人的状态。她能拼上的，也只有这些家底儿了。

有些事苏序一开始就知道，比如小白脸对她，压根就没多少真情，只是想玩玩，他也许是这段时间感情空档，恰好让她撞上了，既然是送上门的，他又有老少通吃的胃口，便临时跟她玩几天。他们长久不了。尽管苏序很渴望长久。但她不是白痴，毕竟是受过高等教育的脑子，有时候就算自己在极力地骗着自己，但真相早就摆在那里，她是当事人，她看得比谁都明白。苏序还知道，她看破了，不说破，不撤退，她像个背着炸药包的斗士，明知道敌人早就察觉，她还是要扑上去，她傻乎乎地全心全意地往上冲，明知道结局可能是粉身碎骨，她还是要睁着眼睛往上扑。如果可能，她是愿意嫁给小白脸的。这是她发自内心喜欢的类型。苏序从此变得忙碌起来，只要没课就溜出去和小白脸约会。小白脸有的是时间，基本上随叫随到。约会的地方总是在饭馆，街头小饭馆，二楼的中型餐馆，县城的大饭店，都去过。去哪里看小白脸的兴致。他想去哪里，就会在哪里等苏序。苏序是风筝，他是牵线的手。小白脸倒是不贪恋苏序本人。色相，身体，他都没有过分的要求。他贪吃，贪喝。每次约会就是吃饭。吃什么他懂，县城马家的手抓羊肉地道，李府的豆腐好，张氏的面好，白家的牛肉劲道……小白脸每次吃饭，还要喝几口。啤酒，白酒，红酒，反正都得有一样。吃喝的花费都是苏序出。一开始就是苏序在掏钱。有了第一次，后面就成了习惯。后来苏序回想他们的恋爱经过，发现吃了那么多次饭，小白脸就从来没有主动付过费，连表示一下都没有。他心安理得地吃喝着。苏序被一种耻辱感充斥。她倒不心疼钱，钱花出去可以再挣，她担心自己的愚蠢被小白脸宣扬出去。小白脸和下一个女友亲热的时候，肯定会把骗她吃喝的事当笑话讲出来。这才是她作为女人最不愿意被人知道的。

苏序和小白脸好了半年。算是一段比较长的恋情。如果小白脸不消失，苏序还会让他骗下去。她明知道是骗局，却心甘情愿让他骗下去。那只是一个暂时被家人断了经济来源从而利用本身色相骗吃骗喝的纨绔。可她偏偏就喜欢那种纨绔气息。所以她沉浸在一个噩梦里，迟迟不想醒来。直到梦境自己消失。她被赤条条晒在阳光之下。她遍体鳞伤。死相丑陋。学校里没人知道真相。大家只知道她在恋爱，在频频约会。关系最后破裂，只能说明两个人不合适。苏序不需要给谁解释。苏序要过的是自己的内心。那里筑起了一道坎，她要跪着翻过去。哪怕是血肉模糊，也得爬过去。静养的日子里，苏序常常想起和小白脸交往的片段。他一边吃着某家饭馆的拿手菜，一边侃侃而谈，或批评不足，或夸赞成功，他谈笑风生，神采飞扬。丝毫不觉得吃软饭有多不光彩。她鄙视他的无耻。要不是亲身经历，她真不能相信世上有这样的男人。拉手的时候她试过，他是有骨头的，明明有骨头啊，为什么就那么软骨头呢。她又舍不得他的软。带着痞气的那种软。与这种软相伴而生的，就是柔。柔情、温柔，对女人处处顺从，有足够的耐心，随时能摸透女人的心思。好像花痴在呵护一朵花。花的娇艳、柔弱、善感、多愁，一皱眉，一眨眼，他都能注意到，都能给予照顾。这正是让苏序忘不了的。她留恋这种感受。她享受这种感受。女人是水，男人要是也做了水，那女人就会死心塌地把自己投入，粉身碎骨都不后悔。可小白脸连这样的机会都不给苏序，他有了新女友就玩消失了。苏序反思了整整五周，人，瘦了一圈；心，却放下了，就当一本盗版书吧，她翻页了。

　　第四个男人还是才子牵线。跟苏序一样，也是研究生。才子高兴得不行，好像要去跟研究生相亲的人是他自己，他说研究生啊，高才生，可算给你找了个对口的，这回保准跑都跑不了——他喜滋滋的，好像终于从县城的男人堆里给苏序挖到了一块宝。苏序笑了。不是为研究生的高学历笑，她被才子的憨逗乐了。苏序吸取了上上回的经验。没化任何妆，素着一张清水素脸去见面。既然是高学历，自然有着和高学历相配的欣赏水平。她相信研究生肯定很反感一个相亲的女性把自己用各种化妆品涂抹得难见原形。研究生的认知层次，一般人达不到。他和她的相见，虽然是初次，但也应该是繁华剥尽，赤诚相对。

研究生把苏序打量了三眼。苏序记得清清楚楚。三眼。整体一眼。上一眼。下一眼。三步走程序完成，研究生就低头吹咖啡去了。他们在县城最好的咖啡屋见面。来之前苏序心里给研究生拍了掌，果然不是凡人，比那些没文化的暴发户和土包子都强。咖啡屋才是最适合约会的地方。有情调。慢慢品着咖啡，听着轻柔舒缓的音乐，人生不美好都没道理啊。说实话苏序这辈子没进过几次咖啡屋。大学时候想去，花不起那钱。工作后想去，一个人没意思。如果和研究生有戏，那就以后隔三岔五地来这里坐坐，让时光慢下来，让生活的枯燥和乏味都见鬼去，美好心情都是自己创造的。研究生给苏序点了一杯咖啡。可能咖啡需要现磨，所以苏序落座后，他们共同等待了有十分钟。这十分钟里男研究生没说话。男的不说，女研究生更不好意思打破沉默。苏序的厌语症还没愈合。但是她觉得应该说点什么的，她也忽然想要说点什么。难道男研究生还不好意思，羞于开口？苏序认定男研究生是个羞怯内向的人。这推断让她对他有了更多好感。跟她一样，就知道一路埋头读书，读了一肚子书，却忽略了青春正好时期该做的事。所以至今还是个处子之身也说不定呢。苏序想得走了神。服务生端着咖啡上来。苏序刚拿起小勺子徐徐搅动冒热气的咖啡，男研究生站了起来，他给苏序微微点头，说咱们 AA 制吧，我的咖啡买过单了。然后他大步离去。

苏序坐着没动。她慢慢地搅着勺子，看热气在杯口一丝一丝散去，抽丝剥茧就是这样的过程吧。千刀万剐的凌迟酷刑也是这样的过程吧。咖啡在她的搅动下慢慢凉下去。直到凉透了，她端起杯一口气灌了下去。很苦。苦味满嘴弥散。入胃，入骨，入心。人生之苦，莫过于此情此景此味啊。苏序掏了咖啡钱，贵得要命，足够她吃三四顿鲜家氽面。她发誓这辈子再不来这种鬼地方糟蹋钱。

失败之后，苏序反思自己，结论是，这次她败在再次按常理出牌。在生意人那里吃了亏，她就应该吸取教训。可她再次踏进了同一条河流。她按照内心固有的常识，认定商人就一定好浓妆艳抹风情万种那一口，而作为知识分子的研究生，就注定要喜欢清汤寡水素面朝天的款型。现实再次道破了她个人认知的狭隘。后来她就想明白了，研究生跟她一样，读书读了一二十年，早就把肠肠肚肚五脏六腑读得清水衙门一样，现在最需要的是什么，是一碗油腻的肥肉，可苏序给他上的是清炒白菜——想想都有些后怕，多亏没成，真要交往下去，两个肚子里都塞满了书的研究生，在一起说什么呢，一个说春花秋月何时了，一个说凄凄惨惨戚戚，一个说众里寻他千百度，一个说巴山夜雨涨秋池……连打出的哈欠，发出的鼾声，放出的屁，都会带着陈腐的书卷味吧。苏序原谅了研究生的俗。其实她何尝不是，在生意人面前，她骨子里深埋的俗，不就被扒得连根儿也露出来了吗。推己及人，问题就不再是问题，苏序原谅了自己。研究生也是一本书，她轻松翻过了这一页。

谈论相亲对象成为苏序和才子的共同话题。没留意是谁先开的头。反正他们都从里头获得了乐趣。他们很快就发现这是一件很有意思的事。能让他们两个人都很愉快。谈论还是由才子进行，他一句一句地说，苏序只负责笑，微笑，轻笑，淡笑，冷笑，无声地抿嘴一笑，或者眉眼一展，五官莞尔。

苏序不会考虑和一个教师相亲的。这一点才子知道。才子表面呆，骨子里不傻，有时候还挺聪明的。他一边讲述自己婚姻里的琐事，一边和苏序交流。苏序还是老样子，能不说话就不开口，至多拿眼睛看看，眼神里变换着丰富的内容。才子适应了这样的交流方式。他自说自话，自问自答，就能从苏序的嘴里得出他想知道的。苏序的前夫就是教师。苏序自己也是教师，所以她第二次婚姻不想再是同行。熟悉无风景，同行太熟悉了。

但是有那么一天，苏序又要相亲了，对方是个姓侯的教师。和苏序就在同一所学校。也是才子介绍过来的。之所以介绍一个同行，是才子实在找不到更好的男人给苏序。但相亲还得继续。这已经成为他们之间最有意思的一件事。他们乐此不疲地往下演绎。每次都是才子先给苏序介绍基本情况，把那个男人描述得天下无双，然后怂恿苏序去见面。苏序去了。很快带回结果。结果苏序不说，还是才子追问，一边问，一边看眼神猜测，很快那个相亲对象就被才子描摹出来。其实是才子和苏序共同制造出了一个人。这个人已经远远偏离了真实的被相亲对象。

还行吧？才子会这么问。

苏序闪一下眼皮。

四肢和五官，都全乎着哩？才子又问。

苏序眼眸清澈。

我就说嘛，我打听了，确实不错，不好的话我亲戚他也不敢随便拿来糊弄我吧？

苏序眼波流转。

那为啥不成？看不上人家哪点？

苏序忽然看才子。

才子不躲。

两个人眼睛看眼睛。

嘴歪了？眼斜了？没耳朵碗儿？还是氟斑牙？还是有狐臭……才子一口气问一串。不给苏序喘息的机会。问完定定看着，等苏序答案。

有同事在办公室，听得一头雾水。望着交流的那一对男女看看，看不出任何端倪。只有才子在笑嘻嘻说话。人苏序在备课。女同事们就骂才子神经病。才子不跟她们计较。这些年才子也习惯了被骂神经病。不是一路人，没法交流，他拒绝交流。沉默片刻，苏序看才子，苏序的眼睛里荡漾着笑。那是调皮的，促狭的，坏坏的笑。才子跟着大笑。才子说好啊，看不上正常，看上了才不正常呢，他们算啥鸟人。听他的口气，那些他费尽心思到处挖掘介绍的鸟人，就是给苏序开胃的，他早就知道苏序不会看上的。

跟侯老师相亲，才子陪着苏序去的。这次相亲的方式特别，去侯老师家吃饭。一路七拐八弯串了好几条胡同，最后在县体育馆后面的几栋小楼跟前停步。苏序好奇，左看右看，发现眼前的小楼又矮又老，用老式红砖头盖起来的。侯老师带大家上楼，楼道又黑又脏，一股味道扑鼻。苏序暗皱眉头，这应该是很多年前的老式楼了，走在这里，感觉像走进了老式电视剧，要不是亲自来她根本不知道县城还藏着这种建筑。侯老师打开家门，苏序闻到了一股更浓的气味。当然不是好气味。也说不上臭，好像是好多不明确的东西，压在暗处，慢慢地就被时光沤出了一股具有强大粘合力量的味道。

侯老师进门把苏序和才子安顿在沙发上，他自己系上围裙，奔进厨房忙起来。想不到他厨艺真好，很快一桌菜就上桌了，冷的热的，红的白的，酸的辣的，软的硬的。八菜一汤摆好了，才子不等主人上桌，夹一筷子往嘴里塞，尝完给苏序竖大拇指头，说你的好运来了，跟了他，后半辈子都是好日子，看到了吗，手艺这么好，咱县城的男人里头绝对没有第二个，嫁过来你就天天等着吃现成的，做一个十指不沾阳春水的精致女人吧。苏序拿眼睛瞪才子。才子怕被这样的目光杀死，赶紧再夹一筷子菜把自己破嘴堵上。

苏序眼神是狠，说到底心里还是起了波澜。她打量这个老旧的家，结婚的话自然不能在这里，婚后也不想在这里生活，得先和侯老师合计买一套新房吧，他如果经济困难，她可以贷公积金。既然真心嫁，就要付出，她愿意付出。只要真能像才子说的，婚后顿顿有人做饭，她就赚大发了，她最不愿意进厨房了，至今不是泡面就是下馆子，此刻面对一桌热腾腾香喷喷的饭菜，她才忽然明白，她迫切需要一份长期溺爱自己肠胃的呵护。她有点渴望嫁给这个教师同事了。

侯老师还在厨房忙碌，当当当切面条，下进热气腾腾的锅里。才子远远瞅见，说算了啊，这么丰富了，还做啥面？吃不下那么多！主人端一大碗面条出来，却不摆桌子上，转身进了卧室。难道他偷吃？才子给苏序嘀咕。苏序狠狠挖他一眼。眼神的意思是你不多嘴能死啊。才子委屈，努嘴，那他端一碗饭做啥？还躲起来了！苏序起身，慢慢靠近卧室。卧室门半开着，苏序看到一张床的床尾。床上的人看不到。屋里有人在吃饭，窸窸窣窣地响。苏序抽鼻子，她确定难闻的气味就是这屋里发出的。什么情况，能成为这种要命的气味源？

门全开了，侯老师一脸平静地迎接。看来他早就知道两位客人在门外窥探。来不及尴尬，苏序和才子看到了床的全貌和床上的人。是一个女人。才子瞅了半天，愣愣地问，咋是你哩，你们不是早离了吗，咋还在侯老师家？女人抹着眼睛摇头，说离了离了，我们现在没瓜葛，不连累他再找人儿。才子看侯老师，才子的眼里有了刀光剑影，他恨不能剐了侯老师。耍猴儿哩！他出了卧室，一屁股跌在沙发上，给侯老师瞪眼。侯老师苦笑着解释，真离了，离了她却出事了，瘫痪了，没人管，我就拉来照顾，我总不能看着她去死吧。说完看苏序，你放心，不会委屈你的，你进了门就是我正儿八经的老婆，有名有分，我们办结婚证！你就当她不存在，只要每顿饭给她送一碗就成，屎尿洗刷有我呢，不用你伺候。

苏序给才子使眼色，才子这回不笨，跟上就走。侯老师的八个菜还在桌子上摆着。小跑出筒子楼，苏序大口呼吸，她知道臭味的来源了，侯老师瘫痪的妻子，她水火不能下地。才子愤愤的，骂侯老师不厚道，事先瞒得密不透风，大家都知道他是离了的。谁知道他能养着一个瘫的，还想娶一个活蹦乱跳的，他以为他谁啊，帝王还是将相，这是要三宫六院吗?! 苏序明白才子这是在给她演戏。情报不准，差点把苏序害了，要不是人侯老师事先没隐瞒，等苏序和他真的拴到了一条绳子上，再去发现事实，那就迟到姥姥家去了。才子怕苏序收拾自己，就用语言把侯老师大卸八块，以此来洗脱自己。苏序给才子笑，笑容冷热交替，闪烁着冰渣子，也有火星子。才子没见过这样的笑，他心虚，说我真不是有意的，我真的只是想让你嫁出去。苏序用左手抱着右胳膊，冷了在取暖一样，说走吧，常在江湖飘，偶尔挨上一刀两刀，不是很正常吗。这是苏序今天跟才子说的最长的一句话。

给苏序成功地介绍一个对象，让苏序天天约会，谈情说爱，成为才子最大的心愿。他对这件事上瘾了，为这个心愿不停地努力着。他跟自己杠上了。不把这件事办成，他就不能安心。让苏序嫁人，过大多数女人都在过的日子，才子为这个愁得两鬓白发都遮不住了。苏序不在办公室的时候。他向女同事们求助。在你们的亲戚，朋友，同学当中找一个知根知底的，人品不坏的单身男人给苏序吧，她都要四十了，再不嫁就老了。没有是吧？身边没有，我们可以想办法挖掘啊，七大姑八大姨都有吧，发动她们帮忙啊，总有一个合适的吧？苏序为人咋样，大家都清楚啊，我们一个办公室朝夕相处，早知根知底了，多好的一个姑娘，还是高学历研究生呢，都是念书把人给耽搁了，求学误终身啊……女同事们哭笑不得。有人在心里骂神经病。一对神经病，都病得不轻。苏序还叫好姑娘？冷成了一坨铁。大概是性冷淡吧。也已经不是姑娘了。连老姑娘也算不上。虽然如今的姑娘和妇人大多数是没区别的，姑娘喜欢过早把自己变成妇人。苏序这个年纪，就算不是姑娘也没什么，她也没义务至今还让自己做姑娘。问题是姑娘这称呼从才子嘴里说了出来。从苏序自己嘴里出来都可以谅解。从才子嘴里出来就成了不能被谅解的事。姑娘，姑娘——听听，那口气，那神态，那叫人越回味越起鸡皮疙瘩的样子，真是让人莫名地来气。好像哪里出问题了。问题是明确的。苏序是才子什么人呀，不是什么人都不是吗，苏序来之前，他们从来都不认识。如果认识，第一次见面的时候，才子就不会那么夸张地欢迎了。才子只有跟生人才放得开。才子认识苏序的时间，不比办公室所有女同事早。凭什么才子他现在要用这种口气跟人说苏序。好像苏序大家都不认识，只是他一个人的同事。所以才子可以关心苏序。就他一个人是热心人。其余八九位女同事反倒不如一个男同事。才子的热心肠没让女同事们感动，相反，她们觉得硌硬。一种说不清为什么而硌硬的硌硬。谁要应才子的要求，把苏序姑娘介绍给自己熟人，不等于在祸害熟人吗。所以才子的央求没人当真。女同事的七大姑八大姨都没有适合的男人给苏序相亲用。最后还得才子费心亲自张罗。

教师同事介绍失败后，又一个暑假来了，学校放学，苏序回老家了。等开学后，才子没来。苏序照样埋头忙工作，从来没问过同事们，才子为啥迟迟不见人。女同事们嘴里藏不住话，三五天后消息就七拐八弯地传进校园，成为办公室公开的秘密。才子被老婆甩了。离婚了。这回是真格的。过去十几年里,一直处于拉锯状态,老婆闹腾归闹腾,才子死活不离,一张纸把两个人牵绊着,当然,还有孩子。今年孩子考上大学,走了。两个人之间的那层胶没了,那张纸也就彻底失去了约束力,老婆亲手撕碎了。据说才子哭得死去活来。如丧考妣啊——,初一语文老师转述初三一位语文老师的评语。如丧考妣,苏序回味这句话。用到这里当然全是讽刺意味。苏序不参与评论,她只默默地听。又过了一周,有新消息在办公室传播。还真是个情圣啊,听说差点这样了——议论的人伸手在自己脖子里比画。最后可能后悔了,从一摊血里爬起来给110打了电话。角落里低头忙碌的苏序,忽然合上学生作业本,转身跑出了办公室。

才子一个月后来上班了。看样子身体康复了,脖子里落下一个刀疤,不过他特意给领口搭了条羊绒带子,带子图案是花格子,和夹克外套搭一起挺般配,不但遮挡了伤痕,还为才子增添了一股儒雅的气息,让他更像个饱学之士了。其实那带子是苏序买来让才子搭配的。半死不活的才子看来确实伤得不轻,皮肉伤只是外表,真正的痛在暗处。苏序装作看不见,也感觉不到,苏序把才子从床上揪起来,眼睛看着眼睛。苏序的眼睛还是那么安静,才子的眼睛是死鱼肚子。才子说苏序你不要管我,我活着没意思,让我死。苏序扑哧一笑。问你老婆死了没有?才子愣怔,老老实实回答,没有,她活得好着呢,离了我更自由了。苏序说那你还要死,给谁殉葬?才子陷入沉思。这个问题确实尖锐。他发现苏序问到了本质。他只满脑子想着要死，死给别人看，死给世界看。苏序这一问，他忽然豁然开朗，是啊，人家好好活着，我用死给谁殉葬？殉情总得有个对象吧。不然闹到最后就是一个无着无落的大笑话。

才子从枕上爬起来，盯住苏序的脸看。苏序摸脸，冷冷地说人家脸上有花？才子说没花，但是，但是……他不敢往下说，怕苏序忽然再冷下去。这几年和苏序打交道，其实都是他缠着她，他习惯了她的冷脸，也知道有些玩笑不能随便跟她开。苏序把围巾放到床头，说别死，快好起来吧，我还等着你给我介绍对象呢，没有你我两个月都没相亲了，过完这个春天我就四十了，无论如何我希望赶在四十岁前嫁出去。才子傻眼了。苏序从来不会跟人开这样的玩笑。那就不是玩笑了。才子鼻腔陡然酸楚，还别说，是有一点感动。这是变着法让他活下去呢。他何尝不明白。他恍然大悟似的，拍自己脑门，说对啊，还真不能急着死，革命尚未成功，你我还需努力啊。

才子康复上班后，第一件事还真就是继续为苏序介绍对象。苏序也有趣，才子介绍，她就去。等春尽夏来秋又至，她过了四十岁门槛，还是没找到可嫁的人。这期间前后见了三个男人，有跑大车的司机，卖牛肉的屠夫，刻墓碑的石匠。这些男人的质量，用才子的话来说，草袋换麻袋，一代不如一代了。苏序不嫌弃，才子牵线她就去。等苏序相亲回来，他们两个人之间就会有一场讨论。围绕着苏序所见的相亲对象展开。还是才子问，苏序答。苏序依旧不肯多用语言表达。好在才子已能自如地解读苏序。一个眼神，一抹浅笑，一声咳嗽，加偶尔才说的一半句话语。

那肉贩子咋样?

不咋样，屠夫而已。

人长得不错啊，据说心肠好，知道疼女人。

心肠是好，跟我保证了，说婚后让我天天吃不注水的真牛肉。

那好啊，你一辈子有口福了。

喊，想让我胖死啊。

两个人一起笑。才子哈哈大笑。苏序抿嘴莞尔。同事们莫名其妙，左看右看，实在看不出有啥好笑之处。过段时间，画风依旧，对话内容稍有变化。

那司机咋样?

不咋样，长年累月在车上睡觉，除了这个没啥特别的。

听说收入很不错，比我们穷教书的富多了。

他说，跟了他以后可以随时跟车出游，他带我免费游遍全中国。

那就定下来吧，错过了可惜。

出游的时候要在车里吃，车里睡，吃的大多是方便面，你想让我吃一肚子防腐剂，最后变成木乃伊。

两个人又笑了起来。

神经病！女同事们悄悄议论。

才子和苏序的游戏依旧在进行。再过两个月，他们的对话再次上演。

见过了，那个丧葬服务铺老板咋样？

啥老板，就一刻墓碑的石匠，一身死人气味。

他是老婆不孕才离的，没有拖油瓶，年龄还跟你相当，这样的钻石王老五，上哪儿找去啊。

确实难找，是憨厚人，已经跟我说了，以后我亲戚朋友包括我自己，只要死了人，墓碑他包圆，打八五折。

空气骤然停滞。才子看苏序的眼睛。苏序眼神里有刀光，也有血影。才子不敢笑。现在笑，等于找死，他没勇气踩雷。为这事，苏序不再理睬才子。她报了一个培训班，外出学习一个月。临走跟办公室每个人含笑告别，唯独漏了才子。才子在她眼里成了空气。

一个月后有人给才子介绍对象。才子去了。戴着格子围巾。脖子里的伤痕早就好了，但戴围巾成了一个习惯，他没法改。只要取了围巾，脖子里就会空荡荡的，好像身体的一部分被挖掉了。相亲地点是女方定的，在鲜家余面馆。才子一边走，一边咧着嘴笑。等进了面馆，苏序已经占了桌，面上来了，苏序还是要的大碗，加了肉。她埋下头吃，一口一个丸子，一口一大嘴汤。汤喝干了，肉吃完了，才扯起裤带一样的面条吃，就看她一口一口咬着，吃了好半天，那根面条就是吃不到尽头。才子坐下，拿一双筷子，伸过去夹，扯断了苏序的面，他往自己嘴里喂。吃完了面条，打量碗里，他笑了。

姑娘真有意思，吃面先喝汤，还是大碗，女人里头少见。

苏序浅浅地笑。

没吓着吧，曾经，我这吃相吓跑过不少人，也吸引过一个小白脸儿，原以为他确实不计小节，是真心喜欢我，谁知道是个骗吃骗喝的小纨绔。你说，世上的男人千千万，为什么想找一个合适的就那么难？

这是才子认识苏序以来，听她一口气说话最多的时候。才子不再耍贫嘴，在对面看着苏序。他们之间隔着一张桌子。这不妨碍他用目光罩住苏序。苏序把筷子放在空碗上，正式抬头看对面的男人。男人的目光被逮住了，像蜘蛛撞上了网。他想逃，可浑身没劲，他挣不脱。干脆不挣了，举手投降。面上来了，一大碗，肉丸子齐刷刷摆在最上头，撒了绿的香菜末，浇了红辣椒油，色香味俱全，这就是鲜家氽面远近闻名的原因，好看，好闻，更好吃。苏序把碗推到才子面前，问，这一大碗，你敢不敢吃？才子点头。不后悔？才子又点头。要你后半辈子天天吃呢，也不后悔？才子一脸严肃，还是点头。苏序落下泪来，说众里寻找，千度复百度，比唐僧西天取经还难，九九八十一难啊，好在你一直都在，如今我的苦难满了。她的筷子插进碗里，扯过才子的面条埋头吃起来。才子不松手，扯着面条另一端也吃。多亏鲜家氽面长且劲道，居然没有扯断。两个人的脑袋被一根面条紧紧拴在一起。

原发《北京文学》2020 年 9 期，选载《小说月报》2020 年 10 期，《作品与争鸣》2020 年 12 期。

榆　碑

1

　　那棵老树有多老呢？没人说得清楚。开发商派人来找老董。老董三年前就到太阳花园西大门做保安了。是个混得不怎么样的老保安。要不是如今保安普遍老龄化的现状所致，一样的工资招不到年轻点的，老董不一定有机会做太阳花园西大门的保安。所以老董挺知足的，每天坐在西门入口的玻璃房里，迎接一辆辆汽车驶入太阳花园。每辆车都要被电子仪器识别一下，像对暗号。对上了，说明它就是太阳花园住户的车，电子仪器会显示，会说话，说三期地库固定车，欢迎回家。对不上，对不起，就算你是天王老子，一根白色挡杆胳膊一样横着就是不给你抬起来。有些人暗号对不上，但还是要进去，这时候老董就得出面。从玻璃房里出来，问啥事。如果是拉着装修材料进去装修的，就可以放行，如果是走亲戚串门子的，还有出租车，一律免谈。每当是后者，老董就挺得意的，来人恳求也罢，漫骂也罢，讲理也罢，反正都得退出去。老董就是这西大门的一把手，掌握着一种权利。当然，这个一把手是老董给自己封的，心里天天都偷偷喊。也没什么实际的好处，每个月领的钱还是那么多，没人会说他把门把得好，就能涨工资。还有人当面骂他把门狗哩。

老董被人喊了去。几个衣冠楚楚的头头——老董他们也有自己的保安圈，大家没事凑在一起发发牢骚，骂骂娘。发牢骚是因为谁谁又挨了头头欺负。骂的是谁的娘不确定，大概是一个没人疼的娘吧，谁心里气不顺了骂骂都可以。圈里大家把管他们的人一律喊头头，包括开发商、物业公司、保安公司、业主等，只要是能对他们发号施令的，他们都叫成头头。头头在他们看来是一个外延模糊到无限大的称谓，却能放到哪里都不至于得罪人。

你就是老董啊。一个头头迎头问，同时拿目光扫老董。在这目光里老董不由得矮下去。心里在打鼓，赶紧想他最近的工作哪里出了差错，难道要开除他？老董最怕的就是忽然一天被开除，丢了这份工作。他现在丢不起。这份工作他很看重，儿子大学毕业了，还没工作，今天在这里干，明天又去另一个地方干，说是找工作，其实跟民工没啥区别，谈了个对象，人住到一起了，就等着结婚呢，儿子心气高，也懂事，说他们自己挣钱结婚，再挣钱买房，没逼着老人掏钱。老董心里还是重得不行，觉得仅仅把儿子供养念了大学还不够，买房结婚这些大事面前他咋说也应该掏些钱，不能掏多，掏少也是可以的。他当保安的工资除去生活必需的费用，其余都攒下来了，等儿子用大钱的那天，他一下子拿出个万儿八千的，那才配给娃当老子呢。说到底老董也是有心气的人。老了老了，老董才发现人活在这世上，光有心气是不成的，还得有别的，比如钱。没钱你没啥撑腰杆子，腰杆子就软塌塌的，撑不硬。硬气了一辈子的老董活到今天的岁数，在钱面前塌下了腰杆子，一个月一千五百元工资，也不算苦，这份工作对他，对他的儿子，都挺重要的。再说在这里工作，他心里还有另外一层东西，那是一种情感，对这片高楼立足的土地，被这片小区取代的曾经的记忆，他都怀着一种别人难以知道的不舍和深深的怀念。如果换一个别的小区，每个月也给他一千五百元请他去做保安，也是每天坐在玻璃房里开门关门，做一个把门狗，他不愿意，他更情愿就在太阳花园。对钱的看重，对这一片土地的难舍，都成了他的软肋。有软肋的人就免不了总要担心忽然就会有人来捅他的软肋。

头头模样的男人似乎只用潦草儿眼就确定了什么，把眼前这个人看透了，看透了就有了底气，很笃定地笑笑，说你是这儿的旧人啊。

如果老董是个女人，肯定要被旧人这词儿戳伤一下。历来只见新人笑，有谁听到旧人哭，后宫里的帝王最喜欢新人了，娇嫩新鲜，花团锦簇，看着养眼，闻着都香，所以那皇宫里就一波一波地选妃子选秀女，新人进去了，就意味着一波一波的旧人被厌弃被淘汰，就有了那些女人之间的明争暗斗打打杀杀。有个流行词叫宫斗。老董爱看宫斗剧。坐在玻璃房里看车的同时，也一心二用忙里偷闲看看手机里播放的宫斗剧，他下载了一个影视大全，啥都能搜索免费播放出来。

　　老董不是后宫女人，旧人这一称谓对老董没杀伤力，相反他有些欢喜，赶紧点头，说是旧人是旧人。对于太阳花园坐落的这片土地，他是最旧的旧人。他知道它的前世今生。别看它现在豪华得像北京上海一样，牛轰轰的，听说房价爬到了全城最高的位置，像宫斗中斗败了所有女人的皇后，高高地蹲在一人之下万人之上，但老董知道它从前的出身，说白了就是一片荒凉的盐碱地。其实在他内心深处，他是很希望太阳花园的今人，包括住户、物业、建筑商等，如今每天围着这个小区进进出出，直接或者间接发生关联的人，都能知道一下太阳花园的前身。知道了有什么用呢，他想不了那么多，也许根本就没啥用，只不过是一片贫瘠的盐碱地，种啥庄稼都不好好长，只长一些盐碱地里能存活的低贱草木，在这里讨生活的人家就不多，稀稀拉拉住了一些，日子过得贫寒，有一些受不了穷中途搬走了，剩下的不咸不淡地活着，直到新城区忽然往这边规划，这里也被圈进了一个新规划的大盘子。一夜之间，曾经贫贱出名的盐碱地就这么成了拆迁地，留守在这里的乡亲们算是发了点小财。想起那些老董心里不是滋味，和老董一样拿了拆迁费四处流散的乡亲，后来打听到太阳花园的房价，心里都很不是滋味。反差太大，他们后悔当初那么轻易让开发商拿低价做了拆迁，连反抗都没有过。如今看着盐碱地消失，完全变成了现代化的楼盘，老董经常有种在梦里行走的错觉。好在老董看得开，以祖辈流传的小农思维平衡了内心。就当命里没有吧，命里有时终须有，命里没有跑断肠。老董只想待在这片老地界上，看看眼前的发展，再回想曾经的村庄，再抓住一切机会给愿意听的人讲讲老盐碱地的过往，算是用这样的努力为一座村庄做了祭奠。同时老董的私心是，希望大家能看在他是这地面的旧人的分上，能看重他一点，至少让他保住手里这碗饭，多吃上几年。

难道头头是想打听盐碱地的往昔？老董心有些热，这些年都是给保安同行，还有住户里几个闲得无聊的老头儿老太太讲太阳花园的从前，讲了也没啥用，人家听了也就听了，一个耳朵进去另一个耳朵出去了，没人放在心上当回事。难得有头头来了，那就说给头头听，也许能产生一点什么好的结果呢，是什么结果，他还没有想到，总归是好的吧。老董就赶紧点头，说是啊是啊，我打能记事起就在大滩地里撒欢了，那时节没鞋穿，天天光着脚，其实在沙子窝里光脚挺舒服的，还有按摩作用哩，就是有乱刺的地方不太好，扎得疼着哩，我动不动就扎出满脚脖子的泡——老董注意到头头的脸有一点奇怪，被什么扭住了不放一样，有些痛苦，正在极力忍受痛苦。老董意识到自己话多了，也偏了，好像……不是头头想听的。

头头可能终于把眼前这个老年保安琢磨得差不多了，咳嗽一声，说西大门要挪了知道吗？

老董的心咚跳了一下。感觉自己被人推了一把，这一把不轻也不重，感觉不出要把他推到更好的地方，还是推进不幸的境地。他有些傻，就傻乎乎给头头笑笑，头不由得点了一下。其实消息他早一步知道了。目前上头没有正式给他们通知，他是从老安那里听来的，算是小道消息。小道消息也就只能在私底下嘀嘀咕咕地传播，是万万不能拿到阳光下来说的。这几年的保安工作，教会了他许多大半辈子都不知道的东西，也明白了小道消息的厉害。小道消息一般来说最后大多数都被事实证明是真的，但这个真在公开之前，是不能当真去说出来的，谁说出来谁会倒霉，会受到随处传播闲言碎语的处罚的。比如有人说这小区的开发商是某大领导的亲戚，所以批地时候价格压到了白菜价，当作盐碱地处理的；比如有人说5-7号楼之所以户型与别的不同是因为那是某富豪专门给自己的情人们定制的，一套房子里养一个情妇，那么3栋楼加起来该有多少情妇呢；这就能看出流言之所以成为流言的原因了，好像可信，又分明不可信。世态教老董他们学会了重新做人，拥有了在城市里生存下去该有的乖觉。既然小道消息半真半假，那么就以半真半假的态度去面对就是了。

西大门要挪了，老董和老安讨论过这件事。按说扩建小区，挪门这样的事，是轮不到他们这种角色来操心的。他们只要负责把大门看好就是了，门挪到哪儿，也还是门，挪个地儿是不会变成窗子的。但是老安提到了老榆，这就是老董和老安讨论挪大门这件事的缘由。说到老榆，他们就不得不关心。

要说如今还有什么属于他们共同所有，那就是老榆了。老榆日夜站在那里，根扎在脚下的土里，枝叶伸展在半空，以一个实实在在的存在，占据着它原本就一直占有的空间。一切都发生了巨大变化，沧海桑田，物是人非，昔日辽阔荒芜的盐碱地，早就成为历史，随着推土机挖掘机打桩机等现代建筑机器的推进，大滩地早就消失得无影无踪了。老榆是唯一活着的物证。当然，如果人也算证据的话，老董算一个，老安算一个，还有几个老保安，还有一些在太阳花园以老保洁、老保姆等身份讨生存的人，也算。人长了腿脚，生存环境变了，人就挪了，树没长腿脚，挪不了。挪不了也就没有挪，这么多年过去，大滩地早没了往日的踪影，老榆还坚守在原地。老董和老安感慨过，两个人都说挺羡慕老榆，能在如今这寸土寸金的地界上还占有一片地方，真是太牛了。多亏是一棵树！他们的语气里有赞叹，有羡慕，有一种说不清楚的喟叹。

老董当时急了，瞪着眼问老安：你消息确实吗？真要挪？挪哪儿去？挪的话老榆不会受影响吧？他一口气追着老安问了一串问题。老安不一一回答，想了想，笑容笼统地安慰老董，放心吧，不会有事的，它可是大滩地最老的一棵树，不是吗？这话老董爱听，顺耳，还给心里添了一股力量，这力量让他确信，老榆不会有事的。那么多的沧桑巨变它都经历了，还有啥可怕的。所以说，没啥可怕的。

是这么回事啊，既然你是这儿的旧人，那肯定知道那棵树了。你还记得，它长了多少年了？

头头的手指向小区外头。

门外一百多米处，老董能看到那棵树。

头头的手指着树，眼睛看着老董。眼神坚定，在等答案。

老董心里起了一个念头，一个欢喜的念头，也不知道为什么，他高兴起来了，为老榆高兴，也为曾经的大滩地高兴，为大滩地上他和乡亲们一起过的那些日子高兴，也为自己和散落在太阳花园各个角落依赖太阳花园讨生活的乡亲高兴。高兴什么哩，他还不知道，所指是模糊的，换句话说，头头过问老榆，预示着老榆、大滩地乡亲，还有老董自己，将迎来什么好事。具体是什么好事他还不知道，不过他认定是好事。不是好事头头怎么会亲自过问呢。头头的脚步多尊贵，言语多稀罕，平时哪会亲自跑到西门口和他老董对话哩。头头都是屁股下压着小卧车满城跑，或者坐飞机满世界飞，就算不跑的时候，也是陪着一群穿戴全新、神色凌然的人出现，据说那是领导来检查工作。

有检查的日子，老董这样的人都被钉在岗位上，守在小玻璃房里不能出来，像机器人一样不能乱动乱跑，只能隔着玻璃看到头头们在陪着领导们跑前跑后，一副既屁颠屁颠的贱样儿，又分明是高高在上的威严嘴脸。头头今天跑来和他老董对话，这在老董的保安生涯里可是头一回。而且他看得出来，这是个比较大的头头，不是保安队长、物业经理、保洁组长一类的小头头。可能是董事长啊总经理啊那一类的大头头。老董感觉自己被看重了，有了这个感觉，他不由得就欢喜。赶紧点头，说对啊，老榆它比我的年岁还大哩，哦不不，我哪能跟老榆比，它可比我大多了，我爷爷穿开裆裤的时节就常爬上去折榆钱吃来着。说起老榆老董就自如了，放松了，话也不由得多了。他生怕有人不相信他说的是真的，赶紧在脑子里搜寻有关老榆的往事，嘴里絮絮地说着，他爹娃娃时节也爬树折榆钱，到了他这一辈，老榆不好好结榆钱了，有些年份连花儿也不开了，大滩地的人们说老榆太老了，老到没有精气神儿开花结果了，它是老年树了。

能有那么老？老董的叙述被头头打断了。老董看到头头的眼神里有质疑，也有不耐烦。

我还能记错？老董急了，脖子有些硬，好像有什么力量忽然就蹿出来，撑直了他的脖子。脸上热烘烘的。他差点就要跳起来，他看得出，头头似乎不相信他说的话。这可要命了，他这辈子就算偶尔会撒个什么小谎，但关于老榆他绝对没有撒谎，他有啥必要撒谎哩，再说让头头认定你撒谎可不是啥好事，搞不好连饭碗也会丢了。他着急起来就顾不得别的了，提高了声音，说这咋能错？把啥事错了，这个也不能错！老榆可是大滩地所有人都看到的，一辈一辈的人来到世上后睁开眼首先看到的就是老榆，老榆人老几辈就戳在那里，它看着我们大滩地的人一辈一辈出生，一辈一辈变老，刚出生的长大，老了的死去，死了的埋在老榆脚跟下，你们看着它没长眼睛，可我们大滩地人都说它浑身是眼睛，眼睛亮着哩，把世事百态都看在眼里，装在心里，1920年的大地摇没有摇倒它，1929年的大饥荒，一身的皮给剥光了可它没有死，等到后来又闹饥荒，全大滩地的榆树都被剥光了皮，跟女人被脱光了衣裳一个样，身子白花花露着，死了一大批树，这时节老榆的皮没人剥，为啥，太老了，全身哪里还有一片能吃的嫩皮？全是硬痂，老木质，世上没有锅能熬烂这样的榆皮，也没有那么硬的嘴巴能嚼得烂咽得下这样的皮！大滩地的人都说它再老就能成神了，能护佑大滩地男女老少的日子了，风调雨顺，五谷丰登，人畜安泰。它不光是一棵树，它是大滩地的活历史。

2

老董把头头说走了。

老董说得太投入太激动，没顾上细看头头的嘴脸，人家就转身离开了。剩下老董，还有好几个围观的人。老董发现头头走了，才收住叨叨的舌头。头头已经走了。一个胖胖的身子，裹在一套毛料西装里，面对面的时候能看到他脖子里的白衬衫领上套着一个红色领带，跟毛驴脖子里必须戴鞧脖一样，头头都喜欢给自己脖子里来那么一根带子。老董望着头头的背影，背影看不出衬衣领带，只有身子在一起一伏，步子跨得很大。这时候老董惊讶地发现，头头不是一个人来的，而是一堆人，五六个呢，围绕着头头，他们像叶子，到老董面前的时候叶子散开，几乎不怎么说话，加上老董又紧张又兴奋，就把他们给忽略了，只注意到叶子们中间的花朵。距离拉开，老董就注意到叶子们的存在了，它们就散布在花朵周围，时刻准备拱卫花朵。他们居然都好忍性，全程都没怎么说话，就听着头头和老董对话。其实头头说的也不多，话都叫老董一个人说了。老董意识到坏了，自己可能闯祸了。他吐吐舌头，吐出来又赶紧缩回去，迎面有风，舌头凉飕飕的。舌头长了风扇哩，老人们留下的老话儿有道理。

话难听，但是有理。老董越想越觉得自己今天的话可能惹人了，头头刚出现的时候不是挺和气嘛，走的时候啥嘴脸他居然没留心，从头头拂袖而去留下的气氛，他感觉到不太好。他就十分沮丧。下班后喊了老安，两个人坐在街头小摊上吃烤串，剥煮毛豆，喝啤酒，等啤酒罐摆起一个小小山头，老董斜着眼叹气。老安说好好的，叹个屁气，是好日子烧包得？老董指指西门方向，看到了吗？是它今儿让我惹祸了。老安醉眼蒙眬了，瞅瞅西门方位，谁呀，你多胆小，还有你敢闯的祸？老董灌一杯子啤酒，嘴里泛着泡沫，说真闯了，可能把个啥头头给得罪了，可我实在不是有意的呀，我哪摸得清头头啥心思，他们问老榆的事，我没忍住就说多了，唉，我这人你最知道了，一激动就满嘴跑火车。再灌一杯酒。老安也望向西门前方。那里一百米的地方，立着一棵树。那就是老榆。大滩地时代留下来的，也算是一个村庄消失后唯一留下来的活着的物证。

老安眯着眼打量一会儿老榆，再打量窝窝囊囊的老董，他叹了一口气，说老伙计，情势不太好啊，最新消息，西大门要挪了，往前扩，和前头那条马路接上，你看，这一挪眼前头这片地就都能开发了，这么一来，你看老榆它是不是有点那个呢？

老董瞪大醉眼，这一片都要开啊，那……那……那老榆咋办？老榆总不能站在大门口吧？

你也觉得它会挡路？老安伸出老指头点着老董的额门，喝了酒老董的额头早就一片红，好像抹了少女的胭脂。现在明白头头为啥找你了？跟你说实话吧，他们也找过我，找过老刘，老司，老田。

老董的红额门上冒出汗来，也就是说，所有知道老榆底细的人，都被找过了？

老安点头，西大门最偏最远，所以你是最后一个被找的人嘛。

老董沮丧，你们也不跟我通个气儿，你们还是大滩地一起出来的老乡亲吗？

老董在借着酒劲跟老安抱怨哩，活到如今，他唯一能无所顾忌地抱怨的人，也就老安和老刘老田等几个老伙计了。

这不是来不及吗？他们一路走一路问，压根就没停。我也是在他们走后，和老刘老田他们刚在群里讨论，才明白咋回事的。

老董醉眼蒙眬地看手机，他们有一个群，叫大滩地留守群，群员组成比较纯粹，就他们几个留在太阳花园讨生活的老家伙。

老董打开聊天记录，听到了大家不久前的讨论。一个叫老谭的女人发言最积极，她原是大滩地老刘的女人，拆迁后进太阳花园做保姆，专门上门给孤寡老头做饭，做了这家做那家，同时兼做了三户人家，挣的钱比老刘高，所以处处显得比这帮当看门狗的老头子能，她耳朵灵，很多信息总要比老头们得知得早。

西大门要挪，这一挪就能腾出一片空地，足够起一栋新楼，就是99号楼，九九大顺，吉利得很，听说还没开工哩房子就被抢光了。

老董干脆抓起一瓶啤酒对着嘴喝，心里有些念头透过啤酒泡沫往上冒，居然连楼号都定了，居然都开盘卖了，而他还不知道，他还在99号楼就要落脚的地方守着门杆做看门狗。他心里一阵茫然。为什么茫然，不为什么，小区挪门，见缝插针地在腾出的地上起一栋楼，再卖出去，这和他扯不上关系，他只是一个看门的，唯一有的关系就是可能会继续留着做新大门的门卫，如果运气不好，说不定连看大门的运气都没有呢。他为一种模糊的东西茫然着。

老谭的嗓门真大，跟个大喇叭一样，说西大门好挪，开发商多有钱，挪个门也就是动动小拇指一样简单，问题是老榆挡在那儿。

老榆挡在那儿？老董扭头看。灯光璀璨，把夜色弄得支离破碎，老董的目光也支离破碎。他看到了一个支离破碎的身影，那是老榆。灯光是软的，虚的，飘忽的，高处的路灯，矮处的脚灯，绿化树身上血管一样缠绕隐藏的装饰灯，店铺的招牌灯，高低大小五花八门的灯，发出的光是不一样的，它们汇合成一条河，这条河挂在空气中，搅动着空气，组成了城市生活的气氛。老董在这样的气氛里生活好几年了，他亲眼看着大滩地变成了太阳花园，看着太阳花园带动了周围，街和街连成了市，楼和楼挨挨挤挤，每一寸土地和空间都变得金贵，一切都变得越来越好。老董很喜欢这种好，人们开的车越来越好，穿的戴的越来越好，吃喝的也越来越好，你看沿街的这些饭店铺子，总有那么多人出来吃饭，坐在亮堂干净的玻璃窗里，慢慢地享受着，老董就为他们高兴，这些和记忆里的大滩地生活太不一样了。大滩地记忆更多的是贫寒，吃不好穿不好住不好，一张张脸上终年挂着愁苦。老董从太阳花园的住户脸上看到的是城里人的表情，匆匆的，漠然的，看不出有多欢喜，也看不到有多愁苦，就算偶尔有愁苦，也绝不是大滩地那种愁苦。一个时代有一个时代的愁苦。就像大明的宫斗，和大清的宫斗，看似都在哭哭闹闹，细看各有各的味道。老董心里不踏实。留在太阳花园这些年，亲眼看着它变好了，好得像梦里一样，可他从来都没有踏实过，他感觉自己的脚跟是软的，浮的，站着坐着睡着，都有一种不能和地面相接触的感觉。明明脚下的水泥和砖头，让地面更坚硬了，过去大滩地的路、地面，和现在没法比啊。大滩地的路常年被沙尘覆盖，人走过去脚下坑坑洼洼，自行车摩托车驶过白尘扬起来，再要是刮风，那沙尘干脆就能把人给活埋了，出去放羊的时候往往担心风大把小羊羔给刮走。所以站在如今的太阳花园面前回想从前的大滩地，老董有种做梦的恍惚。所以老董太留恋这份工作了，因为他留恋好日子好景象。可他就是不踏实。没事的时候就随地走走，走着走着就走到老榆面前去了。远远地看上一眼，它在那里，静静地无声地站着，不，如今它更像一位佝偻着老腰的百岁老头儿，它是微微趴着的，腰弯了，站不直，挺不端，只能用这样一个驼背的方式，低下头望着脚下。这样的姿势丝毫不影响它的仪容，相反，让它显得更有人间和日月的味道，长在人间的树木不就是这种样子吗，跟人一样，年轻的时候挺拔直立，老了就弯下腰，日月的味道就挂在那个弯度上，那粗糙的老皮上。

现在老董更明确了，自己为啥选择留在西大门，因为这里有老榆。大滩地的生活痕迹都消失了，就连那随处可见的沙蒿都不见了，现在绿化树上栖居的鸟类眼看着不像是大滩地的幸存者。唯一屹立着的是老榆。当年大滩地有很多树木的，家家户户房前屋后都要栽几棵树，树木像伙伴一样陪伴着人的生活。那么多的树木，结果子的，不结果子的，开花的，不开花的，老的小的，粗的细的，随着拆迁都没了。如今回想起来，老董记不起它们是怎样消失的。老董跟大滩地的每个人一样，都忙着操心拆迁补偿的事，谁还有多余的心思分摊到那些不值钱的树木头上。树木消失得无声无息，好像它们是通灵的，懂事的，能够看清楚现实，现实不需要它们了，它们就无怨无悔不声不响地消失了。等到老董安顿下来，能够腾出精力寻找大滩地遗留痕迹的时候，只找到了它，老榆。有老榆就够了。老董觉得欣慰。它留下了就好，能留下多不容易，尽管脚还扎在脚下的泥土里，但以前的大滩地和如今的太阳花园是没法比的，如今可是寸土寸金呢，论平方米买卖呢，而老榆还站在原来的地方，因为它的缘故，它周围一圈也都还空着，沙蒿野草当然已经被清除了，换成了叶片碧绿，甚至开花儿的植物，一看就知道是专门从外头买回来的。老榆脚底下全是新花新草，不远处是鲜艳的花形地砖，地砖围出一个大圆，成了一个大花园，花园里花花草草的中间，就是它。它占据的是中心位置。它像一位白发苍苍的老头儿，安然，宁静，与世无争，好像眼前长出来的太阳花园，和这个飞速发展的城市，都和它没有关系，它百年来都这样站着，站着醒，站着睡，站着接受风吹日晒雨淋。它不着急，不慌张，不争，不抢。老董曾经羡慕过它，它多好啊，不用担心拆迁补偿款的纷争，不用担心离开大滩地要如何生活，不用担心被迫离开熟悉的家园。它有脚下这片土地就够了。

3

老董还是刷宫斗剧，还是守在玻璃房里看进门的每一辆车被放行，或者阻拦。这天他和一辆出租车吵了一架。司机硬要进去，他不抬杆儿。司机气哄哄走了，临走丢下那句熟悉的骂词，老看门狗。这个司机有创造性，他加了一个"老"字。老董不生气，他有些麻木地看着出租车远去。就算是看门狗，我也是一个老了的看门狗啊。他只在心里慨叹。外表上他绝不让老态露出来，闲来没事的时候他还是和某个熟面孔开玩笑，还是会背着手踱步，嘴里哼一种趣味低下的野曲儿。他装作看不到老榆。老榆还在原地。他却已经在心里给它挪窝儿。它将挪窝，是铁板上钉钉的事，定下来了。老谭的乌鸦嘴已经在群里广播好几遍了。既然非挪不可，那么老董希望它能被挪到好一点的地方，同时挪的时候，能够对它轻柔一点。他知道挪树首先要挖出来，老榆的根部现在有多大呢，他没法想象。能够在大滩地扎根活下来，说明一开始它就是一棵不简单的树，它的根肯定比别的树扎得努力，扎得深，扎得稳。好几辈人都没有比过它，老董的爷爷埋进了土里，父辈埋进了土里，老董这一辈人也已经成了老看门狗。几十年时间累积在一个人身上，这个人老得不成样子，上百年的时间，累积在一棵树身上，这棵树该有多老啊。这么老了还要搬家，连根带土地搬，伤筋动骨地挪，这可是大事啊，挖土的人要是不够细心，断根的人要是不能耐心，搬运的人如果稍微粗暴一点，那么它就有苦头吃了。老胳膊老腿的，筋骨早硬了，可怎么面对那些少不了的磕磕撞撞呢。老董心里熬煎上了。他又约老安在小摊上喝啤酒，喝到夜色清冷，人声稀落，小摊打烊。他们搀扶着来到树下。

老家伙——老安嘟囔着靠住树，伸手去摸它。他被扎了手，疼得大叫起来，他摸着手骂，老家伙，都要挪窝了，还跟我横起来了？看你还能横得了几天！老董推开老安，自己去摸。火辣辣疼呢。树皮像一片片利剑，倒插在它身上。它像个代人受过的英雄，全身插刀。在替谁受过哩，谁的罪孽这样深重，需要插这么满身的刀剑才足以抵罪？老董忍受着疼，他很快就发现这疼痛是那么好，舒服，贴心，让人踏实。手一路摸，火辣辣的痛感一路蔓延。很快疼痛传遍了全身，整个人都能感受到这种疼。他颤抖着，有种获救的感觉。找到了亲人的感觉。他抱住它，拍打着它，拿头撞它，用脚踢它，他说好啊，好啊，你腰杆子还是这么硬，你脚跟还是这么稳，你咋就不害怕哩，恐惧咋就没吓垮你哩？只有你没变，我们都变了，一切都变了，大滩地不见了，成了别人的小区，乡亲们不见了，就是在路上碰到，也变得不认识了，就连我们几个老家伙也在变，你看我们的手，再也不抓农具，再也不种地收粮，我们变成了狗，狗只要看门就成了，我们的手变得像女人一样软，比女人还怕疼，我们的头变得聪明了，我们怕得罪人了，我们眼看着大滩地没了，如今又要眼看着你挪窝。我们应该去找那些头头啊，你不能挪窝，你是百年老树，你都有灵性了，你的根早就扎进几十米深的地下，你比这世上所有的人都老，你要是搬家，那就是在搬命啊，你真有本事换个地儿吗？我觉得你不能，你已经过了能挪活的年纪，你哪儿都不要去，你记着我的话，就是八抬大轿来抬你都不要挪——老安吐了，一堆啤酒泡发的烧烤烂肉，被吐到了老榆身上。老董也吐了。他没心思吃肉，喝进去的全是啤酒，吐出来的全是黏液。老榆被臭味熏到了吗，它不吭声，不反抗，它还是半站半趴地立着，它全身都是眼睛，眼睛不能说话，但能流露心事，它饱含悲悯地看着两个大滩地最后的孩子。

两个老孩子彼此搀扶，摇摇晃晃回去了。第二天按时起床，按点守在了玻璃门房里。老董偷偷抬头望，老榆还在。它白天和黑夜都是那个姿势。它不会变通，不知道逃离，也无法做到在不同的时间和世态下，改变自己的姿态。老董注意到老榆身边有了动向，时不时地，冒出来几个人，或站在远处，对着老榆指点，不知道在说什么，或走近到跟前，踢踢，摸摸，看看，讨论着什么。老董没有勇气靠近，他知道那些人都和开发商有关，都是或大或小的头头，他们谈论的内容，肯定和老榆有关，和西大门有关。老董特意从玻璃房内出来，装作忙工作的样子走动，他希望自己能被注意到，被喊过去，被询问老榆的事。他有好多话要说，关于老榆，他说上个三天两夜都不带重复。关于老榆，还有比他更具权威的人？没有的。他敢肯定是没有的。这回他要注意着点儿，不那么激烈，那么傻，他要看着点儿形势，如果那些人脸色好他就多说一些，人家如果不耐烦，那就适当少说。反正不能像上回那么莽撞了。

时间过得快，也慢，老董看见大车，铲车，打桩机，吊车，一样跟着一样来了，来了就有一些东西要消失，大车一车一车拉走一些东西，又拉来一些东西，围圈，挖掘，填埋，碾压。这些操作老董太熟悉了，早在大滩地最初开发的时候就上演过了。一片土地要怎么变成水泥砖地，要怎么长出比树木还高的高楼，要怎么把土味弥漫的村庄改变为城市，他目睹过那些过程。如今看来，老谭乌鸦嘴散布的都是真消息，正在从谣言一步一步地变成现实。新的楼址也选定了，开始挖地基，下钢筋。看得出这栋楼果然是高层，要比太阳花园现有所有的楼都高，因为地基挖得更深，钢筋要粗一些。西大门要挪，老榆会怎么样？老董没心劲看宫斗剧了，如今只要看到一群花里胡哨的女人围着一个男人你争我斗，他就烦。

西大门挪的时候没什么响动，悄无声息就完成了。老董轮休两天，等回来，玻璃房已经不见了，围绕着门设立的水泥柱子和不锈钢的门禁设施，也都不见了，铲车正在对付高高的门牌楼。铲车是威武的，一伸臂，哗啦，牌楼碎下一块。没人围观。城里人见惯了拆迁和新建，他们很镇静，该咋样还是咋样，门拆了，自有新的出入口，他们的日子绝不会受影响。老董被通知去新门，新门已经在老榆前方外围了，这回老榆变成太阳花园内的一棵树了。老董路过的时候看了看，老榆的身子还是那么弓着，浑身的眼睛还是那样半开半合一样，不看世人，看着世界。真是没心没肺没肝花啊，都啥时候了！

夜里老董找老安，老安租住在一户人家的地下室。推开门，老刘，老钱，老黑，老白，老姚，老田，老衣，老虎……都在。挤满了地下室。老董马上就明白，都是老榆的功劳，它立在原地不动，却牵动了一串人的心。老伙计们见面，一个个都有点小激动。自从大滩地拆迁后，他们还没有这么齐全地聚在一起过。老安有组织才能，能把这么多人招呼到一起，自然是这些人的临时小头目了。看样子他们商议得差不多了，老董出现后，小小的欢迎骚动后，又继续之前的争议。

老董听了一阵，听出来大概有两种意见在相持。

一种是向着老榆的，可以说是护榆派吧。建议马上串联队伍，明天静坐护树去，老头老太太们手拉手围住老榆，你就是铲车开过来也不退让，你有胆量就往我们身上开嘛。狠的话干脆把我们活埋算了，反正我们都活了一把年纪了，为老榆豁上这条老命值了。说不定还能挣来一次赔偿呢。群情激奋起来，好几条胳膊举了起来，响应这个号召。更有人马上升华这个提议，静坐不成咱就去找市长反映问题。大家集体沉默了一下，接着更激动了。是啊，找市长去，他管全市的事情哩，当然也管着太阳花园的老板。就是就是，老板他再大，还能大过市长去，市长一个命令下来，他还不爬着滚着地照办！只要市长说保留老榆，那老榆肯定就能留下来了。

另一派针锋相对，老谭带头，老谭拿冷冷的笑眼扫视大家，说喊，大白天做梦娶黄花大闺女哩？找市长，市长是你们家七大姑还是八大姨？市长是我们这帮老家伙说找就能找的？一辈子饭菜都吃哪儿去了？不用脑子想问题，用脚脖子想？我告诉你们，你们啊，就连那市长上班的门都摸不着，就算摸着了，能随便进？我们太阳花园一个小区，要进去都那么难，大门口车不能进，哪一栋楼的哪一个单元，你没有门禁卡，没有主人给你按门锁，你就能进得去了？

老谭是婆娘，见识却比一帮老头子高。她一顿毒舌就怼垮了大家的斗志。没人真舍得把手头这份临时工作给丢掉。两个派别的阵营乱了，出现了投降和倒戈。老董这一派是全部被放了气的气球，一边丝丝地泄着气，一边摇头，叹息，沮丧的气息笼罩了小地下室。稍微细想，他们就认识到了老谭的厉害和正确。她的话不好听，道理却一点都不输给一帮老爷们。

第二天太阳照常升起，老董照旧在西大门值班，大门如今挪了，新门址是临时搭设的，很简易，没有玻璃房，老董得站在露天地里工作。老董看着拦路的杆杆抬起又落下。有试图撞杆硬闯的，老董就及时劝退。老董忍着火跟他们打交道，大门挪了，新的来不及建起，临时的这道简易门也算门吧，怎么想硬闯的人那么多，老董的工作量倍增。火气也倍增。心里悬悠悠的，老是记挂着什么。他狠下心不看身后。山不转水转，如今老榆不在西大门前方，它站在身后。气人的是它还是不着急，傻乎乎守在原地。在等待被砍、被伐、被挖、被刨根、被像垃圾一样运走。命只有一条，人是这样，树也强不到哪儿去，只要伤到命根，树也会死，死了就很难再二次活过来。大滩地所有的生命都离开了，只有它还守在那里，它真是榆木脑袋啊。老董被自己气笑了，可不是啊，它本身就是一棵老榆树，它的脑袋不就是榆木的。

跟一个榆木脑袋赌啥气呢。老董在脑子里盘算出一个主意。拿不准，就给外地念书的孙子打电话。孙子听完就急了，说这事得管啊，有义务更有权利管，它可是我们大滩地的活历史，是老古董，是文物——孙子自己启发了自己，嗓门敞亮起来，说爷爷你们得去找有关部门，是林业部门还是文物部门？拿不准咱直接找市长去，有市长热线哩，有信访办哩，我就不信没人管了，老榆哪里是一棵普通的树，它是百年老树，是活文物，不但不能伤害，按道理还得好好保护起来呢。

孙子让老董精神大振。越想越觉得该管，要管，不能不管，肯定能管出个好结果来。可天一亮，夜里酝酿的勇气好像泄掉了，他蔫

056

了，夜晚在心里激荡的那些冲动全都萎缩了。他没有勇气去找有关单位反映问题。他甚至连那些地方在哪里都不知道。他照旧去上班。回头的时候就看一眼老榆。老家伙，还不着急吗？真的那么想死！孙子用微信写了一段文字发给老董，孙子说你打印出来，交到信访办去。老董打印了，一张收费一块，太贵了，老董看着洁白的纸上黑黑的文字，认得出老榆，前头加了百年老树，他心里不疼钱了，一块钱就多一个救老榆的可能性，二百块呢，不就是二百个可能吗。老董印了二百张，结账时打印铺老板按一张六角收了钱，老董很高兴，感觉这是好的开头，预示着一切顺利心想事成。老董避开老安，避开大滩地的所有老伙计，他一个人去完成任务。骑着一辆破自行车穿梭在城市的街头时，老董有种悲壮感，他感觉自己就是一名从事地下工作的特工，他干的事情没人知道，也不需要知道，这就是无名英雄的感觉吧。他给几乎所有的单位门口都放了一张 A4 纸打印稿。有些塞进了门房。有些单位管理松，他混进去直接贴在了办公大厅墙上。有些塞进了信箱。他的行动隐秘而迅速，效率很高，分发完了都没被人揪住。这是刷宫斗剧的收获，他从中学会了智对各种复杂场景的能力，他知道如何避开眼目，还有随处存在的摄像头，他甚至经常换外套，还戴一顶电视剧里特工常戴的毛呢礼帽。

剩下最后一张，他贴在了西大门的入口挡杆上。杆子每抬一次，落一次，明晃晃的白纸黑字就抬一次落一次，好像在替老榆呐喊。老榆身边吸引了一波人，都扯着脖子望老榆身上长出来的白纸黑字。白花花的纸，贴了二十几张，把老榆苍老的身子挂得像个披麻戴孝的老孝子。最先被吸引的是晨练的人群，接着是进出上班的，紧跟着物业的人来了，然后老董看到了前几次在这里转悠过的小头头们。老董在岗位上尽职尽责，装作对老榆忽然披麻戴孝的事一点都不感兴趣，其实心里比谁都牵念，身在岗位心在远处，一颗心忽悠悠地荡漾着。

老榆被保住了。老谭在群里发布最新消息。说头头很生气。但没办法了，事情闹大了，不知道啥人把消息扩散到了全城，报社电视台门口都贴了大字报。有几个自媒体先发了消息，接着官媒也报道了，市有关部门正式介入，据说连市长都发话了，要保护老榆，保护百年老树。老董心情那个灿烂呐，重新刷起了宫斗剧。他去老榆身边看了，那些白纸早被撕掉了。老榆还是雷打不动地躬身站着。照样神情肃然。小样儿！老董心里笑着骂它。你就偷着乐吧，这回好了，你老伙计一条老命给救下来了。

4

99 号高楼起来了。果然是最高的。老董没事仰着头数楼层。一共多少层？他发现数不准确，不知道是太高了，还是他老了眼睛花，反正数着数着就迷糊了，不是二十五就是二十六或二十七，有一回居然数出了三十二。不管数出多少老董都挺开心的，数多数少都和他没什么关系，他就是解解闷罢了，据说这栋楼的价格再次刷新了全城纪录。还是被抢购一空。老董就感叹，啥人这么有钱呢，七八十万，甚至上百万，说拿出来就拿出来了。老董就为这些有钱人高兴。有钱人多了是好事，说明日子好了，人们富裕了嘛。就算老董和有钱人实在攀不上关系，老董也真心实意地高兴。有钱带来的变化，老董自然是享受不到的，但有些老董是可以看得到的，也就等于用目光享受了。比如太阳花园的整体环境，配套设备，就要比全城所有的小区都好，以至于只要你在别人面前提到太阳花园，就会受到一些宽泛的尊重和羡慕。就连老董这样的人，在别人羡慕的目光里好像也是太阳花园的业主了，好像也是有钱人了。有钱人的感觉真好。老董就觉得他是沾了有钱人的光。羊毛出在羊身上，不可能从牛身上出，小区好，打造，购买，维护，等等费用，归根结底自然是从住户荷包里掏的银子。老董就真心实意感激每一个进出西大门的住户。如今的西大门新建起来了，远看高大气派，走近点看更漂亮。所有设备都是新的，就连老董他们几个老门卫也换了新工作服，肩头扛着新灿灿的肩章，写着保安两个字。有些小孩还没学会区分保安和军人，见了他们会举起小手敬礼，说警察叔叔好。遇到这种情况老董就开心得不成。心里有一个柔软的手，去抚摸那小朋友的脸。老董觉得在太阳花园做门卫是值得骄傲的工作。唯一美中不足的是，老榆离新的西大门太近了，要是再稍稍能远点就好了，看过去视线会开阔一些，进门后的转盘路也能稍微宽一点。说实话现如今的环境和老榆是不协调的。确切说是老榆和新环境不协调，不般配，是老榆影响了这个高档小区的美好氛围。老董为自己滋生这样的念头羞愧，别人怎么想是别人的事，他老董可是大滩地的旧人，他没有理由嫌弃老榆啊。不协调就不协调吧，谁叫开发商这么爱钱，恨不能见一个缝儿就插一根针地建楼房呢。要没有99号楼，就不会出现老榆不协调的问题。

发现问题是在四个月以后吧。冬尽春来，一切复苏。城市的春要比过去大滩地来得早。可能是城里人多，空气暖，把春的脚步都给拽得提前了。老董老了一岁，一对膝盖骨疼得厉害，他怕给人看出来，上班时候拼命往直站，保持着一个保安该有的挺拔。为了抗击疼痛，他就一个劲儿贴各种膏药，弄得浑身一股中草药味。腿脚有了问题，行动就迟缓了，一个冬天除了铲雪的时候大范围走动了两圈，他再没到老榆那里去过。冬天的老榆也没什么看头，光秃秃的，跟脱光衣服的老年妇女一样。春来了，树木醒了，花草活了，小区里一些早开的花儿惹得人们早晚围着看。到了柳树飞絮，吃榆钱的时节了，老董想到了老榆。老榆早就不好好结榆钱了，至多在最边缘的枝头零零星星挂几个。那榆钱也不嫩，像一个早就结束了生育任务的老妇女，却勉强生出了孩子，孩子极度营养不良，干巴巴的，甚至看着都不太像榆钱。老董每年都要捋一把下来尝尝，味道柴柴的。老董就想起小时候吃榆钱的日子来，那时节的老榆就已经不好好结果实了，所以孩子们对它的果实没兴趣，前后左右的小榆钱树都挂满了果实，他们愿意吃更鲜嫩的。可能所有的青壮榆树都是老榆的子孙后代。榆钱每年干透了，落下来，落地生根，只要有泥土，来年雨水一润，到处是绿葱葱的小榆树苗儿。大多数会死掉，少数会活下来。一棵榆树一年落下的榆钱数量是巨额的，百年下来，老榆周围全是子子孙孙。老董忽然想看到老榆结出的榆钱，哪怕是干巴巴一串。拆迁让所有榆树都消失了，想起来真是可怕，大滩地村前村后，田间路畔，这里那里，零星加起来，大小足有几百棵的榆树吧，现在连一棵都不存在了。榆树在大滩地恶劣的自然环境里扎根，为大滩地的乡亲们带来了荒漠滩地上最常见的风景，到了现在的太阳花园，它们没有留下来的理由，谁会觉得一棵榆树美呢，说实话老董都觉得和眼前这些掏大价钱从外头买来的名贵花草相比，大滩地的榆树们实在是拿不出手，太土了，和洋气的太阳花园不能相配。既然不相配，那么被铲了除了谁也没话说。老董也觉得没话说。老董唯一想的是吃榆钱的季节，吃一口老榆的果实。

老董绕着老榆走了大半圈，有些累，汗都走出来了。真是老喽，不服老不成啊，前年还能绕着树一口气走两三圈呢。年轻的时候，还爬到树上去折榆钱呢。他喘着气继续走，把一圈走完，他蹲在地上仰头往上看，老榆确实没有结榆钱，连叶子都稀稀拉拉的，他不甘心，凑近细看，树干还是原来的树干，粗糙，干硬，一副不愿意和人亲近的样子。问题是由枝叶显示出来的。老董伸手拉住低垂的枝条，他没感觉到一棵树逢春该有的活力和柔软。它好像是死了。

老董感觉身子很重，这副跟随他几十年的老皮囊，从来没有这样沉重过。他和沉重对抗着，走几步扯住能够到的枝叶看看，看了半圈，走出外圈，慢慢远离。他确定它死了。或者说正在加速往死亡路上奔跑。看得出春刚来的时候它还活着，还准备往下活，所以它和往年一样发出了新叶，新叶的分布也和以往一样，中间那里稀少，到了边沿处慢慢增稠，和男人逐渐老迈秃了头发差不多。他曾经摸着自己也开始发秃的脑袋瓢儿，看着老榆，满足地嘲笑过，好啊，你秃我也秃，你百岁我六十，我爷我爹还有我，都活不过你哩。眼前这个春里的老榆，不是秃瓢加重了，而是死了。只有死了，才能秃成这样。这已经不是秃头了，一开始冒出枝间的嫩芽，都还没来得及展开成一片，也没转为深绿，就被什么阻止了，眼巴巴枯萎，干死，一片片叶芽还带着生命初发的嫩黄。老董伸手摸过去，捋下一把半干的碎屑，搓一搓，碎成渣儿，从手缝里往下落。老董捋了几次。几次都是这样。这些碎屑看不出是要长成叶子，还是变成榆钱。最初是懵懂的，好像一个还没睁开眼看世界的孩子，对于自己要去世上扮演的角色是不在意的，榆钱和叶子都能接受，就由着性子自己长吧。全部都死了。它们，它们，还有它们，东边，南边，西边，和朝东的方向，老董能够到的所有的枝条，他用手验证了死亡，手够不到的地方，目光也能验证。

验证了死亡，老董心里反倒踏实下来了。他吹着因为反复揉捻而发麻了的手指头，拉开距离，一边走一边回头看，他脚步渐行渐远，目光也渐行渐远，脚步和目光里都有着对生命自身规矩安排的接受，他笑着在心里说老伙计你成啊，这就不声不响地走了，早晓得这样，我就不那么闹腾了，那可是大动干戈啊，花了我一百多，天天下班后不缓，跟夜猫子一样满城窜，比电视里演的地下党特工还惊险，才把你给保下了，想不到你个老伙计不领情，就这么悄没留声地走了？走吧走吧，我爷说过，我爷的爷也说过，我爷的爷的爷肯定也说过，世上的万物都是有定数的，命限到了，就得走，你肯定是命限到了。老董脑子里想起他爷去世的情景，那时他还小，跟个猴子一样在人群里窜来窜去，看大人们和平日里俨然不一样的哭脸，看父母叔伯穿上了肥大的孝褂子，平添了好多乐趣呢，童稚的孙子把爷爷的丧事过成了世界上最有趣的乐事。

该给老榆办个丧事吧。站到远处，再回头望，老董确定老榆死了，或者还剩最后一口气，拖着，残喘着。大的景象，已经是死了。或者说死了还没干透，死了还没倒下。只要你把目光稍微压低，看看附近的地面。你就会发现病树前头万木春，老榆身边的大路小路交错，交错出一块块小花圃，路畔和花地里都长满了绿植，植物们似乎铁了心要反衬老榆的凋敝和颓废，它们铆足了劲地绿着，花着，茂盛葳蕤着。老董舔了舔嘴唇。喉咙里干，一股渴意从肺腑里泛上来，一直延续到嗓门，连口唇也是干的。他喜欢看门口进出的美女，刚到太阳花园，他看到露胳膊露大腿的女人就紧张，心跳，口干，渴得不行，只想喝水，明明知道这样看不好，有一种罪恶的感觉，可还是忍不住想看，就偷偷地看，贼贼地窥。历练了几年，如今女人们豪放到什么程度在他眼里也不算稀罕事，大滩地出来的传统老目光早就被城市的大胆和前卫磨炼得失去了好奇。就算那些年轻女孩把自己打扮得跟脱毛火鸡一样，他都懒得细看。此刻那种感觉回来了。那种口干舌燥的感觉，被灼烧的感觉。他知道这感觉万不可和那感觉混为一谈。但又如此相近。一个老前辈，故人，亲友，大滩地的旧相识，大滩地记忆的最后承载者，就这么死了。老董在思考如何把自己的发现告诉那些老伙计们。

5

老董约老安出来坐。照旧是在路边摊上坐定，羊肉串，啤酒，一口气点了一堆。老安喊够了够了，你老家伙不过了。老董的手举起来摆着，上，叫多多地上，我要好好招待你老家伙一桌子，你不要给我省钱。

两个人吃，喝，嘴里的饱嗝泛出啤酒泡沫，眼里的霓虹光彩变得上下颠倒迷离混乱，老董说老伙计，你还不知道吧，它死了，它活到头了，它在这个春天离开我们了。它是怕给我们这些老家伙们再添麻烦吧，它不吭一声悄悄地就死了。

老安抬头望一眼身后。已经被圈在小区内部的老榆还是那个身影。黑夜朦胧，美好绚烂的灯火始终没有延伸到它身边，似乎一开始人们就认定了它的地位，它来自大滩地，它古老，落伍，粗糙，甚至模样挺丑，它和这个美好的环境是不相符合的，它和人造的各种景观是格格不入的，它是有碍太阳花园这样高档小区的观瞻的。它一开始就是个怪物，所以它一开始就没被真正接纳。几乎所有的景观树上都缠绕着电线绳子，挂着形状各异的灯，夜里灯亮起来，高的矮的树木都会成为奇花异草，好像涂脂抹粉了一样，把夜晚打扮出妖娆庸俗，却异常温暖让人留恋的人间气氛。老榆身上没有挂过灯，脚下四周也没有。灯火绕着它而过，所以夜晚它站在一片黑暗里，给满世界的绚烂投下一个孤清的黑影。

老安看着那身影，在回味什么。回味完了，再喝一口啤酒，说意料中的结果，只是我没想到会这么快——它，它啊——老安站了起来，摇摇晃晃，身子打着摆子，表情丑陋而悲伤，好像谁的手在躯体深处撕扯他，他一根手指头直着，指着身后那团黑暗里的身影，它啊，它实在是，受苦了。老安忽然哽咽了，好像啤酒噎住了喉咙，他佝偻的身子忽然打出一个凄怆的摆子，好像被一个手忽然捏住脖子，把他整个人给提在半空摔了几下。

老董也喝酒，他以为自己和老安是一条思维线，他就沿着这条线去贴近老安，把伤感给抚慰下去。他自以为完全懂得老安。老家伙忽然悲伤，无非就是这期间哪里受气了呗，这会儿借着一点啤酒发作了出来。不是啤酒有那么大威力，是人自醉，老伙计面前，有什么委屈不发泄发泄，难道能带到头头跟前去？能发给老婆还有子女？都是老虎的屁股，不能摸啊。这个年岁的人，早就学会了妥协让步，用一种乖觉做盔甲，把自己深缩在里头，才能不至于伤到浑身疼痛，筋断骨裂。能给老安吃委屈果子的，应该是保安头头了，因为老安曾经说过那个小头头很讨厌。

老董搂住老安，把他按回椅子上，说苦哇，谁不苦哩，作为一个人活在这世上，你就不要妄想一辈子不苦，人是一截一截往下活的，这苦哇就一截一截跟着往下来陪伴，苦一阵甜一阵，苦苦甜甜，糊里糊涂，一辈子不就这么对付下来了。不必跟年轻人计较，他们一个个的，含着金汤匙出生的，哪里晓得别人的艰难，更不知道我们大滩地出来的人，吃了多少苦，有多不容易，这份看大门的活儿，我们有多看重。老董猜测老安是担忧丢了这份工作。老董自己也担忧。不过还得挖空心思找好话安慰老安。

老安推开老董，从摇晃中站直了，说你也看到了对吧，你还不知道它为啥会这样对吧？你呀，你一个老实疙瘩，一天就知道给人家当狗一样把门，你还不知道真相我一点都不奇怪。他打一个饱嗝，一股臭味扑在老董脸上。老董傻站着。不再搀扶，任由老安自己在夜风里风摆杨柳一般地晃荡。老董觉得自己正在往一个洞里掉，忽然就失重了，一脚蹬空了，双手也没抓住任何东西，他来不及呼救，来不及伸手去攀扯，他无比清晰地看着自己下坠，要落入万丈深渊吧。他忽然一把抓住老安的胸，老安喝多了就敞开怀，露出瘦巴巴的胸腹，老董直接抓到了他的骨头。老董的手都碰疼了，他几乎是喊着，你说啊，究竟发生了啥事？你不要吊我胃口，有啥臭屁就快放出来！

老董自己的眼泪下来了。小城四月的夜晚，空气里还残留着一点寒凉。水流在脸上下滑，把粗皮糙肉都泡酥了，痒痒地难受。老董狠狠揩一把脸，说真有这事？你们哪来的消息？凭啥没人告诉我一声？都合起伙来瞒着我一个人是吗？我好歹是大滩地一口人吧？人要是算不上，狗总能算得上吧？这背后到底都是啥道道，还能弄得这么复杂？

一个酒杯碎了。老董袖子一甩，裹到地上，便粉身碎骨了。粉身碎骨是一种痛。被强硫酸腐蚀，更是另外一种痛。老董看着碎裂的玻璃，还有液体残留，似乎在落地碎裂的一刹那，每一个碎片都承担了疼痛，每一枚残片上闪烁出一星半点的亮，是液体在玻璃上残留，又被霓虹光反射出的那种光泽。

老董慢慢跪下去，双手捡拾碎玻璃。最大的一片割烂了手指。有血很快蜿蜒出来，和残片上的液体融合了。老董想起下午看到的老榆，那些刚刚发出新叶，来不及长出叶子结出榆钱的新芽，就像这些碎裂的残片，每一枚叶芽上也一定残留着疼痛。千千万万，汇合起来，就是老榆一个人的痛。老榆它是活生生被疼死的啊。老董恨得牙根咯咯响，他又砸了一个杯子。损坏了十块钱赔偿一个的玻璃杯，他一共砸了三个。他们俩一共就要了三个杯子。再没什么可砸了，干脆拎起啤酒瓶摔了下去。

第二天老董不值班，他睡醒了就去找老谭。老谭让他在楼下等。这一等就是两个钟头，老董心里有点生气，你一个老保姆还这么大架子，好像我要跟你约会似的，等的时间越长越显得你娇贵，我越心诚。他是一心要从老谭嘴里听到事实真相，才舍得付出这样艰辛的等待。他坐在楼前看，看风景，看人，看高处的天，看云在天上走走停停。太阳花园所有楼房都有专门的门禁卡，办一个三十块钱，还得有入住手续才能去物业办，所以家不在这里的人，无权拥有那种门禁和电梯卡。所以那些满楼道贴小广告的几乎在这里没法做生意。

老董感受着在这里生存的好，和艰难。只有在这里买了房，有了自己的家，才能享受这里的绿化，道路，路灯，空气，阳光，悠闲。一切没有安家在此的生命，在这里要讨到生活，是要比别处严苛一些，忙碌一些。像老董这样的门卫，像老程那样的保洁，像蜘蛛侠一样疾驰而过的外卖小哥，像永远都在打电话的快递员，像遛狗溜小孩或者抱怨主顾苛刻的保姆……还有老榆。都是外来的，都在这里讨生活。老榆放他们当中好像有些不贴切，老榆跟他们不一样，老榆脚下有地，脚一直扎在这片土地上，就连这里的上万名户主，所花上百万人民币买到的也只是房屋使用权，土地是国家的，有证书为证。人们的脚板早就洗得干干净净。老榆的脚板一直插在泥土里。这世上的事就是这么说不准，脚板不带泥的能在这里好好活着，从来没有离开过土地的老榆，却连根烂了，就这么死了，死了还能坚守脚下的土地吗，肯定是不能了。老董想一次，就在心里落一次泪，他感觉遭遇这样待遇的不是老榆，是他自己。他在岗位上没法集中精力干工作，眼睛一闭就想到老榆，眼睛睁开也想到老榆，老榆浑身的粗树皮一块块翘起得更严重，它肯定在濒死线上做最后的挣扎，它灼烧疼痛，全身水分被燃烧消耗，它在无声地呼号，可怜它没有嘴，没法让世界听见它的苦。现在老董用自己的心和大脑还原这个过程、这些苦，也许老榆已经难以感知了，但老董就是要拿这种苦折磨自己，熬煎自己。

老谭风姿绰约地到了。一个老婆子，不好伺候！老谭一到就给老董诉苦，八十多岁了，聋了，瞎了，瘫了，屎呀尿呀吃呀喝呀，都在床上哩，我一把屎一把尿一口饭一口水地孝敬，比我妈还难伺候，动不动跟子女告状说我虐待，我真是……恨不能她死了算了！老谭忽然咯咯咯笑了起来，说谁叫咱贪恋人家的工钱来，做她一家，等于挣了三家的钱。我就受着吧，她终有死的一天。

老董看到了老谭的老。头顶上冒出来的大片白发根，额角一笑就乱颤的皱纹，身上虽然喷了香水但遮不住的老年妇女的气味，还有这大大咧咧清清楚楚的直奔钱的厌烦和无奈。老谭也挺不容易的。老董忽然有点可怜她。他通过她的身上的感觉和气味，想象那个日夜折磨她的老婆子。一个八十多岁的女人，折磨另一个六十多岁的女人，借助的是每个月四千块钱的工资。说不定后者也会欺负前者的，凭借的是二十年年龄差距和尚健全的身体。这世上谁比谁活得容易哩。获取和付出，哪种才算活得好一点。如此看来，老榆确实该死了，该挪窝了，该腾地方了，寸土寸金的地方，哪能让它占着一片地长久不动，如今想来这几年它够幸运了。

悔恨像一群阴暗潮湿的小虫子，沿着老董的脏腑往上爬，它们爬呀爬，要从嘴里钻出来，要爬进脑子里去。前面的在蠕动，后面还在源源不断地滋生新的同类。老董知道这叫五内如焚，叫生不如死，叫悔恨交加。老董不敢跟人提那件事，他印发二百张传单，和孙子一起为老榆奔走的事。现在想来他失败了，孙子也失败了，大家的呼吁确实引起了社会的广泛关注，老榆被保下来了，但没想到那些欢喜都是表面上的，他的高兴还没冷下去，他们就已经下手了。

从老谭忽然凝重起来的神情，老董感到了事态的严重，应该很严重。不然老谭这老娘们不会这么紧张。这段时间在群里就一个字都没提过。就她的大嘴巴本性，能让她忍这么久，可见这回是真不敢乱说的。

老谭很忙，三言两语说了听来的消息，抬手拍拍老董的肩膀，说不要再瞎打听了，这事和咱没关系，咱划不着把脑壳子往深处扎，到此为止吧，啊，这个耳朵进去那个耳朵出来就成了，该做啥回去做啥去，你我都老了，能有手头这点活儿干着挺好的，再说老榆，它杵在那儿确实挺挡路的，死了好，死了给人家把地盘腾出来。

老董慢腾腾往回走。脑子里一根筋在抽，抽得疼。消化这些云里雾里的信息，需要时间。他怎么感觉越活越不争气了，脑子周转不灵，总是卡壳。脑子卡，脚步也不稳，走得好好的忽然就脚跟一软，趔趄出几步，随时都要四处乱碰。微信响了。老谭发来消息，说我劝你最后一句话，不要蹚这浑水啊，这里头水深着哩，你那份工作还想保就不要乱说乱问乱喊。

老董想找人说说话，找谁呢，一时间想不起来谁是愿意听他絮叨的人。给孙子发信息，发了好几条，只回了一条，说忙着准备考研哩，啥事等他忙完了这阵子再说。忙完一阵子，黄花菜早凉了。老董知道孙子指望不上，也不应该把娃拖进这摊浑水来。老谭那种老江湖都说是浑水，说明确实不是小老百姓能管的事。

老董靠近老榆，没勇气完全靠上去，在它对面一个石头上坐了，然后打量它。它完全死了。这才几天没见，它就全身枯黄了，一副白发萧瑟的模样。那些嫩叶芽，包括梢头的嫩枝，一层层地落，梢头空了，脚下厚厚一层。偏偏今天有风，西北风哗啦啦地扫，老榆好像终于感到了危机，它怕，冷，不知所措，它有了可怜无依的迹象。一个老保洁拖着扫帚过来，弯腰扫新落的枯叶和干枝。一边扫一边用扫帚头狠狠地抽打能够够到的地方。老董看见扫帚所到之处，老榆怕疼一样，瑟缩着，颤抖着，它想抱紧自己的身子，蜷缩起每一个枝条，护住一些还没有完全干透要落的叶子。扫帚无情，它无力，它像一个瘫痪的人，被人脱光了衣服，没法动，不能呼喊，不能挣扎，只能光溜溜地赤裸着任人抽打。老董看得出老保洁不是大滩地遗留的老人，面相上带有苦，满是抱怨。老董想劝劝的话不敢说了，怕招来一顿臭骂。他不劝，老保洁已经在骂骂咧咧地抱怨呢，是嫌弃老榆呢。说死了好，早死早腾地儿，年年落叶子，给他多添了多少麻烦！现在死了，算是从根上解决麻烦了，以后他的日子要好过多了，只要等清理完这最后一茬，就好了，彻底结束了。

老董装作查看落叶情况，绕着树走了几圈，没看到挖掘的痕迹，倒是树坑上多出来一圈红砖，用来盖楼房的那种空心砖。啥时候铺上了这些？老董一点印象都没有。好几个月了他都在留意着这个方向，却还是大意了，错过了机会。也许正如老谭说的，是夜里偷偷进行的，沿着树根挖了一个深坑，然后把几桶硫酸倒进去，再填埋了，然后给上头铺了一层红灿灿的新砖。狗日的，面子文章做得挺好啊，新砖这么密密麻麻一铺，下头有啥大秘密在发生，谁都想不到吧。

老保洁扫过来了，抢着扫帚给老董发牢骚，说你瞧瞧，这个老东西，丑得不行，享受的待遇还不低哩，你看看给伺候的，霸占着一坨地方不说，拉撒都得我伺候着，我把我爹妈也没这么当事过。

老董本来想和他说点什么的欲望就这么没了，他看得出是没法交流的。他看见老保洁确实很老了，腰弯下去，脊背上就塌出一个坑。落叶枯枝确实多，他三五步就能扫起一堆。再扫，又是一堆，他走过，身后坟头一样跟满了垃圾堆。要是在过去大滩地，这些枝叶有用呢，可以给牛羊吃，牛羊吃剩下的晒干了煨炕烧灶火。城里不用这些，它们就变成不折不扣的垃圾。这么多垃圾老保洁的小推车得好几趟才能拉完吧。老董忽然有点可怜起老保洁来，他年岁跟自己差不多，可比自己还瘦弱，一天这么扫扫拉拉，也够辛苦的。

老董慢慢挺直了腰，揉揉眼睛，他觉得想通了，接受了，老谭说得对，他需要这份工作，每个月要给儿子攒钱，他这么一把年纪了，离开这份工作还能做什么呢，就是老废物一个。说实话这几年在玻璃房里养懒了，要他现在去干老保洁的活儿，他都不一定扛得下来。老董决定把过去的事烂在肚子里，就当没有参与过。眼前的事，就当视力下降严重，也没看到。以后的事，以后还能有什么事，老榆死了，按照某些人的设计，加速死亡，死了不就是一棵死树，人死了都得埋，一棵树死了自然也得处理，拉出去扔了，或者进木材厂——做家具盖房子什么的，老榆那身板肯定不行，百年岁月把它长坏了，榆木本身就不是好木头，它还歪歪扭扭的，浑身起皮，还有好几个疤节，要是直溜点儿栽到哪里还能做个柱子啊，偏偏它腰身扭曲得那么严重。真的全身都是废物，没有一点可用的长处。只有打成木屑，去压制人造木板了。好在既然死了，就再也感觉不到疼痛了，就算被刨根断枝，粉身碎骨，那也是不疼了。不疼是一个挺好的结局，老董忍着一对膝盖疼痛，起身离开了老榆。

日子彻底平静下来了。老董每天打起精神坐在新玻璃房里上班。他的目光始终不敢看后面，死而不倒，半趴半蜷的老榆一直在原地扔着，他怕自己的心忽然就崩溃了，他怕自己扑过去抱住它大哭出声。他坚强地活着。它死了，他还活着，它不能保护自己，他要保护好自己，他要替它活着，他要看着太阳花园越来越漂亮，变成大滩地人以前做梦都不敢想象的人间花园。

随着西大门拔地而起，地面的绿化净化美化亮化都跟着出现了新气象。路更宽了，路畔做了两道游廊，大红色雕刻透视屏障拱卫着游廊，隔三五步就是一道宣传栏里，里头有花花绿绿的宣传图片。老董没事的时候就背着手一幅一幅地观看，看着走着，不由自主一样就走到最后，游廊尽头是老榆。自从老榆枯死后，这一片砖地凌乱得不行。老保洁天天清扫，却总是有垃圾天天在树下堆积。好像所有的纸片，塑料，叶片，都喜欢随着风往这里跑。住户的宠物牵到这里，就抬起腿方便。有人把剩饭剩菜装在袋子里，走到砖地上忽然就脱手扔下了。老董每次走到这里就停步。他没勇气往前，没勇气听到老保洁和居民的抱怨，也没勇气面对老榆的目光。老榆已经死透了。从躯干到枝头，全硬撅撅的，好像在以这种姿态表达着最后的悲愤。浑身的树皮本来就干硬，现在寸寸翻裂，翘起大片死皮，连那些疤疥都好像被放大了，一个一个像娃娃大哭的嘴巴，峥然张咧，空洞地望着。好像在怒视，要质问，想诉说，还是要呐喊。老榆死了，目光还在，老董不敢和这样的目光对视，他怕看到老榆的目光还活着，醒着，跟他表达一种死不瞑目。老董越来越觉得别扭，他觉得这样晾着老榆不合适，已经死了，那就按死了来处理，拉出去卖了还是扔了都可以，却偏偏没人做这件事，好像它死了大家就看不到它了，就可以容忍它的存在，让它像被斩了首以后示众一样存在着。就这样一天天一月月地放下去？它现在其实已经成了最破败的风景，周围成了小垃圾场。老保洁的意见越来越大，有时候人还在西大门，嘴里就开始抱怨上了，沮丧着脸，用最难听的话诅咒那棵死了还祸害别人的老树。老保洁不是大滩地旧人，但他好歹知道一点大滩地的旧历史。所以他憎恶老榆的同时，也憎恶上那个已经消失的贫穷落后的村庄。

死了还不倒！啥意思，要立碑吗？要千年不倒吗？保洁甩着芨芨草扎的扫帚，一下一下刮拉着新增的垃圾。

老董打了保洁。辖区派出所的民警都来了，老董还扯着人保洁的肩膀不丢。老董就一句话，你冤枉它了，你得给它道歉。

我给它道歉？我神经病啊我？老保洁终于挣脱了老董的攀扯，甩着脖子，眼仁气得涨红。一个死树，老皮老骨的了，叫我给它道歉，它能听见还是能看见？再说我咋着它了就得道歉?!

老保洁不是好打的，挨了几拳头，得拿钱补偿，老董被罚了款，还被拘留了几天。老董出来时儿子在门口接，他没问什么，老董就知道他已经知道是非的过程了。老董灰溜溜的，特别沮丧，不想做什么解释。回到家就闷头睡觉。睡醒了，爬起来颤悠悠往太阳花园走。要去西大门值班。请一天假都要扣一天工资呢，还不知道他被拘留的日子人家给算请假还是旷工呢？路过老榆的时候他不再躲避，大大方方看它。这一看老董吃了一惊。老榆变了模样，像个落魄的穷人，忽然飞黄腾达了，它被供起来了，这才几天不见呢，变化来得这样快。老榆扎根和枝叶覆盖的那个地盘，彻底消失了，脏乱差也消失了，红砖地消失了，用洁白的人造花岗岩砌出一个圆盘，老榆就趴在圆盘最中间，它好像一个以圆盘做底座的大雕塑。老董看得出来，它缩小了，应该是被人修整过了，去掉了多余的枝干，就留了一个大致的模样。和以前比，它残留的是一个袖珍版的自己。这一来就不影响西大门了，也不影响整个小区环境了。树旁边立起来一块青色人造石，上头刻着红色油漆写的大字，古榆。石头背面一行字，保护古树，珍爱文物。

原来你成文物了。老董笑。活着的时候那么难，死了倒成文物了。老董到处找，找不到老榆的眼睛。老榆的皮还是那么粗糙，好像无数的眼睛大睁着。这些眼睛明明还在，可为啥老董就是感觉看不到了。他睁大眼看，明明能看到，但心里能清楚地感觉出，看不到了，再也看不到了。好像是谁的眼睛闭上了。这感觉怪怪的，让人心里凉飕飕的，好像心亏了，空出一个窟窿，窟窿还在往大了塌，要塌出大滩地一样的大，要塌出世界一样的大，要把老董给吸进去，埋起来。老董揉揉眼窝，明白了，不是老榆的眼睛闭上了，浑身的眼睛都在呢，从来都没有和谁妥协，是眼睛里的目光消失了，眼神空了，像一个个洞，在悲哀地看着老董。要跟老董说点什么吧，毕竟这么多眼睛都还认得老董的。要说点什么呢。老董如今要伸手摸摸它是不可能的了，它和世人有了距离，精致的展台太高，老董够不到它，老董得昂起脖子才能和它对视。老董的老脊背靠不到它身上。老董感觉它被人弄得像个一百岁的老爷爷。就算还能食用人间烟火，人间也不给它烟火了。人间需要神，它就被供起来了。它自己愿意吗？世人不知道，老董也不知道。老董只看到它的死带来了很好的效果，它周围那一圈土地被腾出来了，已经被分割成小方块，一块一块的被做成了小菜畦，铺了不知道哪里运来的肥土，隔了彩色的栅栏，跟幼儿园孩子的玩具布景一样。一个个牌子上写满了字，业主私家菜园，绿色天然种植，体验田园乐趣，欢迎认购。你不服如今的开发商真是不行啊，这点地面都能卖钱，还卖得这样高明。什么叫寸土寸金，老董再次开了眼界。老董围着新的小圆台座，绕了一圈，看到几个衣着光鲜的男女过来了，一看就是头头，他们是奔老榆来的，一来就围住了谈论起来。

把讲解词准备漂亮点，请个专业解说员来，再给这碑上扎块红绸子吧。

另一个头头模样的强调，一定要突出这棵树的老，老就是历史，就是文化，就是根儿，就是价值，就是看点。

一个大肚子头头说一定要把企业精神融入进去，百年不老，老了几十年不死，死了屹立不倒，这就是我们太阳房产的精神啊，值得挖掘宣传，成为广告亮点。

一个女头头吧，声音很脆亮，说这个可以和社区联合起来开发，建议他们打造成开展社区居民思想教育活动的固定场所。

对，这个好，我们还可以申报全市精神文化建设示范小区。

老董心里焦急。苦于自己文化少，听不懂这些人的话，云里雾里，糊里糊涂的，又不敢凑上去多问，眼看着一窝人乌泱泱的，在讨论中离去了，他才做贼一样靠近老榆。老榆还是老榆。又不是老榆。老榆的眼睛都睁着，空荡荡看着老董。

老董兜里手机响起来，老安的声音说你快回来，你被开除了知道吗，我们这些大滩地的老家伙，都给开除了，我们老了，不中了，人家要换年轻人。

　　老董跌跌撞撞地跑。要跑去哪里，一时竟不知道方向。跑了半圈，昏头昏脑绕回来了，看见高处的老榆摇摇欲坠，那满身的眼睛都睁开了，好像在笑，又分明含着深不见底的悲伤，老董心里一热，就一头撞了上去。

　　老榆如今坐得高，老董的脑袋只是撞到了人造花岗岩底座。

　　老榆好像有感应，要响应老董，轰然一声从高处塌了下来。这一倒，它那保持了不知道多少年的半趴半卧的受刑般的姿势，终于画上了句号。

　　原发《红豆》2021 年 1 期。

公交车

1

周六搬吧，我查了，天气不错，适合搬家。

苏苏坐着没吭声。她有一会儿的失神。

咋地，还真舍不得啊？王建设笑了，笑得刹不住，在地上转了半圈，显得很夸张，似乎在苏苏有些迟钝的反应面前，他的笑点瞬间降到了最低。

苏苏看着他笑。她的表情有些无辜，像一个小女孩刚从睡梦里被惊醒，正停留在一个醒与梦的边界线上，犹豫接下来是一脚踏入人间回到现实，还是继续沉溺到梦里去。王建设觉得她这个表情最好玩了，显得笨笨的，还没长大，还傻着，就被自己娶来当了媳妇儿。王建设就觉得很开心，好像在什么方面占了便宜一样，忍不住一直笑。

为了不让王建设的笑太过于孤单，苏苏应景一样陪着笑了笑。只略微浅笑了一下，她又不笑了。她在心里计较着一件事。一件不能拿出来和王建设商量的事。这些年她什么都和王建设商量，她是个依赖性很强的女人，尤其对王建设，她干啥都要问一下他，王建设的看法，王建设的想法，王建设会是什么意见，王建设赞同还是反对，总之王建设就是主宰者。

千万不要以为王建设在压迫和欺负这个弱女子。没有，王建设从不欺负她。一切都是苏苏愿意的。她甚至是喜欢被王建设统治的。这种统治可能会影响和限制一些自由，可更多的是，能提供保护，安全，稳定，踏实感。苏苏沉溺这些东西。她乐意做王建设的臣民。她喜欢在一种被设计好的框架里，懒洋洋过她的小日子。水没了王建设充卡，电没了王建设去买，桶装水喝完了，王建设扛着净化水桶吭哧吭哧去小区供水点灌。米呀面呀一旦没了，王建设会买回来还把袋口拆开，摆进纸箱子里。鱼缸里啥时投食啥时换水，苏苏从没沾过手。王建设是万能胶，这儿粘了那儿粘。他们生活里的小缝隙小窟窿，开胶起皮，走风漏水，都被他填补得平平整整严丝合缝。

王建设把苏苏养成了小女人。这说出去肯定会让小城的女人们暗暗羡慕的。女大当嫁，这世上的女人，最后几乎每个都嫁给了男人。可并不是所有的女人都能遇上王建设这种宜家宜室的好男人。男人常见，王建设不常见。所以熟知他们家生活情况的亲朋好友们，大多数是羡慕的。女人们眼馋王建设的好，和苏苏享福的命。男人们则对王建设嗤鼻子的同时，也还是禁不住佩服那对夫妇之间的恩爱、般配和默契。珠联璧合，他们当得起。

王建设说完又动手装起箱子来。三个大号塑料收纳盒，这次发挥了很大的作用。比纸箱子更为结实，严密，便捷。什么都可以往里头塞。从刚开始的坛坛罐罐，衣服，被褥，书本，纸张等粗大结实物件，到后来深入到生活内部，密布在肌理层次下的更为细小琐碎的器具，比如抽屉里的螺丝，扣子，剪刀，擦鞋布，鞋油，手套，指甲剪，茶叶盒，钳子，染发剂，刷子，针线盒，钢笔，墨盒，洗面奶，旧袜子，旧手机，孩子的玩具飞机……搬家这件事，远不是一个搬字就能概括包揽的，就像打开了万花筒，平时藏匿、镶嵌在难以注意的地方，边边角角，明处暗处，高处低处的各种用品，这下全露了出来。

苏苏看着王建设忙活。她不想参与。偏偏王建设不让她清净。他举起一个圆盘，问老婆老婆这个丢还是拿？苏苏不吭声。王建设摇得手里的盒子霍郎朗响，问老婆老婆，这个究竟带不带？苏苏听出是跳棋。那个跳棋盘子早破了，玻璃珠子也缺失不少。丢了也好。苏苏懒得说话，她在跟什么人生气。是王建设，还是她自己？说不清楚。建议买新房搬家的是她，急吼吼要搬的是王建设。说有错，也是两个人的错。苏苏却把气生在一个不确定的人身上。

王建设不知道又举起了什么，问老婆老婆这个拿还是丢？他的口气怪腻歪的，哪是在整理东西，分明在找借口跟老婆搭讪，逗她笑哩。苏苏心里本来就乱，他插科打诨地闹，苏苏就更烦了。她下了决心，换衣服，换鞋，拿起包，对着穿衣镜匆匆看一下，就离开了家。出了门，又有点不忍心，给王建设发信息，说有事出去一下。

小区门口有三个公交站点。左，右，和前方各一个。苏苏向前方走去。前方那个站点是距离她小区大门最远的一个。她可以向右，坐1路车，也可以左拐，乘10路车，但她每天都需要舍近求远，步行七八百步，去前方的站点。高跟鞋在路面上不紧不慢地走过，她听着这熟悉的节奏，心里渐渐升腾起一抹淡淡的酸楚。十年来，她三百六十五天，几乎天天都这样匆匆走过，坐上5路公交出发，晚上又坐着5路公交归来。从春夏到秋冬，刮风下雨，年前节下，她几乎风雨无阻，很少缺席。

苏苏把脚步放慢，再放慢，她已经想好了，这是最后一次走这段熟悉的路，那就尽量走慢点，寻找一下初到小城那会儿走过这里的心情。七百零五步，七百零六步……苏苏硬生生收住，不走了，回头看，有些无奈，自己给自己苦笑，改不了了，说好的走慢点，却还是收不住自己的腿脚，将近八百步的距离，七百刚过就到了，她这是急着去做什么呀，今天又不是去上班。

这些年她几乎每天都在小跑中追赶公交车。不知不觉，练出了现在的走路速度。习惯成了自然，现在想慢下来还真难。记得刚进城的时候，附近还没有通10路和3路，只有5路公交。那时的公交站牌很简陋，不像眼前这种有座椅、有遮风挡雨的顶、有巨大玻璃宣传栏的全新样式。现在的站牌很漂亮，玻璃是新的，里头装着大幅背景，上头有公交路线图，有宣传国家政策的图片和文字，还有广告。苏苏候车的时候就看这些。她尤其喜欢看军民团结宣传栏，里头有三个齐刷刷并立的军人头像，他们都很帅。苏苏悄悄在心里给他们的颜值打分，排名次。有时候她觉得第一位的眼睛好看，透着灵气，有时又觉得第三个的鼻梁高挺，秀气。有时候又瞅着中间那位最耐看，属于猛看会忽略因而需要慢慢细看才能看出味道的那种类型。平时总是在匆忙中做比较，她今天清闲，有的是时间好好看看。她从左看到右，又从右看到左，然后无声无息地发笑，今天看清楚了，也对比出了结果，三个小伙都帅，一样的帅。

公交站点的座椅空着，苏苏吹了吹，吹起一缕白白的尘土。小城多风，干燥，别看不刮风的时候挺干净，其实还是有尘埃的。苏苏爱干净。吹了还不放心，掏出一片手巾纸擦了擦，这才坐下去。有公交车来了。她坐着不动，红色公交车，是3路。她等的是5路，5路一律是浅绿色外表。3路车停下，气动门扑哧一响，前后门同时开了。有人从前门上去了，有人从后门下来了。扑哧一声响，门前后合拢，车喘息着走了。苏苏瞅着这一幕，忽然禁不住咯咯咯笑了，她觉得这公交车怎么那么像一个大肚子的女人，挺着肚皮赶路，一程到了，哗打开产门，张开嘴巴，大嘴前头吞人，产门后面生产，一进一出，出出进进，就这么一程一程地蹒跚前行，从早到晚，在固定的线路上，重复着同样的事情，永不疲倦。把小城里的人，吃进去吐出来，吃进去又吐出来，从这里搬到那里，从东头带到西头，没有人听它喊过苦，叫过累。它们究竟累不累，苦不苦呢？

公交车司机是会喊苦叫累的。苏苏记得清楚，那时候的5路车跟今天的没法比。其实那时候全城的公交车都一个样。比跑长途的汽车小，又比乡村客运稍微大一点儿，外观上没有这两种车严密，要开敞霍亮一些。外表刷成红色，远远地来了，有人招手，公交车就真的停下，有人拉开车门，路人扒上车，车继续往前跑。现在想起来真让人觉得有些不可思议，不过那时候还真就是这样，公交车就是招手停，公交站点是有的，基本上就是个摆设，从没几个人愿意跑到站点去乘车，大家都习惯了半道上拦车，车也习惯了随时停下上人。公交车也是私人的，司机，卖票的，两个人，一个开车，一个卖票。一个人每次上车一块钱。苏苏每天来去四趟，就需要准备四块钱。一天四块，一月一百二，一年就是一千四百六。十年呢，十年竟然上万了。想想还真有些惊人呢。

铁座椅凉凉的，苏苏感受着凉意沿身体蔓延的过程。今儿周六，公交站点没人等车。她一个人享受着宽松清闲。平时可是难得的。夏天的时候，尤其下午上班那个时段，是高峰期，公交车里人挤人，满鼻子都是骚哄哄的人肉味，呛得人喘不过气来。要运气不好再和有狐臭的挤在一起，可真就遭罪了。尤其前些年，车小，简陋，没有空调，最热的时候也就司机头顶上吊个风扇在转，座位少，总是抢不到位儿，只能在人的丛林里站着。高处的抓手不够，转弯的时候都是人抓人，抓别人椅背，歪歪斜斜地互相撞击。要不是窗外闪过的是沿街的市容，还真给人感觉乘坐的是在乡下村道上晃荡的班车。到了冬天，大家都穿得狗熊一样胖，车里显得更狭窄了，人挨人人挤人。下了雪，暂时不消，路面结冰，行路变得困难，挤公交的人猛增，往往上了车两头都下不去，被拉过站头的事常有。

如今想起这些，有种恍如前尘，已成往事的感觉。车来了。绿车。是5路。缓缓靠近站点。两个穿校服的孩子忽然从背后跑出来，一边打闹一边上车。车门合拢，重新启程走了。孩子的笑声和闹声还在耳边回响。车后没有放屁一样喷出的烟雾，只有一缕淡淡的尘埃。马路早晨洒过水的。苏苏静静坐着，如今的公交车是政府购买的纯电动车，不排尾气。苏苏发现她还是有些怀念排尾气的日子。留恋什么呢，说白了就是已经逝去的时间，那段时间她的年龄在三十岁到四十岁之间，整整十年，就这么过去了。真是一地鸡毛的十年啊，有时候她甚至没勇气回头去看。

　　5路车是十分钟一趟。苏苏发现今天时间过得好快，十分钟也就她打一个愣怔的时间。又一辆5路车来了。车里人不多。苏苏老远就盯住前窗看，是个女司机。她悄然舒了一口气。

　　心情再次放松下来。透过车玻璃，能看到车里的大概情景，周末全城休息，上班的上学的都在家，不存在高峰期交通压力。没有乘客等车，车还是停下了，车门打开，没人下车，车门关闭，启程走了。苏苏目送。不知从什么时候起，公交车开始按班按点地行驶，只有到了站点才停，再也不会有人招手就停下装人。应该是第二次全市交通大改革以后执行起来的。而苏苏在小城生活历程中的第一次全市大范围公交改革，是在七年前吧。

　　当时市民能明显感觉到的变化有两个，一是乘车没那么便捷随意了，以前出了小区门，看车过来就招手，公交车和出租车抢道，秩序经常混乱。这一整顿，效果力见，各走各的道儿，整齐多了。可也有大家不愿意接受的地方，就是坐车必须去站点，拎多重的东西都得走到站点。公交车也不会随走随停了。大家一哄声地抱怨，叫苦，感觉一直以来的舒坦，就这么被剥夺了，不适应哇。苏苏倒觉得挺好的，规范以后，从前很多不好的毛病都被逼着改掉了，这对谁都是好事情。

苏苏要去上班，必须从这里乘车。她每天步行赶往公交站点的时候，数着脚步，一共七百到八百之间，着急小跑的时候多一些，悠闲不急的时候大步慢走，脚步的数字反倒少了。数脚步是为了让自己镇静，也为了排解心里的寂寞。苏苏常常一边听着自己的脚步声在水泥地面上匆匆响过，一边看着一个个和自己一样忙着赶车的人，一个很奇怪的念头就在心里高高地飘荡，为了什么呀都这样急急火火的，是赶着把生计过得更好呢，还是赶着去死。人生不过百年，何苦如此匆匆。可是，自己不也这样匆匆又匆匆吗？

2

苏苏是一次赶车扭了鞋跟的时候遇上那个司机的。女人爱美，苏苏也不例外。她喜欢穿高跟鞋。就算每次去往公交站点的时候，一双脚很不舒服，可还是舍不得不穿。如果遇上时间紧，车又马上要靠站的情况，乘客就得跑着去追赶。苏苏夹杂在众多赶车的人群里，不能撒开脚丫子疯跑，得像淑女一样跑小碎步。等赶上车，爬上去，喘息着投钱，找座儿，终于把一口气喘匀了，苏苏就后悔，恨自己活要面子死受罪，悄悄在人群里把脚从鞋里拔起，让委屈的骨肉透透气。穿平底鞋当然更舒服，跑起来也快。但人就是这样奇怪，明明能认识到的缺陷，就是不改。不让步。不愿意放弃那点坚守。

对于女人来说，还有比自己对自己随便就让步更可怕的事吗？苏苏个子矮，又微微发胖，只有穿起高跟鞋才能勉强把她撑到一米六。才能让裤脚不扫地，也才能让她在镜子里显出一点儿高挑和苗条来。所以高跟鞋是苏苏出门的标配，每一天都不离不弃地相伴着。她获得了一点美，脚受到了该有的折磨。鞋子好不好，脚知道。

还好穿着高跟鞋追赶公交车并不是常事，为了让自己显得从容，苏苏总是提早出门，不过也有仓皇难顾的时候。偶尔睡过了头，收拾家里拖延了几分钟，或者被别的难以预料的事情给耽搁了。打出租车，不到万不得已，她是舍不得花那个钱的。她小跑着去赶公交，平时想尽力维持的那点从容和悠然，也就在奔跑中给丢得七零八落。

这天她又迟了。她刚出门，车远远就来了，她不跑这趟车肯定赶不上，要是早早跑起来，和公交车赛跑，公交车还有一个红绿灯要过，这么一来，苏苏小跑就能刚好赶上本趟车。单位指纹签到，迟到一次就扣五十块钱。她舍不得那五十块钱，她就得跑起来。苏苏习惯性地甩开胳膊，小碎步跑，直冲5路公交站点。车来了。从身边疾驰而过，裹起一道劲风，凌厉，巨大。苏苏提醒自己保持仪态，再忙乱，女人该有的仪态还是要保持。车已经停了，车门大开，有人上，有人下，乱哄哄的，苏苏希望上的人多一些，多几个就能让车多停留一点时间，她就能赶上车了。

这时候脚下咯嘣一声响。被什么生生拽住了脚跟。她狠狠一挣，脚下松快了。她顾不上细看，又忙忙撵车。车已经闭门启程了。苏苏跟跄了几步，不赶了，放弃了。再赶也是白费力气。苏苏不止一次看到有人像自己一样赶车，眼看着能坐上，偏偏又坐不上。有一回一个女人追车的时候太着急，忘形之下伸手拍着车门，失控一样地喊着停停停。车没停。苏苏目睹了那女人失态的全过程，心里提醒自己千万不敢张皇失措，好像有点丢人现眼呢。她也曾坐在车里，看到车外被甩掉的市民。有时候是实在不能再停一次，车这么大，哪能说停就给你一个人停，这样也能治治有些人散漫的毛病，这些年公家一直喊着要提高市民素质，但有些人就是老毛病难改，喜欢随地招手拦车，好像车是他们家的。有时候，却是司机心狠，明明眼看着只要再稍微等几秒钟后面的人就能赶上来，司机还是不等，就是能狠下心把人甩下。

苏苏沮丧极了。早知道赶不上，何苦撒泼一样跑这一截子呢，跑得嗓子眼里直冒烟呐。她想退后到街边马路牙子上去，把自己整理一下。这时候车门又开了。车像个巨大的兽，喘息着伏在原地。它没走，又为她开了一次关闭的车门。苏苏心里一热，赶紧追几步，双手握住抓手爬了上去。她上去车马上就关门出发。苏苏一手抓住把手，大口喘气，一手进包里掏钱。同时给司机说了句谢谢，谢谢师傅。

师傅在开车，一般这种情况下司机是不会理睬乘客的。苏苏也没指望人家理睬。有点意外的是，这个司机扭头看她，还说不用谢，你先坐稳了，钱慢慢投。

苏苏好像被人推了一把，真的就顺势坐到了身后的空座上。身子安置稳妥了，两个肺叶还在扇动，嗓子里隐隐有血腥味。刚才确实跑得太猛了。其实迟了就迟了，五十块钱扣了也就扣了，但人就是这样奇怪，有些情况下，心里想的是一回事，身体做出来的反应又是另外一回事，好像能争这一口气，就不会愿意轻易让自己却步。气终于平了，匀了，她先找出一块钱投了。站起来的时候觉得左脚下不舒服。回到座位上偷偷看，鞋跟不见了。她不动声色地坐着，回想鞋跟被丢的过程，应该是临上车时丢的，鞋跟太细，卡进了砖头缝里，被拔掉了。怪不得当时感觉有力量在拽左脚。苏苏装作什么都没发生，丢了就丢了，心里发誓以后再不会为了瞎臭美去买这种跟儿与筷子一样细的鞋了。

下车的时候苏苏怕有人看到这个女人丢了鞋跟而当笑话看，她老早慢慢往门口挪，车一停，就跳了下去，然后一瘸一拐赶往上班的地方。等签了到，坐在凳子上的时候，苏苏想起那个为自己停车的司机来。那可是特意为她一个人停的。在车上还提醒她坐稳再投币。苏苏揉着酸疼的脚腕子，有一点感激。只是当时太慌乱，只顾了掩饰自己的狼狈，都没看清楚那司机长什么样儿。

从这以后寻找那个司机成为苏苏一段时间里打发寂寞的由头。坐公交其实挺无聊的。那时候微信还没全民覆盖。不像现在一上车全是低头看手机的，年轻人能从上车刷到下车，中间绝不抬头看一眼别人的大有人在。苏苏也早习惯了坐车看手机，刷宫斗剧，一遍一遍看，在公交车上的这段时间也就过得快多了。那时候苏苏还没买智能手机。挤在公交车里只能闭眼装睡，或者低头沉思，更多的是望着人群出神。挤公交车的，大多数都是和苏苏一个阶层的群体。学生，上班族，跳广场舞的彪悍大妈，去超市抢鸡蛋或去药店排队购买保健品的老年人。这个群体的人有一个共同特征，就是兜里没多少钱，要么舍不得花，钱多或者舍得的话，早就买车开了，不会早晚来这里挤一身又一身的臭汗。

苏苏没事干就用目光观察这些同行者。有人是经常见面的，属于这条路线上的固定乘客。有人只是隔三岔五见到，也有人属于从来都没有见过面的类型。十年修得同船渡，苏苏想着这话忍不住莞尔。她和这些挨挨挤挤吵吵闹闹的人们，是修了多少年才有了同坐 5 路公交的缘分。她看到了很多表象，也偶尔灵光一闪，透过表象联想到一些本质。公交车其实就是一个缩小了的社会。它折射出一座城市，在一个时代的发展面貌。车里的设施，乘客的穿戴，人们的言谈举止，所讨论的话题，沿途看到的街景，低处的路面，高处的天空。苏苏感受着这些，也感受着时间在身体里流过的痕迹。一年又一年，每个人与小城一起经历。苏苏身在其中。

3

凡事只要留了心，就会觉得有意思起来。苏苏的注意力从观察乘客，转移到留意司机。她想找到那个司机。找到了做什么，再说一遍谢谢，还是买点什么礼物相赠，或者做一面锦旗送他？她都没想过，可能什么都不用做，仅仅就是想好好看一眼他吧，看清楚是一个什么样的男人，在那一刻忽然发了善心。注意的对象变换后，苏苏发现了司机和乘客的不一样，虽然身处同一辆车里，但属于不同的群体。

乘客总是觉得公交车和司机都是为他们服务的，就得时刻为他们考虑。有时候堵路，或车出了故障，公交车没能按时到达，迟到的班次总会接到候车人群的抱怨，再要遇上天阴雨雪什么的，便会一吼声都是骂司机的，司机要是忍不住还嘴，会引起一车人七嘴八舌的讨伐，公交公司在管理上不合理的后果，就会由一个司机暂时去承受。苏苏也曾混在人群里，发泄过内心的不满。也经常看到有人和司机吵架。

引起争吵的原因各种各样，只有你想不到，没有现实里不会发生的。有人投币把钱卷成卷。等后来发现是半张残币。情况多了，司机就得留心，有人摸出一个卷要投，司机就喊，把钱展开，展开投。为这个吵过。有人上来了，发现没带零钱，掏出五块十块，甚至红灿灿一张百元大钞，要司机给他换，司机没钱换，就发生了口角。也有人上车不问路线，先投钱。投完又发现上错了车，嚷着让司机退钱，退了钱下去换乘。司机哭笑不得，说钱又不是进了他腰包，他没法退。年轻人也就罢了，一般不计较。遇上老年人就会偏偏较真。

有一回一个老爷子抱住车把手就是不下去，司机没办法从自己兜里掏出一块钱退给了他。还有一回，一个穿得花红柳绿的老婆子，手里提两把扇子，把钱投了又改主意要下去，缠着司机退钱，偏偏那司机固执，说没有吃进去又吐出来的，再说这一块钱也不是他吃了，他也是受雇佣的，每个月拿的死工资，和老婆子的一块钱没一毛钱的关系。老婆子被惹急了，干脆撒起泼来，挥舞着两把扇子，用广场舞的姿势向司机劈头盖脸地招呼起来。司机不敢还手，一边躲避一边开车，公交车就在大街上歪歪斜斜扭起了麻花。后来当重庆市有一辆公交车大白天一头翻进了大江，苏苏就想起了这一年的事，小城要是也临着一江水，那辆公交车说不定也得歪进去。想起来叫人后怕。当时公交车跛足一样从一个站点摇摇晃晃趔趄到下一个站点，老婆子才出够了气，骂骂咧咧下车走了。苏苏就在心里给自己感慨，都说坏人老了，老了的坏人横行无忌，没人敢招惹。坏人像老鼠屎一样洒在人群的大锅里，严重影响着城市的风气，小城也没能例外。

也有司机脾气不好或者心情不好，欺负乘客的。小学生一放学就呼啦啦往车上挤，你推我搡，叽叽喳喳，像一窝蜂炸开了。他们还爱吃校门口流动摊子上买的垃圾食品，一上来就满车都是辣条的味道，纸屑包装纸也会随处乱掉。有的司机会跳着脚骂。如果车里实在太挤了，司机就会站起来狠狠往后推。也有时候明明还在上人，他硬生生要关车门，就有孩子像口袋一样东倒西歪，也有被丢在门外的，坐不上车只能眼巴巴等下一趟。有时候下车的人还在往门口挤，司机不耐烦等，咣一声关了门，能把本该在这一站下去的人，拉到下一站才能下。

苏苏也被这么折腾过几回。她跟那些同样被拉过头的人一起骂司机。别人嘴里骂，她不好意思爆粗口，就在心里暗暗地骂。

反正司机和乘客，就是这样相爱相杀的关系。等到苏苏有一天用心观察司机的时候，她慢慢地换了位置，看到了司机的不容易，看到了一拨一拨坐车市民的不足之处。乘客像流水，川流不息，他们来了又去了，车里永远留守的只有司机师傅。爱护车辆的，也只有师傅。

苏苏原来上车后习惯往后走，站在距离门口近处，下车的时候方便。自从开始寻找那个师傅，她选定前门最边上那个座，只要没人占，她就坐。要是有人占了，她就站着，抓住把手，把自己固定在司机身后的空间，看司机开车。

找一个人不容易。苏苏前后留意了将近一个月，没找到人，她已经把所有5路车的司机都认下了，怎么还不见他？尤其下午上班前后的这三趟车，司机她一个一个反复观察过，感觉都不像。又感觉都像。她不敢确认。只能遗憾那天太匆忙，都没有好好看一眼，至少应该把人看清楚的。

人迟迟没找到，苏苏倒是养成了坐在门口，并且观察司机的习惯。这个位置好，虽然门开门合的时候，免不了吃一口又一口冷风，但视野亮堂，只要稍微扭过半个头，就能看到车前的一切。视线和司机同样开阔。苏苏就每天在来来去去中观看车前的街景、人流和旁边开车的司机。

司机和司机不一样。长相，年龄，性别，不一样。就连开车的姿势，表情，状态，也不一样。甚至同一个人，在不同的时间里，那开车的样子也是不一样的。苏苏注意到司机大多数是三十岁到四十来岁的年纪，没有更老的，也没有太年轻的。这个年龄段的人，稳重，沉着，吃苦，耐劳，应该是最适合的人员。

也有偶尔例外的时候。下午返回那一个班次里，就有一个年轻人，也就二十来岁吧，不会超过二十五岁，长得很帅气，修长的身材，白净的脸，不笑，神情总是紧绷绷的。这让他越发显得与众不同，有了一种冷酷的帅。苏苏第一次看到很惊艳，小城水土粗硬，没养出多少娇嫩俊美的容颜，妇女大多数普通朴实，男人多见于强壮，高大，憨实。这种偏阴柔的美男子，本来少见，愿意来开公交车挣这口饭吃的，就更少见。

苏苏跟众多女人的目光一起，反复偷看那个坐在驾驶座的帅哥。

苏苏想不通那孩子既然长那么好一副皮囊，为什么不去别的行当吃饭，跟那些影视明星中被吹捧的奶油小生比，外貌上他丝毫都不逊色。缺的是什么呢，家境，出身，机遇，还是才华？苏苏想到后来就不想了，她确定他不是自己要找的人，那个人应该是个中年人。这孩子开公交车，也没什么好奇怪的，也许他是家境贫寒没机会深造，从而没能进入更好的行业，还也许他自己不好好学，空有一副好皮囊。

还有一个女司机给苏苏印象深刻。她戴着小白帽开车，人本来长得出众，打扮得精干利索，再配上一顶本地回族妇女中流行的淡蓝色小白帽，显得分外惹眼。她和一个男司机倒一个班次，隔天出现在5路车中午下班那一趟公交车上。每次看到她，苏苏的心情就不由得会跟着愉快起来，就像一路看着草木的人，忽然看到了一朵花。这花不艳，但娇，不招摇，却美，是那种让人看了还想再看的美。她显得家常，亲切，本分，这些都不能减损她的美。苏苏觉得她有着与众不同的气质。苏苏总忍不住用爱慕的欣赏的目光看她。有时候觉得心疼她，开公交车挺苦的，她为什么就开车了呢？有时候苏苏又佩服她，一个妇道人家，能跑出来开车，还开的是公交车，她是小城回族妇女中的头一个吧。苏苏偷偷拍过她，侧面，背影，一直不好意思拍正面。

更多的司机，是没什么特别吸引人关注的地方，是特征不明显的个体，有时候作为乘客的苏苏都察觉不到他们的存在。他们习惯沉默，车前贴着一张警告，"请不要和司机随便交谈"，为的是不让司机受打扰，专心开车。所以乘客一般很少找司机说话。没要紧事的情况下司机也总是不会说话。在满车叽叽喳喳的人群里，司机就像不存在，只是一个操作车辆的机器人。

苏苏看到了他们的累。也跟有些愿意说话的司机简短地交谈过，了解到他们每天的工作时间，这份工作倒是不十分地苦，比挖煤搬砖头轻得多，就是时间太长，一天到黑在一个小座位上固定坐着，长期下来，没有几人的腰是健康的。苏苏自己的腰也不好。腰椎和颈椎病是当今的常见病，好多久坐的职业都会得这病。苏苏望着司机们的背影的时候，就禁不住猜测，他有腰椎病吗，到了什么程度，下班回到家后，自己扛着隐痛，还是会去按摩，吃药，做各种缓解？如果还没有得上，她就想提醒他，快及早预防，和别人换班的时候，车到终点站的时候，一定要抽出点时间活动活动，别老是这么坐着。

4

又一辆5路车过来。苏苏坐着没动。看着它远去。如今公交车很准时，说几点来就会几点来，没有特殊情况，比如车祸，路滑，一般是不会延误的。苏苏的手机里下载了一个软件，专门查看公交运行情况的，只要点一下，就会看到自己需要的路线和车辆。和过去比，真是方便了许多。这种方便的来临，在苏苏记忆里，是全市公交第二次大改革之后的效果。第一次改革，把私家车从私人手里逐步收购，换了政府购买的红色柴油车。政府财力有限，不能一次全换，有一段时间全市有个现象，就是有的路线上跑动的是崭新的红皮大公交车，有些路线还是又小又破旧的老车，新车有自动气动门，淘汰了人工售票，采用自动投钱，也开始实行新的乘车规定，乘客要从前门上，后门下，再也不像从前，哪里都能上，哪个门都可下，上下的人经常挤成一团。

苏苏像大家一样，也喜欢新车。如果远远看到眼前驶来的是一辆红灿灿的大公交，她就觉得今天心情大好，一天都会开心。要是正好轮换到一辆破车，她会和等车人一起嘀咕，这破车啥时节才能全换了啊，影响市容呢，拖我们城市发展的后腿呢。

城市发展的脚步没有什么能够拖住，这样过渡了两年，所有的小旧车全部消失了，增添了绿色大公交，纯电动的，连尾气都不喷，寒冬最冷的那几天，也不用担心走着走着忽然就不走了，发动机被冻坏了。苏苏家门口的5路车全换了绿皮的。苏苏喜欢在乘客少的时候，慢慢在车里走动，伸手摸摸巨大的玻璃，这玻璃太干净了，一尘不染。还有座椅，模拟人体坐姿做出的硬塑座椅，整齐，洁净，泛着纯净的光泽。投币箱边增加了刷卡机，公交卡可以刷，后来又开通了手机刷卡，小城的人坐车不带钱了。乘车环境舒适，洁净。手机刷出的电子语音提示是标准的普通话。小电子屏里滚动播放着时间和车里的温度情况。司机座椅后的液晶显示器里放映着有关部门投放的宣传片，或者广告。

两年前全市实行老年人免费乘车政策。从那以后挤公交车的老年人猛增，苏苏住的小区偏远，是小城早年开发的商住小区，二十多年前住进去的那拨中年人老了，小区就成了他们养老的地方。这些五六十岁的老头儿老婆子，有早晚忙着接送孙子上学的，有退休了没事干家里待不住跑出去打牌转悠的，苏苏发现他们很奇怪，最喜欢在全市交通拥挤的时段出来，和上班的上学的挤公交，早晨和下午上班这两趟公交总是挤得满到要爆。

苏苏还算年轻，年轻人为老人让座，是大家公认的社会道德。苏苏有时候好不容易抢到一个座，要是听到刷卡机叫道"敬老卡——"她心里就一咯噔，放眼四处看，要是还有比苏苏年轻的坐着，她就装傻，等别人让座。如果实在没人让，那老人又被人挤到苏苏面前来了，苏苏只能站起来，她不能眼睁睁看着一个上了年岁的老头或老婆子在自己面前晃悠。心里不忍心，也怕被大家指责没有素质。

乘车的老年人也是不一样的。有些确实是需要出门，送娃娃去幼儿园，去医院看病，去办别的事儿，总之是有事非得出门。苏苏烦的是那些吃饱了没事干，偏偏这个点出门凑热闹的人。尤其那些去大超市排队领取免费鸡蛋的，去体育馆举办的交流大会上闲逛的，去打牌的，去跳广场舞的。苏苏觉得他们完全不用这个点和年轻人抢车的，稍微把出行时间错后一点不成吗。尤其不能理解他们从城北跑到城南，就为抢几枚不要钱的鸡蛋，意义何在呢？看穿戴，他们真的不像贫穷到需要那几个鸡蛋的样子。苏苏心里就很不是滋味，让座的时候心里有着只有自己知道的不情愿。

苏苏该让座还是得让，但她心里早就发誓了，等自己老了，退休了，就在家里好好坐着，绝不和年轻人抢公交，就算出门，也不能这么惹人嫌。当然，老年还远着呐。谁知道二三十年后，自己还在这世上不，小城的公共交通，还会是公交车承担吗，乘坐的人又有多少。

又一趟 5 路公交来了。苏苏给自己绽出一个微笑，世事确实难料，这不，才过了几年呢，自己就要结束乘坐 5 路车的历史。新家离她上班的地方近，她已经想好了，搬过去后每天起早点，步行去上班，最多不过二十分钟就能到。走路既能每天节省四块钱，还能锻炼身体，一举两得。她算是要告别长期挤公交车的生活。

5 路车是全市公交中行驶路线最长的公交车，始发点是火车站，终点站在汽车站。汽车、火车两大交通站点都被这条路线贯通衔接了。苏苏像平时一样，老早站到路边，公交车会停的地方。她喜欢这样，车门一开就能上车。快上，快下，节省时间。苏苏怀着一种说不清楚的心情登上了今天的 5 路车。这是她最后一次，从自己家出发乘坐 5 路车。以后就算有机会再坐这趟车，那肯定也是为了办什么事才偶尔坐一次。

这趟路线，她十年时间里重复了有上万次。闭上眼睛，这上万次的行程，像一滴滴水，汇成了一条河。苏苏记得自己在这条河里跋涉的细节，有时候委屈，有时候开心，更多的是平静，无波无浪，是平常日子的景象。她也曾经厌烦过，渴望什么时候结束这种日子——步行去公交站点的日子，追着公交车奔跑的日子，站在车里摇摇晃晃的日子，坐着打瞌睡的日子和刷宫斗剧的日子。当时总不是麻木就是觉得枯燥乏味，现在都变成了回忆和往事，回头看，不一样的滋味从岁月的底板下泛上来，酸，甜，苦，辣，都有。五味交织，把心泡在里头，慢慢腌制。原来那么普通的日子，真的成为过去以后，也会有如此不一样的味道。

车里人不多，都安置在座椅上。年轻人各玩各的手机。老年人望着窗外发呆或者互相说着什么。周末，人少，车厢里分外安静，这太难得了。苏苏专爱的那个座椅空着，她刷完卡坐上去。这才看司机。一个不年轻也不老，不俊也不丑，不高也不矮的男人。

男人穿着司机制服。胳膊上套个红袖章，上头写着安全员三个白字。安全措施加强，是全国几次大的公共场所伤人事件以后抓起来的，司机兼任着安全员，如果有人提着包装可疑的袋子和桶装液体，在前门司机就会询问，问清楚才让上车。真要有人点燃一桶汽油，或者掏出一把凶器，在车里胡来，想想挺吓人的，所以有时候苏苏下意识地就替司机承担起询问的责任，好在她每次都先脸带微笑，口气也很温柔，没有因此引来别人的质疑和反感。以后不坐公交，也就不用再为这些操心了。想到这里苏苏偷偷暗笑，她真是个爱操心的人，而且操的都是没人要求她这么做的心，王建设常调侃说她是瞎操心，操闲心，生来操心的命。可不就是嘛，她牵挂的，在意的，计较的，还真都是别人可能会忽略的，漠视的，不知道的。她却能傻傻地，暗暗地，漫长地，牵挂着，惦记着，不肯丢开手。

就像今天这趟出行。本来可以躺在家里好好睡懒觉的，明天就搬家了，有必要养精蓄锐一下。可她跑出来了，出来的理由只有自己知道。她想做个告别，跟5路公交路线，公交车，司机，沿途的风景，还有就是一种忽然难舍的心情。另外好像还有什么。是隐隐地有种期盼。期盼什么呢？难道会有什么奇迹出现？她又给自己暗笑了。不会有的。尽管人们在影视剧里，文学作品里，科幻世界里，想尽办法创造出各种各样的奇迹，但对于她来说，最实在的还是眼前的日子，小城慢悠悠一年四季演绎着变迁，一切缓慢又真实，从来没有什么大的离奇现象发生。

苏苏是个念旧的人，往往等时间已经过去了，她还会沉浸在里头，舍不得告别，舍不得松手。他们一家在这个小区里生活了十年，如今要彻底告别，一家人已经分别在客厅和卧室厨房餐厅阳台拍了照片，要冲洗出来上墙悬挂的也选好了，留住的是他们家在这里生活的合影。孩子跟同一小区的玩伴做了告别。王建设和一起下棋的门卫老头做了告别。苏苏跟小区门口卖馒头的大嫂说了再见。除了一家人共有的关系，苏苏也有属于她一个人的社会关系。所以她特意来走这一趟，跟一条公交路线，和今天恰好相遇的某一辆公交车，某个公交司机，某些同坐的乘客，做个告别。这是苏苏的秘密。属于隐私，除了自己没有第二个人知道。苏苏不想跟人共享，也不愿意张扬。

秘密在苏苏的心里反复起落，就跌宕出了忧伤的味道。苏苏怀着这种淡淡的忧伤，想，她刚到这里住家的时候，刚坐这路公交的时候，人们看到的是一个才二十多岁的苏苏，年轻媳妇。明天搬到新的小区，那里的人们认识的苏苏，将会是中年妇女苏苏。这里的终点，将会是他处的起点。这中间缺失的，就是年华。年华祭献给了时间。人活在世上，都逃不过时间的追捕。所有的猎物，终将倒在同一支利箭之下。

第三小学过了，第八幼儿园过了，观花小区过了，优素福籴面馆过了，党校过了，回民小学过了……苏苏闭上眼听着熟悉的站名。从前的小公交是不报站的，小城小，说白了巴掌大一点地方，这里跟那里，大家都熟悉，偶尔有不认路的，问卖票的，卖票的就会到时候用方言大喊着提醒一声。换了红色公交车，就有了报站，每到一个站点，司机摁一下按键，一个女声用普通话机械地报出站名。也有老年人，说了一辈子土话方言，听不懂普通话，茫然地打听着要去的地方。苏苏只要离他（她）近，就会帮忙指一下路线。

体育馆到了，福苑小区到了，第六中学到了，哈什穆饺子店到了，交警大队到了……苏苏上班的地方近了。她没下车，坐在车里扭头看着那个站点。每次到了这里都要匆匆下车，被别人的目光相送，这次她成了送别人背影的人。她忽然想哭。不知道为什么而难过。反正就是难过。酸楚在鼻腔里翻涌。这个公交站点这些年没有变更过，由最初的一个简陋的独木撑起的小牌子，后来成了双杆不锈钢玻璃牌子，再到现在的大型带顶落地式双面玻璃屏幕公交站点，高处还有LED电子显示屏。一直在变。只有站点位置没变，牢牢地固守着阵地。它见证了苏苏的人生岁月。十年，说短也不短，人这辈子也就几个十年。它是苏苏的纪念碑。

苏苏低头揉眼睛。以后还是会经过这里的，但是经过的方式，方向，心情，都会不一样，逝去的不会倒流，结束的不会重演。以后它可能再也无法见证苏苏早出晚归的脚步了。这一别，也算是和人生的一个阶段的永别。

车喘息着，像一匹不肯驯服的马，被勒住缰绳，在原地打吐噜，似乎在喷散着热气腾腾的气息。苏苏有些好奇，怎么还不走？人都下完了，该上的也上光了。司机还刹在原地做什么？

苏苏的目光撞上了司机的眼睛。

哎，到站了，忘了你这里下车？

司机说。

他看着苏苏的眼睛说的。

他在等苏苏下车。

苏苏站了起来，她注意到好多目光，齐刷刷都在看自己。是车停留时间太长，超出了该有的时限，大家都不耐烦了。连几个一路埋头看手机的人也抬起了头。大家在用目光追她快点下去。

苏苏踉跄着赶向后门，有些狼狈地匆匆跳下车。她有一刹那的恍惚，好像自己今天真的要在这里下车，却因为行动迟缓，耽误了大家的时间。

苏苏在公交站的铁凳子上坐了一会儿，她回过神来了，谁说她要下车了，她明明准备坐到终点站去的，到了终点也不下车，再顺原路返回，坐到火车站去。她要把5路公交线坐个来回，像画圆一样，绕着小城画一个圆满的圈儿。却就这么"被"下车了。

中午了，阳光明亮，和暖。苏苏坐着晒了一会，身体有了懒洋洋的意思，脑子里却忽然蹿上一个念头，他为什么知道我在这里下车？那个司机，一个整天埋头开车的公交车司机，每天干的都是前门上客，后门下客的事情，迎来送往，不知道见过多少人，他怎么知道万千过客中有一个女人应该在这里下车，今天因为走神而要错过站点，所以他特意刹住车多等了几十秒？

苏苏回味那个声音，他的语气有家常味道，也有命令的感觉，依稀还有一丝熟人之间才有的那种感觉，像什么呢，像小时候苏苏大雪天不戴围巾母亲追在屁股后头喊叫一样，像苏苏每次忘了什么王建设及时提醒一样。唯独不太像一位司机在提醒一位乘客。

苏苏站了起来，她想追赶那辆车，她可以确定，这个男人就是她寻找了几年的人。那位为专门等她多停过一次车的司机。

车早就远去了。追不上了。苏苏坐回原地，双手揉着脸，她是多么多么粗心呢，其实要找的人这些年一直就在眼皮底下，她几乎每天都会坐一次他开的公交车，只是她一直都没有把想象和现实对上号而已。

原发《黄河文学》2020 年 5 期。

化骨绵掌

苏昔冒着风雪归来，两肩和头上都挂着雪片，在防盗门外一边跺脚上的雪，一边敲门。要不是脚上这双铲雪车一样笨重的大棉靴子和身上桶状的宽松毛衣，还有忘带的 BB 气垫盒和口红，她肯定就不回来了，一下班就直接去饭局地点。这双靴子实在太过笨重，平时穿着倒好，平稳，踏实，踩冰踏雪都不会打滑，脚板舒服，暖和。

但是要穿着它们去参加聚会，她没有勇气，低头看看你就知道效果了，鞋跟粗，低，像某种体型肥大的动物的笨蹄子。一点都没有起到撑起身高的辅助作用，自然更没有塑造体型，营造气质的效果。起的是反作用，镜子里的苏昔显得粗壮，低矮，臃肿，还有一点邋遢的感觉。她是越看越不满意，所以下班后特意赶回来了，想好好把自己捯饬一下，同时把老王和孩子们安抚一下。

门开之前，她用微信给董同学留言，说半个小时后到，她需要先回家把娃娃安顿好。

董同学马上回复说好好好，女同志嘛，理解理解，你先把家里安顿好。接着他发来了就餐地点。邻家香味。先用文字。紧跟着又发一个位置。微信位置定位功能很强大，能精准到分毫不差。

苏昔看一眼，抿嘴而笑，董同学有趣，邻家香味，位于小城最中心的地点，饭菜好，名气大，二十来年了，生意一直好，早就是本地人人皆知的餐厅。那位置只要是本地人都知道。再说就在老师专对面，当年他们在师专上学时每天进进出出都能看到那家餐馆，可以说熟悉到不能再熟悉，哪里用得上特意发个位置过来。不过苏昔没觉得董同学啰唆，多此一举。她倒是忽然感到了他的贴心，还有一份真挚。此刻的董同学，正在挨个儿给大家发同样的信息吧。邻家香味的名字，还有具体位置。他要把一份入微的细致，送给每一位受邀参加聚会的师友。

没人开门。能听到屋里琴声在响，断断，续续，磕磕，巴巴。是女儿，不是特意练习，而是放学归来，摘下书包后，衣服都没来得及换，就靠在琴架边，信手弹拨了起来。孩子青春早期，有叛逆迹象，她应该早听到了敲门声，却有意不来开门。

苏昔苦笑，伸手在兜里摸钥匙。

董同学又来信息了。老同学，孩子没人看就领上么，你住哪里，我开车去接吧。

屋里琴声忽然高了。接着又低了。高低之间没有合理的过渡，像一个夜行走路的人，一脚踩空，却没有一头栽倒，打着趔趄站稳了，复又迈步，节奏凌乱了，杂杂地交织着。

一抹烦忧袭来，苏昔忽然烦躁，匆匆回话，不用接，我自己打车。

回复完，退出微信，踏入家门。

老王在家，正板着脸坐在书桌前，对面坐着儿子。一看那气氛，苏昔就知道儿子又闯祸了，惹他老子不高兴了。

咋了咋了——她有意提高嗓门，一边脱下棉衣，一边挽袖子系围裙进了厨房，鞋和打底裤就不换了，回头还得穿。她已经决定了，在出门前飞速为爷儿三人准备下晚饭。把肠胃安置好，一切就稳妥了。这大雪纷飞的夜晚她撇下他们父子，跑出去聚会，心里也就没什么可愧疚的了。

有啥大不了的呢，她笑呵呵调解那仇人一样的爷俩，说着拿起刀子削洋芋皮。皮一片一片飞舞，落雪一样。她说是不是又没考好？要我说啊，小王你该收心了，这都初三了，再不好好冲刺一把，你这辈子就完了，考不上一中，你难道去五中七中混日子？

儿子小王没吭声，但是固执地和老子对峙的头颅慢慢低下去了。

苏昔深感安慰。儿子还是听妈的话。她再看梗着脖子的丈夫，说老王，要说你也有不对，娃没考好就没考好嘛，一次两次说明不了啥，只要咱娃好好学，会赶上去的。

老王冷哼一鼻子，起身出去了。

苏昔麻利地把菜炒进锅里。同时用另一口锅烧水。再从冰箱里拿出冷冻的一包面条。苏昔解下围裙，进卧室找老王，告诉他水开了自己下面条，饭熟了你们三个吃，她要出去，今晚有聚会。

后来苏昔慢慢回味，事情坏就坏在聚会那个字眼上了。

其实作为一个成年人，在外头偶尔吃顿饭是很正常的，尽管她一般很少在外头吃饭。就算出去吃，也是一家人一起去，老王带头，开车，买单，苏昔和孩子们只负责带上嘴巴吃喝就好。单位有时也会在外头吃饭，接待或者加班吃工作餐，实在推不掉的，她只要给老王打电话说一声就可以。老王自己也有经常因公在外吃饭的情况。

所以问题出在措辞上。苏昔的聚会两个字首先引起了老王的注意。

聚会？老王本来全神贯注看手机呢，听到苏昔交代，抬起头来，瞅着苏昔的脸，同学聚会？去哪儿？都啥人？

事情本来很家常，像出去逛一趟商场，进一回美容院做护理，或者去图书馆还书，或者到面条店买一包面条。老王从不过问她去哪里。但是一般他们都是知道彼此的行踪的，多年的共同生活，让他们之间形成了一种不成文的契约，随时向对方汇报自己要做的事，要去的地方，要花的钱，受到的挫折，或者获得的喜悦。家庭生活像一个巨大的熔炉，就这样悄然无声地把两个独自存在的个人，融化结合为一个浑然的共同体。

面对老王的第一次疑问，如果苏昔及时补救，其实也是能够遮掩过去的。日常生活里苏昔的口才要比老王好。据说大多数女人口才要强于男性，这是由人的身体构造决定的，女性大脑分区中语言功能天然强过男性。苏昔平时话多，一串一串地说。老王沉默，一句一句地对答。奇怪的是，总有一种力量在这流利和迟缓之间平衡着，让这样一对明显失衡的男女把杠杆压得一样高。

症结在于，苏昔话多，但是轻，软，重复，啰唆，没什么分量，好像正是因为那些多，分散了其中的力量。老王话少，可是能一字千金，一言九鼎，一句话顶翻一头牛，一锥子攮破一个洞。所以，平时生活当中，老王不较真的情况下，总是苏昔占上风，苏昔唠唠叨叨，抱怨，谴责，数说。小王又没洗脚就睡了。女儿作文又没满分。老王又把浓痰喀在洗脸池里了。苏昔日复一日年复一年地抱怨着，纠正着，重复着，日子就在这状态里过去了，似乎这些已经成为苏昔的专权和象征。苏昔竟然享受这样的专权，哪一天不唠叨几句她甚至会心里不踏实。

大家也都适应了这样的状态。女人唠叨，啰唆，事无巨细。男人被唠叨，被啰唆，被事无巨细地照顾。女人一天天修炼成了黄脸婆。男人一天天被宠溺成了巨大肥硕的婴儿。

今晚苏昔在最应该补救的紧要关头，出现了迟疑。她像刚刚接到董同学的电话的那一刻一样，心里莫名地有一点紧张，还有一点说不清楚是什么成分的情绪，她忽然懒得说谎，也不屑于说谎。

她老老实实说了真话。她给老王点头，嗯，聚会，同学聚会。她给董同学回答，嗯，我在，在单位上班呢，最近没出差。

就这样，苏昔用笼嘴把自己套了进去。过去老农种田，牲口不老实，沿途总要伸嘴去吃两边的庄稼和野草，严重影响耕作，所以老农会弄一个草根编制的笼嘴扣在牲口嘴上，牛或者毛驴的嘴巴就会被牢牢控制，直到一场劳作结束主人帮忙摘取。在摘取之前，牲口彻底失去支配嘴巴的自由，想吃，想喝，甚至连引颈长叫都无法实现。

苏昔感觉自己戴上了一个笼头。是自己亲手编制的，老王替她戴上了。

老王没费多少力气，用的是四两拨千斤的巧劲。要说老王做什么过分的事了，没有，连一句重话都没说。老王只淡淡瞅一眼苏昔，再看一眼窗外，窗外雪下大了，大片白花花的叶片正在落。雪没有把老王的定力扰乱，老王很冷静，也冷淡，口吻和下雪的氛围是吻合的，老王说同学聚会啊，那就去么。

要命的是苏昔这时候还没感觉到那个已经套到她嘴上的笼头，她好像吃错了什么药一样迟钝。董同学的邀请在她心里激发起来一种愉快的感觉，像骤然吹出的泡沫，轻飘飘在空中飞扬，久久不肯降落到地面上来，这让她莫名地有一点兴奋。她隐约认定老王是可以也应该分享她的兴奋的，所以她用一种撒娇的小姑娘般的口气，炫耀一样跟老王抱怨，说事先没想到今晚有聚会，被通知得太突然了。

老王还是不动声色，只淡淡地问一句，都啥人聚？

苏昔在脑子里回忆董同学微信里说到的那些人——刘副校长，李科长，班主任牛老师，还有张杰，冯三万，马鹏，加起来七八个人吧。当然，还有她自己，和董同学。

没有女的？老王贴着地皮抄底一样问上来。

苏昔还没意识到自己的愚蠢。她有些得意地点头，没有，都不在城里嘛，外地的太远赶不来，乡里的都做农民了，不可能说来就来。

苏昔突出了自己的例外。她是同一班女生中的特例。都是那几年的特殊情况导致的。他们是这座小城师专学校最后一届专科生，毕业后面临自主择业，集体踩在了一个分界线上。这分界线就是，从此全日制大学生国家不会再包分配，也就是离开校门后需要自己找工作，能否就业，和学校没有关系。而他们这一届的后面，学校专升本，面向市场转型了。

他们这届学生一出校门就作鸟兽散，各奔东西了。据说有人南下打工，有人上新疆寻生计，有人考上了外地的公务员，有人考进本地教师队伍做了老师。相当一部分没找到工作，尤其女同学，辗转在乡下做几年雇佣老师，国家新的政策出来，雇佣老师不再转正，她们就回家做了农妇，生娃娃，伺候老人，种地喂牛，真正的农民了。

一个个混得那个造孽，唉，再不搭提了，李宽娟你还记得吗？我今年夏天见了，老得我都差点没认出来，还是你厉害啊老同学，到底是底子扎实，一出手就考进了城里，如今可是我们那一届同学里唯一在市里工作的女同学。而且还是在政府部门啊。

这是董同学在电话里说的。当时电话来得突兀。苏昔在办公室忙，电话就响了。通过座机打进来的。说找苏昔同学。苏昔听见是个男声，想不起来会是谁。对方爽快，不让苏昔费神猜，自报家门说他姓董，老师专02届的，还记得吗？

苏昔脑子从材料里转不过来，老师专，02届，自然记得，谁能把自己的出身忘了呢，尽管时间已经过去了18年。

可能董同学从苏昔的反应里听出了迟疑，也可能他已经从别的师友们处碰到了一样的反应。他已经知道怎么帮助对方调动记忆，他乐呵呵的，说突然联系没什么别的意思，就是时间长了没见，怪想念的，今儿我恰好路过本城，想请师友们坐坐，叙叙旧。

接着苏昔听到了董同学夸赞她的那几句话。

半个小时前，苏昔刚被主任数落过几句。因为她的一份工作材料写得不够简练生动。被打回来让重写。苏昔怀着糟糕透顶的心情，从头一个字一个字地重新写。主任不好伺候，她习惯了，单位就这样，不受委屈是不可能的。可每次被这样具体细微地折磨的时候，她还是很不习惯的。简练，生动，她琢磨着主任的要求，想骂人，既然简练又何谈生动？如果生动，又怎么才能简练？就像要求一个人既能大吃大喝饭量如牛，又要求她保持魔鬼身材一样，明显是一种悖论。

让人憋屈的是，明明有问题，还不能反抗，连还嘴的勇气都没有。苏昔学历低，本科是自学考试得来的，市政府是什么地方，说藏龙卧虎不夸张，和苏昔年龄相当的，几乎都是一次性本科，后面进来的直接就是硕士和博士研究生。

苏昔吃亏吃在当初的学历上。现在虽然考进了这个岗位，但心里还是战战兢兢的，总觉得自己是低着他们一个台阶的。

苏昔怀着灰暗的心情改完了材料，重新交上去，然后怀着忐忑等待再次挨批。意外的是这次主任顺利通过了。

就在苏昔偷偷舒出一口气之后，董同学的电话来了。

从内心讲，苏昔是喜欢听这些话的。一个久违的同学，隔着十多年的距离，忽然冒出来，对苏昔很热情，带着知根知底的熨帖，和牵挂，说了一大堆的夸赞。苏昔感觉沮丧的内心好像透进来一缕阳光，心情不由得就好转了起来。

确实是这样，她是那一届同学当中，尤其女同学里头，混得还行的。董同学说最好的，这个最好苏昔不敢当。她头脑很清醒，对自己的认识是到位的。再说这个好字所代表的意义，指向的内容，又是难以界定的。当初南下打工的几个同学中，就有人如今在深圳站住了脚跟，经营着一个很大的外卖公司，应该是大老板了。也有人做保险，如今在西安城里做什么部门经理了，反正都是有钱人了。有个女同学，出校门后就没找工作，凭着长相好嫁了个包工的，如今天天在朋友圈晒美食华服，好像世上最犯愁的事，不是没钱花，而是钱太多，不知道怎么才能变着花样花出去。苏昔几次想把她拉黑，又没舍得，毕竟坐班坐到两眼昏花，颈椎痛发作得整个人僵直的时候，看看她晒出的吃吃喝喝，咖啡屋，茶餐厅，悠闲的下午茶，也算能过过眼瘾，消消困乏，聊解心慌。

苏昔不是没有眼热过。尤其单位周末连续加班，受了主任的委屈不敢吭声，经常出差眼看着孩子缺少管教成绩下滑的时候，苦，累，气不顺，就禁不住设想，如果自己不上这苦哈哈的班，像女同学一样也嫁个腰缠万贯的，躺在家里享受，每天只负责购物遛狗度假，那又会怎么样？

好在幻想终归是幻想，想过了，自我满足了，还得从梦里走出来，还得回到普通日子里去。好在苏昔不是那种特别不切实际又贪恋享受的女人。她还是更喜欢柴米油盐磕磕绊绊的平凡日子。

董同学的话她爱听，她终究还是一个小女人，大多数女人都会有的虚荣心，苏昔一样具备。

尤其董同学提到的李宽娟，董同学说她在乡里喂牛，老得都不成样子了，跟你一点都不像同一届的同学。

苏昔自己都不知道，正是这句话打中了她的心窝。让她忽然就有种冲动，想见这位老同学。马上就见到。听他当面说话，说说更多同学的境况。这么多年她也一直记挂着同学们，再说，她确实有种得到满足的感觉。她喜欢这种感觉，她内心深处是隐隐渴望着，能再多听一些，近距离听听更好。

要知道李宽娟可是那一届的校花，比嫁给包工头的那个女同学还漂亮。并不是所有长相出众的女人都能嫁给有钱人。并不是所有比苏昔漂亮的女同学都过上了好日子。李宽娟现在过得连苏昔都不如。苏昔觉得有一种莫名的快慰，她知道这不厚道，但就是压制不住内心的那点黑暗。要知道她苏昔可是全凭自己的努力才有了今天的日子。

苏昔忽然就觉得这位董同学有点亲切，她的冲动就更强烈，得去，参加聚会，见见大家。尽管这自称姓董的同学，她真的已经记不清他长什么模样，只依稀想得起来他在学生会担任职务，每次有大型活动，他们一帮学生干部就跑前跑后地操持，给人感觉都很能干。董同学就是众多学生干部中的一分子，关于他的印象，被群体印象同化、遮蔽、淹没，苏昔现在无法调整记忆的焦度，给他更清晰的特写。

就是说，今晚的聚会，只有你一个女的去参加?

老王放下了手机，双眼定定地看着苏昔。

苏昔终于察觉出了不对劲。

对啊……她傻看着对面的男人。脸上保持着镇静。她不笨，心里已经后悔了。为自己的大意，也为当时的草率。在老王面前大意，现在想来，在董同学跟前则答应得有些草率了。

对面邻居家的灯亮了，这边她家卧室的窗帘还没拉上。映着对面远远铺开的灯光，她看见雪花在外面飞。看样子越下越大了。地面上应该厚厚一层了吧。她出去打车会顺利吧。包里好像没有现钱了，手机钱包里有几百，可手机电量不多了，进门之前就嘟了一声，在提示电量快要耗尽。

来去打车得花钱，说不定饭后还需要结账，就更得花钱。到时候总不能眼睁睁看着别人结账，那多不好意思。她冲老王瞪眼，说这有啥稀罕的，我一个就一个么，都是老师同学，还有校领导班主任，有啥怕的?

说着匆匆找充电器给手机充电。然后冲进卫生间，对着镜子看自己，同时拧开龙头接水，准备梳洗一下。今晚聚会不比寻常，她得好好把自己拾掇拾掇。下班后没直接去聚会，特意赶回来，就是为了把自己拾掇得鲜亮一点。

水细细淌着，刚拉出一根线条，老王跟进来一拧，截断了那根

119

线。

真准备去啊？想好了？

苏昔重新拧开龙头。现在她真是后悔了，就不应该巴巴地赶回来。应该直接从单位赶往餐厅，至多给老王打个电话，说单位加班，或者单位同事一起吃饭。这理由过硬，老王绝对不会多追问的。可是她回来了，回来了也可以，再撒个慌的话也能顺利出门的，如果让老王开车送一下，老王也会送的。她可以告诉老王，她单位同事间聚餐。或者，某个领导、闺蜜、朋友在请客，需要坐一起吃个饭。其实这样的借口，随便就能找一个，老王也不会深究真假的。苏昔的失误在于，她没有这么做，她老老实实交代了全部。现在她发现自己给自己弄了个笼嘴套在了嘴上。

可是不回来嘛，实在不行。下班前她躲在卫生间里反复看过自己，洗手台前大镜子里的那个女人，看着好陌生，怎么看都觉得实在是拿不出手。平底棉靴，让本来矮的身材，更矮了，整个人平平地塌在地上。头发随便披在肩头，有些泛油，应该洗了，她昨夜稍微偷了下懒，就耽搁了，现在最好能扎起来，高高地弄个发髻，光溜紧致，才不至于油腻。可她没戴发圈。最糟糕的是脸。她上了一整天的班，从里到外没有一处不累，面上每一寸肌肤都好像被一种力量吸附住了在往下拉，眼神尤其疲惫。皮肤黄中泛黑，眉心的皱纹深得能夹住一枚硬币。鼻头的黑头触目惊心。肤色没有一丝亮色，嘴唇严重缺水一样皱缩着，看不到一点女性红唇该有的饱满和色泽。她整个就像一枚严重脱水的土豆，搁在阳光和风雨下，被岁月残酷地踩躏过。

看着镜子里的女人，苏昔感觉一颗心一直在往下掉。作为女人，哪一天不对着镜子看自己几次呢，苏昔和世上大多数女人一样，她也天天对着镜子看自己这张脸，洗了，擦了，拍水，抹粉，汤汤水水地伺候。伺候自己的脸，成为人生必须要做的一道习题。苏昔一天都不敢偷懒，勤勤恳恳日复一日地伺候着自己的脸。

但岁月就是杀猪刀啊。苏昔早就看得见自己脸上胶原蛋白流逝的痕迹了。最是人间留不住，那些如花娇颜都难以幸免，况且苏昔只是普通容颜，那就更经不起日子的消磨。

苏昔早就认了。话说回来，这世上从古到今的女人，哪一个最后不是跟自己做了妥协。苏昔早在生下女儿后就逐渐认了。两个孩子的妈，行政单位，重要科室，她像一块被夹在门轴中的棉团，开开合合，水分被挤了又挤，形状是变了又变。就在温水煮青蛙的变迁中，心态也做着同步后退。

在同办公室新进来的实习姑娘面前，苏昔做她们当仁不让的老姐，有次一个严重缺乏眼力见的男大学生当着大家的面把苏昔喊姨。苏昔当时差点崩溃。还好她内心足够强大，硬撑着没有发作。不过打击确实很大，为这个她很长时间情绪调整不过来。去年她还抹粉，专门买了 BB 气垫霜，曾经白白地美了一段时间，自我感觉良好。有一天蓦然看清楚额角露出的白发，和美颜模式也抹不平整的皱纹，苏昔忽然觉得恶心，太假，她想返璞归真，想让自己真实的脸面露出来。她不再用气垫，不再打口红，她就那么每天素面朝天地上班，下班。外出出差，参加会议，都是这样。本真挺好的，至少自己感觉自己不假，是真实的。

只是，就这么素着去见董同学，见十八年前的师友们，她没有勇气。回来的路她是坐公交车的，通勤车太迟，她需要赶时间。她站在下班和放学高峰期的人群里，被挤得摇摇晃晃，她用目光打量一个个挤到眼前的人，有意让自己恍惚，在恍惚中让时间后退，让自己回到十八年前去，二十来岁，身体健康，精力旺盛，皮肤紧致，五官紧凑，世界是饱满的，是充满弹性的，是一屁股压下去一个坑，抬起屁股又弹回原状的。

她忽然有了不甘心。凭什么要这么清鼻子寡嘴地去面对他们，跟蓬头垢面扒光了身子示众有什么区别！

那一刻她忽然很想很想打扮。对着镜子，把自己从里到外从头到脚好好地捯饬一番，把这在单位熬了一天的憔悴嘴脸遮挡一下，让已经有了衰老迹象的容颜，焕发出渴望中的年轻。哪怕只是很短的时间，一两个钟头，聚会见面的那一阵子。只要能为她撑出短暂的光鲜，她内心也就知足了。她知道这心理是虚荣的，可身为女人，该虚荣的时候还得虚荣吧。如果连这样的虚荣都没勇气追求的话，她还算是女人吗？

苏昔很认真地刷牙。饭桌上难免碰杯敬酒，到时候就会近距离接触，她可不想一张嘴口里有气味。气味扑人，跟个邋遢大妈一样。这些年她越来越随意，想想真是对自己有些松懈了。话说回来，不就四十岁了吗，有什么理由过早地妥协呢。她忽然气愤，为自己，也为这几年繁重的家务和工作。都是生活啊，怎么就把人折磨成了这样？她觉得该去，今晚无论如何都该去，还要拾掇得精精神神地去。

女人的鲜亮要靠一张脸来撑。苏昔开始侍弄这张脸。水乳霜是基础防护，快速打完基础，苏昔翻出那盒气垫 BB。很久不用，海绵圆饼有些萎缩。她摁着蘸好几下，都吃不上粉。拍到脸上明显没有刚买回来的时候绵柔贴肤。脂粉有些干，皮肤也很干，好像两个闹别扭的人，怎么都贴不到一起，更遑论完美交融。苏昔有些焦急，时间不多，她得马上出发才好。

锅里的洋芋菜肯定滚烂了，该下面条了。可迟迟不见老王去下面。苏昔瞅他，一眼又一眼，老王没挪步的意思。苏昔看见镜子里的脸果然比平时白了，亮了，虽然这层白透着假。脂粉能有效遮盖各种瑕疵。粗大的毛孔，毛孔里镶嵌的灰暗，大大小小的斑，一笑就赫然出现的纹路，还有下巴边缘的松弛，都因为这层淡粉，而得到了暂时的遮掩。美中不足的是，人工装饰终究是假的，和天然生成的柔嫩水润是没法比的。她在心里无声地叹息。

口红的选择，让苏昔犯难。她一共有三管口红。一管无色，说白了就是唇膏。还有一管粉红，水润润的，抹一点唇色顿时亮了，显得水润饱满，只是太艳了，不适合她这个年纪，应该给十八九岁的小姑娘可能更好。第三管深红，色泽低调，既能稍微增色，还不张扬，遗憾的是油性不够，抹上以后嘴唇像风干的花瓣。

苏昔有些后悔，怎么就不让卖口红的姑娘帮忙给配一支能够两全其美的呢？这样的货，肯定能买到的吧。只是现在来不及了。她得补救。她先抹一层粉嫩的，抿嘴，压匀了，拿一层卫生纸轻轻一夹，油性被吸附掉一点，再抹那管深色的。然后对着镜子左看右看，深色套嫩色，既不轻佻，也不沉闷，她感觉可以出去见人了。

老王没走，一直靠在门边，凉凉地看着苏昔。

苏昔忽然有种偷情被人撞破的惊悚，还有羞愧，和恼恨。她抓起粉盒，狠狠撅最后一下，重重一层白，浸了一片，厚了，她不管，就往脸上扑。她知道，这妆容不用费心修饰了，她去不了了。

不是老王不让她去她就不去了，是她自己不想去了。忽然就不想去了。念头像一锅就要烧滚的水里忽然冒上来的活鱼。活鱼拍打着腹鳍和尾鳍，它不想就这么毙命，它渴望活下去。它渴望着。它渴望着自己也不知道是什么的东西。渴望是这么强烈。却隐秘。藏在深处，不愿意让任何人看到。

苏昔最后看一眼镜子里的人。一张用心打扮好的脸。眼神里有开水，煮着两尾不愿赴死的鱼。她转身奔进厨房，水花扑腾，洋芋果然滚成了烂糊。她抓起面条，一把一把地下。大型压面机压制出的小面叶子，落进水里滑溜溜的。像无数条鱼，在乱纷纷赴死。窗外的雪还在下，屋里的光透出去一绺，就有层层叠叠的白鱼儿，精灵一样在一匹夜空的幕布下交织。

吃饭的时候老王骂了孩子。说女儿进门就弹琴，这会让专门坐那里练一会儿，又不肯了。说儿子做作业不专心，偷偷捣鼓机器人。老王说教的时候，喜欢用筷子敲着碗沿给自己伴奏。

碗筷相互磕碰，发出清脆嘹亮的响。当当，丁丁，当当。

苏昔听着，她回味着其中的深意。一抹忧伤爬了上来。已经七点十分了。她不能再让人家等。可怎么说呢？打电话，还是微信？电话里怎么说，她开不了口。她怕一说就漏嘴。不能自圆其说。再说，究竟怎么说呢，她不知道。心里乱。发微信吧，微信的距离感能让她有心理回旋的余地。可微信内容怎么写？什么理由能让她既合理合情地不去，又不引起同学老师的失望？

饭吃在嘴里没味道，挑一筷头油辣椒，再调一撮盐，还是没尝出滋味。苏昔回味着今天的过程。老王从一开始就给她下了套，用笼嘴把她套住了。董同学那里，又何尝不也是给她戴了个笼嘴。越回味，就越泛上一股复杂的后味。她发现自己其实也给自己套了个笼嘴。当时他打电话邀请，她没留任何回旋余地就答应去赴宴。现在想来当时稍微曲折一下多好，说自己出差了，或者回老家了，总之暂时不在市区，那么今晚的聚会，她自然不用去了，也就没有眼前的进退为难了。

老王不敲碗了，看着苏昔。不让去你还不高兴了对么？那就去么。反正你想好了，又不是多好的关系，也不是女同学，就你一个女的去，这风雪连天的，还大半夜了，你要是觉得合适，你就去。我送，还是打车？

他起身拿衣服，一副要送她出门赴宴的架势。

苏昔知道老王不是虚张声势，他真会送的。老王经常送她。出差去车站和机场，开会的会场，培训的党校，回娘家，老王都送。老王不是不讲理的人。既然老王在今晚的事情上较了真，那如果自己一意孤行，真去赴了这个聚会，后果呢？就算老王不能拿自己怎么样，可是，两口子过日子，过的不就是一种心劲儿么？万一心里真有了疙瘩，什么汤汤水水热的冷的都融化不了，日子还有什么意思？还真就没什么意思了。什么都会过去，今晚的坎儿也会过去。过不去的，是过了十几年，后面还要耳鬓厮磨几十年的关系。这个赌注她押不起。

苏昔下了决心，拿起手机打电话。电话响了一下就通了，苏昔不给董同学说话的时间，她也不知道自己怎么就已经换了腔调，她听见一个陌生的自己在有些无奈和遗憾之间，调整出一个最合适的语调。她说老同学啊，太抱歉了，我今晚来不了了，娃他爸不在家，娃把脚崴了，不能走路，我背着上楼梯的。肿了，青了，我得想办法送到医院去看看。脚腕子这地方你也知道，重要关节，不敢耽搁啊。

儿子从眼前走过，拿不解的目光瞅他妈。苏昔心虚，起身躲进卧室。她忽然意识到自己解释这半天，那边什么都没说。董同学话挺多的，第一次电话打过来时，连说带笑侃了一大串。他的嘴不笨。苏昔看手机屏幕，在通话状态，难道信号不好？彼此听不到说话？她把手机凑近耳朵，信号没问题，那边有人在说话，是见面的寒暄声。

苏昔挂断了电话。再上微信，斟酌着语句，写了一段，详细说明孩子崴脚的前后左右，又说爱人回老家看父母去了，父母年迈又病重，她一个妇道人家，上有老下有小，夹在当中不容易，请老同学理解。写出来，傻傻看着。忽然很气恼，凭什么呀，为什么要如此详细地解释，好像她欠了他什么，欠了那场聚会什么。她又没欠什么。她真的有自己的不得已。可是，为什么要跟他说这些？为什么要把自己的伤疤揭开给他看？他愿意看吗？他能看懂吗？她长按删除键，文字像黑色的小鱼，被投入开水锅之前，乱纷纷跳荡，逃逸，从视线里消失。

最后苏昔只发了寥寥数字。抱歉，来不了了，家里有事。

发完她就关了手机。她心平气和地忙家务，洗刷碗筷，整理茶几，帮儿子铺了床，一切都忙完了，到卫生间洗脸，把脂粉和口红慢慢洗干净了，不给脸补水擦霜，就上床睡了。脸上的水很快就干了，皮肤紧紧绷着，很不舒服。自从少女时代开始用护肤品保护皮肤以来，她第一次裸着脸过夜。

从这以后裸脸成为常事。有时候苏昔甚至会忘了抹油就直接去单位上班了。三管口红和一盒气垫，还有气垫的替芯，苏昔丢进了垃圾桶。苏昔勤勤恳恳地上班，下班回家就做家务，她变得很恋家，能不出去吃饭就不去，能让别人顶替的公差，她都尽量不出。老王说他家苏昔应该得劳动模范，或者"三八"红旗手。他这辈子娶到这样的老婆，值了。

每次老王这么说，苏昔都含笑看着他，苏昔目光清澈，安静，目光里有两尾鱼，两池深不见底的清水养着它们。

老王的话，反复了一年。一年后的冬天，一个大雪把世界下白的傍晚，苏昔在饭桌上掏出一张纸，她请老王看看，这些条款如果都能接受，就请签字，按指印也成，印泥她也备下了。

老王用目光把所有条款咀嚼一遍，最后定格在苏昔脸上，咀嚼苏昔。

苏昔不动，由着老王用目光把自己剥皮抽筋千刀万剐。

老王无法理解，为什么呀，这好好的，我对你不够好吗？咱小日子不幸福吗？平时也没听你说过半句不如意，更没听你提过半点想离婚的意思啊？

苏昔不看老王的脸，她用右手心慢慢摩挲着自己的脸。

对不起，老同学，打扰你了，真没别的意思，十八年没见了，只是想聚一聚。

这是一年前，那个爽约的雪夜过去，天亮打开手机后，苏昔收到的信息。董同学发来的。苏昔没有回复。

但是她在心里回复了一年。

我是女人。

这是他们办离婚手续前，苏昔唯一给老王的解释。

原发《雨花》2020 年 9 期，选载《长江文艺·好小说》2020 年 11 期。

拐　角

　　绕过花店的玻璃门，左边有个小角落，一拐进角落大个子就哭了起来。

　　他两个手同时用力，狠狠地刹住轮椅，一边吹口哨一样呜呜地哭出声音，一边抖抖索索地伸出手，好像空气里有什么转眼就要消失的东西需要他不顾一切地张臂去拥抱和挽留。

　　缸子不再用力推轮椅，明白大个子又要摸脸又要重复扎咐那些话了。缸子用目光快速扫视了一下周围，还好现在没人从这里路过。他悄悄地深吸一口气，吸进来全都憋在肚子里，憋出一大块坚硬，感觉自己准备充分了，才转到轮椅前面，鼓着腮帮子把脸送了上去。他惊

130

奇地发现，自己不用踮脚尖就可以把脸送到大个子面前了。也就是说站着的缸子和坐着的男人一样高了。

大个子没有发现岁月悄然带给缸子的身高变化。他呜咽着抓住了缸子的脸。风在缸子心里呼呼叫。疼痛在圆鼓鼓的脸上弥漫。每一个器官，每一寸肌肤，肌肤上每一根细绒毛，都在跟缸子求救。疼，疼，太疼了，疼得让人透不过气来。缸子早就咬紧了牙齿，他不吭一声，默默和疼痛做着对抗。

缸子有个印象，大个子第一次叫他站到轮椅前面给他摸脸的时候，两个人的高度差着一截距离。大个子的腿和腰没瘫痪的时候，有一副很高大的身板，因此大家都喊他大个子。据说女人就是爱慕大个子的身材才倒追了他。这些过往的信息大个子和女人都没有告诉过缸子。是缸子和小伙伴们骂仗的时候听他们骂出来的。大家把这种行为叫揭短。

缸子被揭短，都是因为他太懂事了。就算缸子自己从不认为自己有多懂事。可村里的女人们都觉得缸子懂事。她们尤其在自家娃娃淘气的时候，偷钱到小卖部乱买垃圾食品的时候，盯着电视将《喜羊羊与灰太狼》《熊出没》看好几个钟头还不愿关电视的时候，或者哭着闹着要玩大人的手机的时候，她们就不约而同地想到了缸子。她们用手指头指着自家孩子的眼窝，恨一块锈铁不马上变成一块好钢的样子，说你看看人家缸子，再看看你个家，你跟他同岁啊，他一天做的啥活儿，你都给家里做了啥活儿？要么骂词是这样的，你比缸子还大着几岁哩，你就是给他拾鞋带人家不一定要，就是给他擦沟子人家还嫌弃你擦不干净哩！

在别人的舌头上缸子成了这个时代所有少年的做人楷模，好娃，乖娃，懂事的娃，能干的娃，简直就是金不换。当你听到妇女们口头抱怨的这些话，你一定会以为这个村里所有当妈的都愿意拿自家所有的娃加起来换那个缸子。其实骂也罢，打也罢，最后没有一个女人真的拉着自家娃来缸子家做交换。那些口是心非的女人啊，一个个图的也只是嘴上的舒服，生气的时候把缸子捧上天，等恶气消散，马上又看着自家娃顺眼了，咋看咋乖，好饭好菜地饲喂，好衣好鞋地穿戴，恨不能把世上所有的好都塞给自家的宝贝疙瘩。母慈子孝的时候，她们就彻底忘了那个叫缸子的少年。她们之所以提起他，真心可怜他的成分远少于临时借他做武器用以教训自己子女的部分。说白了缸子就是一个人人都可以随时拎起来做武器的人。却从没有人想到这其实等于变相地把缸子推进了一种艰难境地。她们这么做，等于用口舌给缸子挖坑，一个个大坑黑洞洞摆在那里，后面就等着缸子往里头栽。

那么多的夸赞和对比，缸子被抬到了一个神话般的高度，他成了同龄伙伴们眼中高高在上难以比肩的好孩子。好孩子的代价是，他被几乎所有同龄人孤立，成为那些被父母嫌弃过的孩子的公敌。孩子自有孩子的报复手段，他们在缸子面前最常用的报复方式就是揭短。玩得好好的，忽然一个人喊起来，大个子，变瘸子，坐轮椅，骨碌碌碌碌……马上就有人呼应，三五个童音一起重复那个"碌"字，重复出一股气势，气势在黄土飞扬的乡村路上盘旋。有人大辣辣问缸子，缸子缸子，你爸是大个子？全羊圈门最大的大个子？第二个声音也来问，缸子缸子，你妈倒追的你爸你晓得吗？天天坐在你爸摩托车后头去跟集，当着全庄子人的面儿敢搂腰啊，我的乖乖，够新潮啊。第三个声音不甘落后，见缝插针挤进来，缸子缸子，你爸说他自愿把你妈嫁给旁人了，他是个编谎精，谁晓不得你妈是个家跑的，她不可能守着个废人过日子，废人弄不成了，弄不成女人就跑了……

　　被揭短的缸子傻乎乎看着一个个和自己一样高的身影一边奔跑，一边从嘴里甩出一串一串五花八门的言词。他不生气，也不伤心，这种话听多了，也就习惯了，真要生气还不早把人气死了。他出门是想跟大家耍出一点快乐的，快乐没得到，不能先自己把自己气得不快乐了。他傻乎乎看着大家揭短。他心里有了一个疑问，下次和女人见面一定得问问，她是真的自己撇下大个子和缸子独自跑了？为什么大个子总是说她是他嫁出去的，像嫁亲闺女一样地给嫁了出去！大个子说着还会挥一下手，好像很潇洒，是一个成功嫁了爱女的父亲。他说没有道理啊，我一个残废，总不能害女人一辈子守着我过苦日子嘛。大个子这些话是当着外人的面说的。那些年缸子刚开始识记人间的事情，他经常听到羊圈门的人们问大个子这个问题，大个子每次都挥一下手，用同样的话回答他们。缸子能看到大个子的里外矛盾，等摇着轮椅回到家，他的脸就愁苦成了一片烂抹布，那些潇洒都哪儿去了？反正不见了。他对着空气骂人，骂那个不在眼前的女人。缸子越发难懂了，为什么大个子的话和伙伴们揭出的短儿截然相反，为什么大个子在外头和回家闭门后情绪差别这么大？

大个子的哭声透着丑陋。缸子再次环视周围，斜看过去，花店的玻璃门开着。那里头摆满了鲜花，他们从来都没有进去过，只在门口稍微停留过步子，能闻到花香，玻璃门挡不住美，也隔不断香味。每次见面结束，返程回去的时候，他们会在花店门口放慢脚步经过。每次都能看到花的美，闻到花的香。也能看到玻璃门内摆弄花草的女店主。还有前来买花的人，推门进去，等出来就有可能怀里抱着一大束五颜六色的花儿。缸子喜欢用目光注视抱花的人，默默地闻着花在他们的怀里发出香味，直到走远。

现在他最怕那些身影忽然冒出来。大个子哭得这样凶，这样丑，脸本来像破抹布，咧着嘴叉子呜呜哭叫，就更难看了，好像他的内脏全部都破碎了，嘴张这么大就是为了把很多碎片给排出体外来。叫人看到成什么样子，丢人死了。缸子就使劲往前蹭，把自己的脸直接戳进大个子怀里。凭他摸个够吧。又不能摸出一朵花儿来。每次都这样，目送他离开之前他都要哭一下，然后看着他沿着马路边黄色砖头铺出的盲道往前走，完全地离开花店范围，进了一道大铁门。铁门口有保安，有拦车的挡板，会自动抬起又落下，一个女人在看不见的地方说欢迎光临，或者说一路平安。好在都不拦缸子。也许缸子太小他们不觉得有阻拦的必要，也可能是他月月都来，保安都认下他了。进了铁门，他身后那道一直遥遥牵念的目光之线才彻底被距离隔断。然后真正的孤独之旅就开始了。继续往前走一会儿，进一栋楼的门，沿着楼梯往上爬，他会边爬边看墙壁。墙壁上爬满了小广告，随着他认识的字越来越多，他慢慢认识了家政、通下水、修冰箱、洗抽油烟机、代跑腿等字样。他总是喜欢把这个过程无限度拉长。好像他是个专门来这里学习墙体小广告的好学生，恨不能把每一幅小广告都念上一遍。偶尔有人上下楼经过他身边，他早就学会了如何应对，他装作在墙上寻找自己急需的某个广告，看得投入忘我，完全无视身外世界。没人能打扰他的沉溺，他从这沉溺的假象里获取短暂的躲避，这个过程就是他的避风港。那家人他迟早要面对，但能迟一会儿他就宁可迟一会儿。从一楼到四楼，四十个台阶。每爬一步，他在心里祈求一声，但愿那扇门里头只有她一个人。她的男人不在。她男人的儿女也不在。那些儿女的爷爷奶奶也不在。他就可以不用面对那些人的目光了。那些沉甸甸的目光啊，想起来他就沉重，他怕自己哪一天忽然就驮不住那些目光，哗啦一声全部给砸到地上。爬楼的过程，何尝不是炼狱的过程。这过程漫长又短暂。就算蜗牛爬，也有爬到的时候。爬到四楼，敲右边的一道防盗门。会敲出一张女人的脸。看到那张脸他的任务就完成了。如果屋子里除了她没有别的面孔，他就会听到自己的嗓道里冒出一声巨大哽咽，一直忐忑的心，也就落回肚子，又是他自己的了。

其实缸子是渴望被拦住的。就在大铁门口被拦住，询问，你叫啥，哪儿来，到哪儿去，找谁，啥事，多长时间出来？然后告诉他你不能进去，你不是这里头的人，你不能月月都来打扰这里头的人。哪怕是恶狠狠地凶他一顿也行，抡起大巴掌吓唬他，把他从门口赶走。他们没有这么对待过他。他还不知道真要遭遇这类情况该怎么办。他却是隐隐渴望的。尤其望着半开的铁门上那些镂空的花形，他会感觉他的心一定也是这样的，也被什么镂空了，千疮百孔的。破烂得他都不敢用力呼吸，每一口吸进去的空气都会将疼痛扎得更疼，每一缕吐出来的气息都透着血腥。他知道，他就是一件破烂儿，身后那个男人也是。他是小破烂儿，他是大破烂儿，他们破破烂烂的日子需要缝补，缝补的花费得有人承担，他没有办法，只能月月都来这里，去面见那个女人。

他一直在违背大个子。这是他的秘密。大个子不知道。女人也不知道。每次分手前大个子都要哭一哭。一边哭一边摸他的脸，好像这是一个重大的仪式，需要经常温习才能保持仪式的重要性和新鲜度。简单地哭完，大个子的脸上就会忽然泛出一点儿羞涩，他有些不好意思一样，咬着他的耳朵，说记着啊，你记牢了，见了她要哭，不停地哭，你的眼泪能泡软她的心。简单的几句话，他坐在轮椅上重复了一月又一月，一年再一年。缸子的耳朵听了一遍又一遍。缸子的耳朵都听老了。话语的内容，大个子的口气，还有他哈在缸子耳门上的热气，口气里臭烘烘的消化管道里冒上来的味道，每次都让缸子昏昏欲睡。他压根不听他说的话，他只是点头，他的大脑袋在细长脖子上点啊点，他其实在用这种似是而非的方式表达自己强烈的嫌恶感，深沉的无奈感，还有巨大的悲剧感。等到了女人面前，他是从来都不哭的。他像个已经长大成熟的男人，有版有型地挺立着面对女人，他从来不愿用哪怕一滴眼泪去泡女人的心。

　　大个子的抚摸总是先重后轻。每当缸子疼得眼泪都要进出来的时候，他才轻柔下来。粗大的手心摩擦缸子的脸蛋，给他擦去实际上并没滚出来的泪水。他拍拍他脸蛋，说去吧去吧，记着别走错路啊，一定要哭，眼泪越多越好，把钱装好，可不敢撒了。然后他做总结一样拍一下缸子的后脑勺。缸子已经转过了身，不看他，大踏步往前走去。缸子是大个子发射的导弹，一旦发出去缸子就不愿意回头，身后导弹发射器在轮椅上瘫软，缸子知道，那身躯会在一瞬间被巨大的痛苦所淹没。大个子要求他用眼泪泡软女人。缸子何尝不明白，其实大个子也在用眼泪来泡缸子的心。看透了这一点，缸子觉得大个子特别无耻。是一种让你很嫌恶又拿他一点办法也没有的无耻。

　　一样的剧目，在不一样的年月里重复上演。这是一部老戏，演员也是观众。他们父子俩自编自演自己免费观看。缸子的脸戳给男人，提醒他哭几下就成了，没必要弄得跟真的一样。都是老演员老观众了，戏在哪儿念唱又在哪里做打，都烂熟于心了，没必要多浪费时间，万一招来路人旁观那可就真被当猴戏看了。

大个子杲然不哭了，他的大手从缸子小脸上转到了他自己的大脸上，他揩着他自己的泪。缸子有一点吃惊，还真落泪啊？他认真看了看大个子，确认他不是假的干号，确实挂着一脸的泪。鼻涕也有，脏兮兮的，把大脸给糊得一塌糊涂。他狠狠地擦着那些半透明的黏稠液体。他再伸出手，手里露出一个红色纸卷。钱。缸子认识。百元钞票的卷。缸子心里闪过一个熟悉的浪头。每次从四楼屋里的女人手里接过钱卷的时候，他都会不自禁地翻涌上这样的浪头。好像钱是有温度的，滚烫滚烫的，烙得他手疼，心也疼。每当接过那钱卷的时候，他都有种如释重负的感觉，压在心头的一块石头可以落地了，此行的目的达到了。他任由女人抱他，搂他，把他揽在怀里，往他手里塞好吃的。女人的亲昵赤裸裸的，贪婪，可亲，又可耻，让他羞愧，他想马上消失，躲起来，又有点留恋，渴望多享受一会儿。等再回到花店拐角，他会把捏得汗津津的钱卷交给男人。他们父子俩就会都舒一口气，好像一道天大的难题暂时解决了，眼前一个月的生计问题，包括两个人吃饭，大个子吃药，都算是有了着落。

缸子脑子有些空。这种空跟每次从女人手里接过钱卷的时候不一

138

样。前者是一种掺杂着报复了什么，又禁不住羞惭的空。眼前的空，更多的是惊诧。巨大的惊诧，掏空了心里的混沌，接着就冒上来一丝烦恼。他给他钱，什么意思，这分明把事情的次序给颠倒了，反过来了。一直以来不都是他带他来找女人要钱的吗？一个月一次，他被轮椅困在楼下，他有腿，他的小腿儿带着他一步一步爬那四十个台阶。爬上去，再爬下来。完成一次征战。他们对命运的征战。强大现实对少年内心的征战。今天反过来了，还没出发去要钱，大个子主动给了钱。他什么时候攒下的钱？钱卷汗津津的。大个子的手把钱卷捏出了汗。难道他也经历了缸子一次次经过的熬煎和犹豫？缸子从潮湿的汗液里展开钱卷。五个卷儿。五张百元大钞。都红灿灿的。缸子看他。用目光询问。什么意思？上演了这些年的剧目怎么出现反转了？难道要改变剧情？难道要他把这钱交给女人？

走吧。大个子用气息下命令。

缸子忽然愤怒。想扑上去，把大个子从轮椅里揪起来，提着领口质问，你到底啥意思，是何居心，要改变剧情也得提前告诉我一声啊，难道主要的演出不都一直由他缸子在承担？剧情变了，凭什么主演自己还不知道？他甚至怀疑大个子这副软塌塌的肉体从来都不曾瘫痪，这些年他都在装，他在用瘫痪的假象欺骗缸子，欺骗那个女人，也欺骗命运。可是缸子撞上了他的眼睛。这些年他们之间最不愿意接触的就是眼睛。缸子端着饭给他喂的时候，缸子用湿毛巾给他擦洗皮肤的时候，缸子倾尽全力推着他翻身的时候，缸子用手给他抠干结的大便的时候，缸子把钱交给他的时候，他都不看他的眼睛。他也不看。他们用声音，动作，呼吸，甚至空气中若有若无的气味，完成必要的交流。不看眼睛，他们都是勇敢的，坚强的，才能有勇气继续面对往下的日子。

即便不用眼睛，对话还是时不时进行。空气里的气流就是媒介。

我为啥没死呢，眼一闭死了，啥事都没了，也不拖累别人了。

你为啥要死哩，你死了我咋办？

你为啥不跟上她走哩，跟上她你就不愁吃穿，你就过上好日子了。

我为啥要跟上她走哩，我跟她走了你咋办？

说到底，我拖累了你啊。

别这么说，你当年挣钱是为了养活我们，只是你没想到会出事。

…………

缸子转身，试着迈步走。时间宝贵，不能犹豫。这钱他先拿着，回头还给他就是。也许不是给那女人的。只是他想跟他炫耀吧，瞧，他从指甲缝里攒出来的，五百呢，不少了吧，我攒钱还是很有一手的吧？他在等待他的夸赞呢。他先不想给他这个夸赞，先等等吧，等晚上回去了再慢慢夸。翻身的时候可以夸他，告诉他又进步了，不再死人一样沉，能配合翻身了。接水火的时候也可以夸，看，你都能自己拉出来了，看，这回没有尿到我手上。反正夸奖的地方多着呢，不急在这一会儿。女人给他的时间是有限的，礼拜日中午一点开始，到两点半。这个点女人家的人都在午睡。适合一个小小的影子一样的身躯悄然出现，接受爱抚，然后捏上钱卷，再默默离开。突破了这个时间点，据说女人就要面对诸多不便。其实他何尝不是，总是觉得很难堪，他不想顶着那些目光出现，再背负着离开。他快步走着。过铁大门的时候差点摔了一跤。他伸手抓住铁门栏杆，一道疼痛瞬间沿左手往上蹿，整个小手臂火辣辣的。他顾不上看，他从来没有这么急迫地想摆脱身后的目光。他也从来没有这么急迫地想完成一个过程。进女人家门，拿到钱，然后再回到花店拐角。就可以了，他在成长岁月里又完成了一件艰难的大事。

上楼梯的时候他感觉自己体会到了大个子的另外一层意思。这钱是让他交给女人的。他通过他，专门带给她的。她有孩子了，跟过去不一样了，能在新的家里给新的男人生出孩子，这对于她是大好事，他应该祝贺。这算是贺礼吗？他捏了捏，贺礼快被手汗泡化了。有他的汗，也有大个子的汗。他有点遗憾，不应该让自己的汗掩盖大个子的汗，应该让女人亲手摸到大个子的汗，让她知道他积攒这点心意不容易。五百元钱，其实是从每个月她给的二百元里扣出来的，一毛两毛地扣，天长日久才攒够五百这个数额。这积攒的过程是一年两年还是三五年？他不知道。大人就是老谋深算呐，居然在他的眼皮底下攒够了这笔巨款。为这个大个子肯定不止一次偷偷缩减了药。饭得吃，电费得交，最基本的生存费用没法省，那就只能从药里头节省了。他要跟她说，这五百元来得不容易，等于是大个子忍受病痛折磨换来的。得忍受多少次疼痛才攒得起五百啊。他一定要跟她说。虽然他已经拒绝跟她说话很久了，这次为了他，他就破例一次吧。这样的盘算，让他忽然心酸，有种为了他人要做出某种牺牲的悲壮感。

有悲壮感支撑，他今天破例没有磨蹭，满楼道的小广告在跟他招手，欢迎他流连观赏，他目不斜视，从它们身边穿过，很快就站到了防盗门外。手心里的汗塌下去了，钱卷凉凉的。他心里想要牺牲自己和成全他们的冲动感也降温了。他什么都不想说了。不说完全说得过去的。大个子又没有明确交代，连暗示都没有。凭什么让他跟他猜哑谜哩，多累啊，欺负他小孩吗？那他就做一个小孩，啥事都不懂，也不着急懂。大人爱玩曲折的心思，就让这心思夭折在他自己弄出的曲折里去吧。缸子把钱装进兜，腾出手搓了搓，搓热了，开始敲门。

他敲了三下。按照这些年的惯例，他每次只敲三下。就足够了。这时候他的胆怯，羞愧，屈辱，交织成一片，在脏腑之间膨胀。真渴望眼前有一道帘子啊，他就能躲在帘子背后，把自己藏起来。他等一会儿，门就会打开。这种情况一般是她的家人们在午休。她怕打扰，所以迈着小到夸张的步子轻轻地来开门。也有特殊时候。他刚敲完，门就哗地开了，她冲出来一把抱住他，两个手不停地揉搓着他，恨不能把他按进她的身体里去。这时候他会一阵狂喜。因为这说明她家里没有别人，都出去了，只有她一个人在专门等他。她的欢喜不加掩饰，她拉着他进门，抱，搂，摸，亲，甚至嘴巴在他额头上啃，好像他是少年版的唐僧，她是白骨精，她要把他吃进肚子里实现长生不老。疯狂的爱恋表达过，她又疯了一样给他塞吃的，热的，冷的，松软的，硬脆的，甜蜜的，酸辣的，现做的，外卖的，好像他八百年没吃过人间的食物了，饿死做鬼了。饿死鬼的妈想用食物把儿子从鬼喂成人。他吃到肚儿圆溜溜，走路都有些困难了，她才收手，笑呵呵看着被喂胀的儿子，把他圈在怀里问长问短，无非就是他长高了，他黑瘦了，或者他脸上的新疤是谁家娃打的。

她完全是剃头挑子一头热，从来都是她自说自话自问自答，他不会跟她对答的，自从小伙伴们揭短说她当初主动追大个子，后来大个子出事瘫痪了她又撇下爷儿俩跑了，给别的男人做女人去了，给别的娃当妈去了，他就拒绝和她说话。她就是个没情没义的女人，这样的女人凭什么要他理睬？他来这里见面是没有办法才来的，他和大个子得活下去，每个月二百元生活费是给他的，大个子沾他的光，他得活下去，大个子也得活下去。他们都没有办法。但这不能抵消他心里对她的抵触。她的食物他可以接受，但是他不想往外掏，哪怕是一句话他都不愿意给她。

其实他心里并没有多么恨她。他也没有理由恨她。每个月二百，在羊圈门的乡亲们看来很不错了，人家已经是出了门的人了，凭啥还要月月给男方钱？养活儿子，这就更不应该了呀，羊圈门自古以来只有男人养活女人，老子养活儿子，你听过再嫁的女人还养活前夫和儿子？这就把朴素固执的农耕传统中的观念给挑战了。乡亲们唏嘘赞叹，摸着缸子的头说你妈有心人呀，人都走了还拉扯着你们。你说，他说，大家都说，缸子心里本来有一坨怨恨的冰，父老们的劝慰是暖的，日渐地化了冰，少年心里就是一包水了。但是他不肯让步，还坚守着最后一道防线。他不能让女人看出自己已经偷偷在心底做出的原谅。他知道女人是那种你不能对她好的人，她会得寸进尺的，难以预料她会提出什么过分的要求的。三月份的时候，他们运气好，撞上了一个没有第三个人在场的星期天。她用食物投喂，他像鱼一样默默地吃。他吃得太急了，噎住了，又不愿意让她看出他被噎。他梗着脖子抽气。她注意到了，问他咋了。他只能用傻笑掩饰。七八秒的傻笑，激励了她，她居然背过身子抹眼泪。送他走的时候她忽然拉住他，问愿不愿意跟着她过日子，愿意的话她就把他从苦海里捞出来，她会跟大个子谈判的，他要是不给，她就中断每月的抚养费。只要他愿意，谁也拦不住他们亲生母子团聚。

他吓了一大跳。甩开她的手就跑。她在身后追，喊，争取。追逐像一道风景，一直延续到大铁门口。他没有回头。他用固执回绝她。不可能的事，跟她走，大个子咋办，除非她能同时收容大个子。可你

144

知道这是不可能的。难道要他撇下大个子一个人跟她走？那大个子咋办？没有人照顾，大个子连饭都吃不到嘴里，连屎尿都拉不到地下，连身都翻不过。难道要大个子去死？一个死字逼出了他的愤怒。他跑向大个子和轮椅，眼泪在脸上奔流，他发誓再也不见那个女人了。一辈子都不会再来见她。可是下个月最后一个周末他还是来了。他不来他和大个子还真会饿死。为了大个子他来了。为了大个子他受点委屈没啥。每次心里有坎儿过不去，有疙瘩揉不开，他就拿大个子替自己遮掩，是大个子让他来的，是大个子需要那二百块抚养费抓药，他去她家门上拿钱都是为了大个子。这么想他就释然了。羊圈门伙伴们揭短的那些风言风语也就不那么锥心了。反正都是为了大个子嘛。

他知道女人对他没有死心。她有可能随时都会劝说他投降。乖乖跟着她，母子俩天天在一起，再也不用这样一个月见一次面。女人说过的，她很不放心他。她的话是有道理的。别的不说，只是每个月这样来回跑一趟，就十分艰难。从羊圈门到城里，足足的三十里路，从郊区到她住的小区，先要挤上乡村公交，进了城再步行，最难对付的是轮椅，一个笨重的铁家伙，大个子摇手把，缸子推，爷儿俩合力才能让它顺利地爬完一段陡马路。这还不算最难的，坐公交车的时候是真艰难，要把大个子和轮椅一起抬上车，后面还得抬下车，等他们完成任务后，又得在回去的公交车上同样地抬上和抬下。凭缸子一个人根本拿轮椅和轮椅上的身躯没办法，都是好心人在帮忙。通过这个事他们爷儿俩发现世上的好心人还真是很多。乘客们看到那么小一个娃推着轮椅和一个瘫痪的人要上车，都会忍不住伸手搭一把，慢慢地，这一路的公交乘客都知道有这么一对奇异的父子，要每月都进城去。

去干啥？

送娃去跟他妈见面。大个子这么回答。

走都走了，还见的啥面？也太便宜她了！

缸子能从人们的口气里听出一种很宽泛的同情，和一抹莫名的愤慨。似乎遭那个女人抛弃的不是这一大一小两个倒霉蛋，而是他们。

大个子在这件事上很固执，明明是带他去要钱，却总是坚持告诉别人，他是送儿子去跟他妈见面。面当然是见了，可远不像大个子口气中给人的那种感觉。按大个子那副宽宏大量老好人的神情，好像他在成全这娘儿俩，他不惧艰辛一趟趟陪儿子进城，就是为了让亲妈见到儿子，让儿子见到亲妈，让亲骨肉团聚。所以他是个伟大的男人。其实缸子知道，他是个一点都不伟大的男人，是个小心眼儿的男人。他居然吃缸子和那个女人的醋。这种醋意分成两层体现。表面的一层是他的担心，他总是担心缸子这一去就留女人那儿了，再也不会回来，所以他每次目送缸子离开前都要哭一哭。真哭也罢，假哭也好，都要当仪式举办一下，而且还要办出足够的严肃神圣，他摸着缸子的脸，好像此去就是生离死别。他先用眼泪把缸子的心泡软，然后告诉缸子，多多地流泪，用眼泪把女人的心泡软，只有泡软了女人才会如数给钱。还有一层意思他没说，只有泡软了，她才不会把缸子硬性夺走，缸子也不会撇下他跟了他妈。这是多么曲折难懂的心思呢，大个子本来一个大男人，弄出像女人一样的招数，这就叫人哭笑不得了。这些在以前缸子是不懂的，后来慢慢就懂了，懂了就觉得大个子无耻又可怜，女人也可怜，缸子自己何尝不可怜哩。都可怜，都被一种看不见的网粘住，笼罩，挣不脱，逃不出。

　　大个子的另一层醋意是，缸子在女人那里逗留的时间稍微一长他就不高兴。不高兴他还不说出来，但缸子能感觉到这种不高兴的存在，它就在空气里，在两个人中间横着，沉甸甸硬邦邦的，要隔开什么，要破坏什么。每当这时候他们都闷闷的，不说话，大个子只是从缸子手里接过钱塞进兜里，然后摇着轮椅返程。沉闷会贯穿到整个返程当中，甚至绵延到后面好几天的时间里。这样的日子很不好，少了大个子的说笑逗趣，缸子觉得日子会变得沉重起来。好像脚下布满了看不见的洞，大个子的笑声就是照亮的灯，灯不亮，路就艰难困苦。其实缸子压根没有跟女人多磨蹭，他严格按照固定的时间，从进门到离开，从来不超过一个钟头。之所以让大个子不痛快的那些多花费的时间，缸子都消耗在了楼道里。而这些他不愿意跟大个子说实话。他觉得自己长大了，有些事自己能做主了，也能独自扛着了，没必要让大个子知道。

今天他没在楼道里磨蹭，他准备拿到钱以后再到楼下把那省出来的时间消磨掉。他想在楼下仰起脖子看看四楼的窗户，看女人在别人家，做别人的老婆，别人的妈，过着别人家的日子，旁观上去会是什么样的情景？缸子渴望看到，哪怕远远偷看一下也好。女人从前陪着大个子和缸子一起过的那些日子，缸子都记不得了，随着成长，他把那些记忆都忘掉了，有时候想想真是懊恼，怎么就能忘了呢，忘了就再也找不回来了，一辈子都找不回来了。他却还是给忘了。

门慢慢开了。今天开门的时间好像比平时大家都在家午睡的情况下短一点，又要比全家外出只有女人一个人在家专门等他的时候长了一会。这是个全新的变化，他敲完三下，深呼吸三下，又在心里数了三下，门没有像期待的那样哗啦打开，女人没有跑出来迎接。他知道今儿运气不好，好情况没有出现，那就是坏情况了。他们全家都在，都在午睡，或者没睡，坐在客厅里看他突然出现。怕什么就来什么，好运气降临的次数总是那么少啊。他再次深呼吸，没有好，就有坏，他做好迎接坏情况的准备。坏情况一般需要等久一些，他开始数数，从一数到一百左右，足够女人蹑着手脚绕到门口，绕过全家人的睡眠和好梦，或者绕过一屋子的目光。

缸子数到五十六的时候，门开了。一股凉风忽然贴着耳朵刮过。缸子做好了面对坏情况的充分准备。坏情况下他一般和女人保持三步远的距离。她不会扑上来抱他也不会啃脸，更不会逮住哪儿亲哪儿。

148

坏情况下的女人很冷静，甚至有些刻意的疏远，她的目光和屋子里别人的目光保持一致。她例行公事一样让他进屋，顶着目光的丛林，或者满屋子轻轻浮动的鼾声，走进她和她男人的卧室。刚走到门口他就止步，他从来不会往深处走，他拒绝，她也不做更进一步的邀请。他们在那个灰色地带做交接，完成一月中必有的一次。她交出钱，他拿了钱，他转身走人。他两个手甩着，他的步伐有了表演意味，他想让可能窥探的目光们看看，除了那笔法律规定的抚养费，他什么都不曾拿，他空着手来又空着手离开。她肯定也是一样的想法，所以她始终淡淡的，好像他们之间没有血缘关系，只是一个路人进来办了一件公事。有一次情况有异常，他撞上他们全家正吃饭。叫娃过来一起吃饭么。老头儿说。他不吃，他吃了来的。女人抢在缸子前头替缸子做了回答。她有些仓皇地掏出钱塞给缸子。缸子穿过他们的目光的时候，昂头挺胸，他感觉是一股英雄般悲壮的气概在撑着他。等出了门，听防盗门在身后砰地关闭，他扶着墙哭出一脸的水。

开门的不是女人。是她的男人。男人有一张缸子从来没有直视过的脸。陌生的脸在笑，笑得有点夸张，因为夸张，脸上的皮肉被看不见的手扯，他好像在强忍着被拉扯的痛苦，说啊进来，进来吧，你妈在那个屋里。他手指了一下，就转身进了另一间卧室。家里很安静。应该是都外出不在，只有男人陪着女人。空气有点甜，像残梦刚醒的味道。缸子傻站着。情况有变化，变化突破了这几年所有的见面场景，他有点不知道该怎么应对。这些年来，女人第一次没有亲自来迎接他。难道女人终于下决心了，要做断绝了？这些年她没有透露这样的心思。但是大个子在担忧会有这样的变化，她多次劝缸子离开大个子回到她身边，她的耐心也是有限度的。既然缸子不听劝，她有权利做决断。也有充分的理由。现在她有自己的孩子了，她的生活有了新负担，她可以抛弃一些旧负担了。缸子觉得一颗心在往下落，要从身体里滑出来，落下去碎在地上。

他直接往她的卧室走。她不出来，他就去见。他想好了，还是不往深处走，就在门口出现，把钱拿上，然后走人。他庆幸把那五百元装回了兜里。不给她是应该的。如果从今儿开始断了关系，以后他和大个子的日子还不知道要靠什么活。多五百元总比没有好。省着吃喝，能多撑两个月呢。卧室门半闭着。他在门口站住。鼻子里灌满了新鲜的味道。这是一种臭烘烘又甜丝丝的气味。好像很多说不清楚的东西搅和到一起，发酵后泛上来的味道。进来呀。忽然，女人的声音盖过温热幽暗的气味，冒了出来。缸子也不知道自己怎么了，好像被隐形的力量牵引着，不由把身子贴近了那半开的门缝。

女人坐在床上。她扭过半个身子来看缸子。她的样子有些古怪。好像被什么固定在那里，身形，坐姿，表情，都显得臃肿而僵硬，好像她千年万年地长在了那里。缸子看到了她怀里的婴儿。那个上月他来还怀在她肚子里头的婴儿。噢，生了，那个她一直搋在怀里的娃，可算是出来了。他淡淡地消化着这个消息。他没什么可惶恐的，如果以后女人现在的男人也瘫痪了，女人再撇下男人孩子跑了，那么这初生的婴儿，跟他缸子就是一样的命。所以他不羡慕他（她），也不嫉妒他（她）。以前对于这即将来到世上的孩子，他没一点概念，无法想象他（她）的模样，所以也就懒得去想。今天他亲眼看到了他（她）。他（她）躺在女人的怀里，哦不，是女人把他（她）举在手里。女人的样子和他（她）被呈现的样子，都好奇怪。缸子这些年都没留意细看过一个小婴儿。羊圈门的孩子们被他妈揣在肚子里的时候，他见过那些女人拖着沉重的身子干活儿，后来见到孩子已经是能抱出来晒太阳了。真正的月子里的婴儿他没有见过。他觉得这婴儿好丑。皮肤不白，泛着红，那红一坨一坨的，五官也不明朗，只能看到一个洋芋大的头，有一点头发，稀稀拉拉覆在头皮上。

这就是女人肚子里生出来的娃。缸子忽然想笑。笑这小家伙的难看，还是笑什么，不知道，反正就是想笑。如果女人没走，大个子没有出事，现在这小家伙就是他缸子的兄弟或者妹妹吧，以后他还得帮着看他（她）呢。这么个难看的小东西！他咧着嘴笑了。

女人肯定被他的笑给吓着了。她错愕地看着他。她的惊讶提醒了缸子。我咋就笑了哩？他懊恼，在心里摇头，让自己镇静下来，把笑掐灭了。他还是给女人一张冷脸。女人自然看到了缸子刻意端出的冷。她眼里刚刚腾升的有些殷勤的神色，来不及悄无声息地撤退，就那么尴尬地挂着，她像个被人晾在尴尬里的孩子，有点儿难为情，不知道该进还是退，进退都没有路。

缸子发现自己也没有路。他忽然很想逃，快快离开这里。他有些慌乱地瞅瞅地下。地下只有一双女人的鞋。女人怀里的孩子还没到长大走路的时候，地上还没有他（她）的鞋。每个人来到世上后最后都会有一双鞋，除非他长大后没有腿脚，或者永远瘫痪不能下地。大个子曾经有鞋，现在用不上了，他的双脚和小腿部分都被车碾碎了。缸子心里一阵疼。好像大个子的疼转移到了他身上。

我是不会跟你的。缸子忽然给女人说。

这是一句没有来头的话。

把缸子和女人都说愣了。

就算他死了我也不会！缸子追加。

他心里有一把刀。明晃晃的，寒光逼人。他想杀了这女人。替大个子。命运和生活压在大个子身上所有的不幸，这一刻他觉得都来自这个女人。她才是罪魁祸首。现在就扑过去，掐住她脖子，他十一岁了，双手骨节长开了，有一双硕大的手。女人娇小，瘦弱，产后的身子像一张倒空了的旧口袋，显得轻飘飘的。他的大手足可以卡住她脖子，再慢慢让她失去呼吸。

身子里一股冷风在呼啸。从脚底板生出，沿着身体往上蹿，从头发根上往出冒。他能听到呼啸的声音。也能感到身体深处的冷。结束了她，我也不活了。他听见一个人贴在耳边说。

大个子怎么办？大个子也会活不下去的。

大个子是他的软肋。

他有些迷茫地看着。嗅觉已经适应了屋里的空气。甜腻腻的空气里有婴儿的味道。这么小的一个人，竟然排泄出这么强烈的气味，一点也不输给大个子的屎尿、汗臭和腋窝臭组成的味道。虽然是两种截然不一样的味道。上个月他把消息说给大个子的时候，大个子沉思了一下，时间比他预料的要短，他以为大个子会生气，拍打着轮椅扶手大骂，这几年他没少骂那个女人，轮椅的扶手要不是铁做的，肯定早就被拍断了。这次大个子没有拍，也没有骂，他仰起头看着他。大个子的目光里有奇异的光彩，他说好啊，这就太好了……

大个子在最应该骂人，发脾气，摔东西，摔轮椅也摔他自己的时候，什么都没做。他以为他认怂了。一个怂人是没有本事跟谁发脾气的。连摆个姿势做做假都节省了。他那天很窝火，暗暗地有点看不起他。下了决心准备告诉他女人要生的消息，他觉得大个子一定会愤怒的，拿出一个男人能发脾气的所有手段来发泄。但大个子让他失望了。大个子没吭声。哪怕是放一个蔫屁都成啊。缸子真后悔当初救过大个子，留恋过大个子，甚至滋生过养活他一辈子的念头。之所以迟迟不敢把消息告诉大个子，就是因为担心大个子受不了，会有过激反应，甚至走上绝路。所以这个消息他揣在怀里九个月。整整九个月

153

呐。自从女人告诉他她怀孕了以后，他就揣在了怀里。他像女人一样也怀上了。只不过女人怀的是孩子，他怀的是秘密。胎儿在女人肚子里长，每一个月见面，他都会发现有变化。他的秘密也在肚子里长，只不过它是隐形的，别人看不见。看不见不代表不存在啊，一直都存在的。在不断地膨胀，增肥，大到简直要撑破了他，爆炸出来。他不能告诉别人，大个子不行，羊圈门的乡亲们也不行，那都是些大嘴巴，没有的事都恨不能给你编造出来，真要逮住个话把儿，那很快就会传进大个子耳朵的。怀里揣着秘密的人是很辛苦的，他感觉比怀孕还累。

女人怀孕的消息最终他还是告诉了大个子。上个月进城后，回到羊圈门他就跟大个子摊牌了。他不想再瞒，瞒着挺累的。再说马上就要生出来了，难道还能假装不存在？他就是不说，也会有别的人告诉大个子。大个子身子瘫了，耳朵没瘫，嘴巴也没瘫，他自有他的消息渠道。

大个子这时候做了一个真正的囊怂。这些年别看他人废了，坐在轮椅上，但脾气大着呢，从来都是个火药桶脾气，轰隆就炸了。这件事上他破天荒没有发火。难道他真怂了？这些年他没输给任何人，他瘫了的身子像一块废铁一样撑着往下活，光是那些疼痛，缸子觉得有些人都不可能遇上，也不能想象。截肢的裂口烂肉一串一串往下脱落，从来听不到他喊疼，他愣是把铁轮椅的把手给抓瘦了，却就是不肯说疼。这样的人咋会是囊怂？难道他会输给一个还没出世的婴儿？

缸子盯着婴儿看。从额头看到眉毛。从眉毛看到眼睛。眼神忽然直了，他低沉地尖叫了一声，好像有一根钉子扎进了身体。他出溜下去，从地上提起两只鞋，转身就跑，夺门而逃，呼啸着冲出了女人的家门。

奔跑的缸子把女人的两只鞋甩在手上，它们是孕产妇穿的一对软鞋，帮子和底子都软塌塌的，像瘫痪的人没有筋骨，在缸子手里软软地没有方向地摔打着，甘愿接受摆布，粉身碎骨也不会抗争。

缸子冲下楼道，穿过一条长长的碎石头铺成的路面，差点撞上一个遛狗的女人，绕过一个推着婴儿车的老头儿，把两个老婆子受惊的骂声抛在身后，他心里只有一个念头，想见到大个子，马上看到。看到他在花店拐角里等他，平平安安地坐在轮椅上，以永远不变的姿势坐着，有些温顺地悲哀地仰头看着缸子……缸子心里才能踏实。预兆早就有了。分别时大个子比平时哪一次都哭得凶，只顾着哭自己的，哭完没有给缸子扎咐，要缸子记得哭，用眼泪泡女人的心。还有他给的五百块钱。还有女人生出来的婴儿。该是画句号的时候了。大个子早就做好了准备，早就在等着那个婴儿的出生了。只是他缸子心里没开窍，做梦都没想到这一点。大个子自杀过很多遍的。都没有成功。有几次是别人撞见救下来了。有几次是缸子哭软了他寻死的心。也有几次是他自己犹豫，在半路上踩了刹车。这几年他不提那个字了。他变成了一个窝窝囊囊好死不如赖活的残疾人。是婴儿那对圆溜溜的映出两团清水的眼睛，让缸子猛然间醒悟。其实大个子的贼心一直都没有死，只是他做了伪装，潜伏着等待时机。如今时机到了。他其实已经做了交代，那五百块钱就是临终遗言啊。一只软鞋从缸子手里滑落，擦着身子掉下去，落在了黄色瓷砖贴出的盲道上。

缸子感觉自己的身体变成了一个口袋，口袋里涨满了风。风还在呼呼呼往里头灌，口袋就要涨破了。轰然破裂之前，风越吹越猛，他还在鼓胀，胀出了一股巨大的疼痛，疼痛感结结实实，蔓延席卷。花店的拐角处，那片属于他们父子的小空间，没有大个子，没有轮椅，空荡荡的，只有风在吹。他不停，从花店门前跑过。接下来要去哪里，他不知道，没时间细想。他只知道此刻不能停，应该奔跑，一直奔跑。狂奔中他看见花店新来的玫瑰插满了玻璃瓶子。细腰长脖的瓶子像女人一样站在玻璃窗内，齐刷刷的，妖娆而悲伤地看着窗外攥着一只女人的软鞋拼命奔跑的少年。

原发《作品》2020 年 9 期。

众　筹

虎丽丽发来个链接。马圆收到后匆匆扫了一眼，没点进去就知道是咋回事。某筹。众筹中的一种。一个随着微信广泛使用而在人群中流传的大病求助筹款方式。便捷，快速，便于转发，在微信个人、群聊和朋友圈之间畅通地流传。点击，查看，捐款，留言，转发，呼吁，都能实现，看上去是一款功能很齐全的软件。

马圆漫不经心地点开往下看。首先是一段文字。这类描述筹款目的的文字，马圆不算陌生，两年前第一次在微信上看到某众筹的时候，怀着同情和好奇，她仔细阅读过全部内容。格式基本是固定的，发起众筹者姓名，与病人关系，病人姓名、性别、家庭地址、病情和家庭经济状况，就医的医院，需要的款项，就诊证明材料，医生和亲朋好友的帮助证明。再往下拉，就是捐助情况，还有留言，评论。等等。

这种众筹，说白了，就是那些被大病击中，实在没钱治疗的患者，向社会伸手乞讨的一种方式。随着现代化，乞讨手法也在与时俱进，紧跟时代的脚步前行。记得第一次见到商场门口的乞丐胸口挂个二维码牌牌，冲没零钱施舍的人群示意，大钱找不开可以扫码支付，马圆望着那情景看了好一会儿，她哭笑不得，不知道该赞叹现代科技强大的普及程度，还是心情复杂地摇摇头表示某种难以接受。刚开始这样的现象确实让马圆身处的这座小城的百姓普遍吃惊，甚至愤怒。似乎乞丐采用这样的手段，破坏了某种古老而庄重的东西，让行乞这件事本身的性质有了变化。于是成为公共笑话在不同的群体里流传。扫码，没零钱可以扫码嘛——后来嘛，见多了，也就习惯了，见怪不怪了。

这种众筹什么时候产生，什么时候兴盛，马圆都没注意，刚看到的时候，挺新鲜的，看到那些用文字描述的病情和困境，她挺同情，头一回忍不住落泪，第二回眼眶酸胀，再看，还是心里酸酸的，每次都忍不住发几块钱，留言也写得很用心，投注了真情。就像她十九岁时候第一次进城看到跪在地上要饭的叫花子时的心情。有骨头茬子都露在外头的，还有病得剩下一口气睡在破被子里半天都不动的，那么大的毒日头就在头顶上火辣辣晒着呀。还有女娃娃，又破又短的衣裳连肉都遮不住，就那么抛头露面地跪在人流面前，看着让人心疼呀。

当时马圆是个穷学生，就拿自己饭钱里省出来的五毛钱给他们散，见一次，散一次。后来看到了一些被揭秘的内幕，马圆才知道那些乞丐背后的故事，居然有真乞丐，也有假乞丐，鱼龙混杂，很难分辨真伪。再路过商场，看到那些坐着的跪着的躺着的乞丐，和他们展示的千奇百怪的贫穷和病残，马圆偷偷观察，还真不好区分那些病残是真是假，再想起几则广为流传的故事，说某乞丐白天要饭晚上吃大餐住宾馆还叫小姐，说有人靠要饭发家致富开上车在老家盖了二层洋楼，说这已经成为一个行当，成为某些人谋财的手段……马圆心里硌硬，她工作了，生活宽裕了，再也不用从伙食费里扣钱舍散了，可她没心情坚持这件事了。

好在还有行善的地方，马圆开始在众筹里出钱。三块五块，十块二十，多少是个心意。还别小看这些零碎钱，经常这么舍散，一年半载下来，也是一笔不小的花费。马圆还是坚持着。每次舍散了，心里就有一种踏实，这感觉跟小时候在老家，亲手把一碗白面或者一块热馍送到门口要饭的手中一样。这感觉是神圣的，沉甸甸的，是奶奶等年长的乡村妇女教育给每个后辈的。马圆从前给商城门口的乞丐散钱很庄重，双手递过去，看着对方稳稳接住了，她才收手。现在在网上捐款，她还是保持着那种心情。尤其看到妇女和小娃娃病了，她就打开链接细细看一下，照片和文字描述的病情，家里的贫穷情况，一边看一边唏嘘感叹，心酸，难过。会忍不住多发几块钱的乜贴，心里默默做个杜瓦，祈望他们早日好起来。

这两年不知道怎么了，众筹多起来了，多到不经意间就能在朋友圈看到一条两条，而且奇怪得很，好像软件也能察觉马圆喜欢捐款，所以各种众筹攥着马圆，有时候一天里会有好多次的提醒，慢慢地，马圆没时间也没精力，更没有兴致一一地细看了。苦水里浸泡的时间太长，谁都会麻木。马圆感觉自己也在变得麻木。她开始有选择地捐款，卡里没钱就不捐了，太忙就不打开看了。这世上的苦难，不是谁一个人能够救助的，她用这样的话安慰自己。

这几年也有人把筹款链接直接发到微信来。能专门发过来，单独打扰个人的，一般都是和转发者自己有关系的，亲戚，好友，老师，同学，同事，很少见有人为陌生人去一一打扰自己的微信好友。

虎丽丽只发来一个众筹链接，没附加一句多余的话。马圆退出众筹界面，回味虎丽丽的举动。能把链接特意发给个人，一般都是有着特别要求的，无非就是希望捐助，关注，转发，帮助呼吁。这种情况马圆遇到过，也有人不但发来链接，还明确说了发的要求，说是自己的亲戚或者好友。反正就是恳求帮忙的。

虎丽丽只发链接，多余的话不吭一声，究竟什么意思？

马圆再次进入链接，细看其中的人和事。款项发起人虎梅花。需要救治者，虎大朋。男，六十四岁……马圆看着看着张大了嘴巴，虎大朋，熟人啊，虎梅花和虎丽丽的父亲。马圆老家的，一个庄子里的乡亲。看完文字，马圆赶紧看照片。照片里躺在病床上，穿着病号服，插着氧气，安着心脏检测仪的，正是虎大朋。虎大朋马圆太熟悉了，小时候她去虎家和虎梅花耍，碰上虎大朋坐在炕桌前喝水，粗瓷大白碗里倒了开水，一口一口地吹气，大口大口地喝，像渴极了一头扎到水泉边的老牛。要么蹲在大门口阴凉地里擦铧头，破瓦片刮擦得铁铧头吱嘎吱嘎叫，马圆觉得那叫声要往人的耳朵里钻，她就拉着虎梅花远远跑开。那么个壮实得耕牛一样的大汉，想不到会病倒了。马圆扣着字眼看。医院的病历，检查单，结合平台的描述，马圆看懂了，虎大朋病情复杂，据描述，说是在家里干活的时候，忽然晕倒并且长时间昏迷不醒，送到省医院后抢救过来了，检查发现心脏有问题，需要手术，预计费用需要十五万元以上。

十五万不是小数目。马圆吸一口冷气，心里迅速算一笔账。现在住院就这样，感冒发烧在门诊输个液，一天得一百多，要是住院，一个疗程七八天，花个三五千甚至八九千，都不稀罕。上月马圆送婆婆在内科住了九天，报销前一共花了一万。为这个马圆还怀疑自己看错了。还好婆婆有医疗保险，还吃着低保，报销后的花费就很少了。虎大朋去的是省里医院，又动大手术，十五万是意料中的数额。只是，

161

虎大朋家肯定拿不出。虎家的情况马圆知道，山区农民家庭，世代种地为生，闭上眼用三个手指头都能把他们的家底数出个大概。无非就是养着两三头牛，几只羊，种着几十亩地。是几十亩地吗？马圆稍微想了下，没有几十，是十九亩。这个马圆记得清楚。

因为三十多年前，马圆和虎梅花还是少年玩伴的时候，虎梅花跟马圆抱怨过，说她妈经常为土地的事和她大骂仗，因为她爷爷偏心，分地另家的时候，多给了她大伯家一个人的份额，理由是大伯家头胎生了儿子。这么一来，大伯家成了二十亩地，而她家，就因为她妈还没生出儿子，只能是三个人的份额，算上家门口自己开的一点荒地，才勉强十九亩。别小看一亩地，差别大了，成为儿子儿媳妇在老人心目中地位高低的象征。虎梅花的妈认定公婆偏心，天天为一亩地闹脾气。马圆亲耳听过她抱怨，如今想起来确实好笑，但在少年的记忆当中，那个妇女的哀怨是那么急切，真实，她说一亩地，能打三两袋子粮食哩，能让一个娃吃一半年哩，能给三个娃扯一年的衣裳布料哩，够家里一年的油盐酱醋花搅哩……所以马圆就记住了这一亩地，记住了小闺蜜虎梅花家没有二十亩地。

三十多年过去了，虎家的土地现在是多少？比十九亩多吧，肯定的，因为虎梅花爷爷奶奶几年前无常了，接着那个大伯全家上了新疆，按照乡村惯有的行事规程，就算兄弟平时不和睦，打打闹闹的，结仇结怨的，但到了背井离乡真正分开的时候，田地啊房屋啊一类的带不动的家产，还是会留给骨肉亲属的。如果虎大朋接收了大哥的地，那么虎家现在有近四十亩的土地……马圆拍一下自己脑门，苦笑，如今早不像当年，当年大家争着抢着种地，把土地当命一样看重的日子，早就不存在了。老家的人，和全国各处没什么区别，乡亲们早就不守着土地过日子了。都跑出去了，做生意的，打工的，要饭的，做什么的都有，外面求生存的手段，真是应有尽有，五花八门。种地成为没本事外出只能守着老家的人，才坚守的求生道路。马圆每年回娘家，亲眼看到父母弯腰塌背地作务着几亩地，只种平处的几亩好地，远点的陡峭的，都抛下荒废着。村里家家基本一个情况。除非逢年过节放大假，一般在山村里真的很难看到头脑正常四肢健全的年轻人了。几乎每个村都有土地闲置，当年把土地当命一样争的那一茬人老了，马圆这茬后人，比马圆更年轻的人，再也没有了前人那样对土地的痴爱。马圆家兄弟姐妹是这样，虎梅花家也是一样，虎梅花姐妹相继出嫁后，家里大兄弟刚娶了媳妇就带出去打工了，现在还剩下老小，听说学不爱上了，想打工，年龄太小，没有身份证连餐馆都不敢要，所以在家里陪着虎大朋老两口，却啥活儿都不愿意干，一天到晚抱着个手机，耍得昏天黑地的。

所以，虎梅花父母现在也就只能种十来亩地吧，他们年纪大了，能承担的也就这个量了。那么依他们家的财力，一下子拿出十五万，就算倾家荡产，还是不够的。发众筹是应该的。还好现在有网络，网络的方便也惠及农村了。马圆感到欣慰，虎丽丽能把她父亲筹钱的链接发给她，说明她们姊妹心里还是看重马圆这个童年玩伴的。可虎梅花自己为什么不发过来呢？马圆和虎梅花也是微信好友。前年就加了。当时很兴奋，有种多年重逢的感觉。奇怪的是两个人聊了几天，把童年的趣事糗事基本聊完一遍后，两个人都好像没话说了，虎梅花反复感叹她命不好，当年没好好念书，如今只能打工，过紧巴巴的日子。她眼热马圆，命好，书念得好，考上了大学，现在拿着公家的工资，月月都有个麦子黄，还一天到黑坐在凉房里，风吹不着，雨打不着。

这种话说一遍两遍还行，重复说，反复听，次数一多，味道就有点变化。马圆听出了弦外之音。她觉得有些刺耳。甚至刺心。当年一起念书，两个人也曾好到恨不能穿一条裤子。马圆也曾帮着虎梅花提高学习成绩。虎梅花反应慢，实在不是念书的料，加上家里她妈总是找空儿拖后腿，让梅花照顾弟妹。三四年后，马圆抛下虎梅花进了县城念初中，虎梅花回家彻底做了她妈的小保姆。两个人就这么彻底地分了路，走向各自完全不同的人生道路。后来两个人偶尔也能见，但是感觉已经没什么共同可以说的了，马圆是文文柔柔的学生娃，虎梅花是系着围裙围着锅台转的女子，还有啥好说的。等梅花早早嫁人后，两个人就三五年都难得碰上一面。后来加了微信，也就高兴了一阵，很快又冷淡了。毕竟如今都是成年人，各有各的家庭，各有各的忙碌。只有开斋节群发信息的时候，马圆才把她从好友名单里选出来，给发一个开斋节吉庆的表情。

马圆先给患者做了证明。求助人与患者关系一栏里，她写道：我童年闺蜜的父亲，情况属实。发多少钱合适呢？她选了二百。发出去了，觉得少，善款发起人是虎梅花。虎梅花的妹妹虎丽丽亲手把链接发给自己，就是向自己求助了。众筹出钱最多的，一般都是患者的亲朋好友。毕竟陌生人的善心是有限的。马圆又发了三百。加起来一共五百。她一月收入的七分之一。她觉得足够了。尽力了。又把链接分享到朋友圈，并写了一句话，乡亲大伯，闺蜜亲爸，朴实农民，寻求爱心援助。

发完朋友圈，马圆心里不踏实，竟然惦记上这件事了，干啥都心心念念地想着。好像成了自己家某个亲人的事。她过会儿就打开看一下，看筹款的进度。谁又帮着证明了，谁发了几块钱，谁转发到自己的朋友圈了。观察了一天，情况不怎么乐观。没几个捐助的。临睡前她特意打开朋友圈细看，一直看到自己发帖为止。有两个人转发了。点赞也比平时少得多。真有点怪，平时马圆喜欢做饭，照着菜谱捣鼓个可乐鸡翅、水果拼盘、披萨、韩式泡菜，花花绿绿汤汤水水，做完了摆出来拍照，修图，然后发朋友圈，点赞的有一串，各种留言更是十分热闹。可这个筹款链接一发，冷清极了，好像大家都看不见，跳着脚就绕过去了。她有点气愤。心里寒凉。现在的人都怎么了，怎么能这么冷漠呢？她把链接一一发给几个认为关系很不错的朋友，包括大哥和弟弟妹妹。虎大朋是他们一个村的，乡里乡亲一起生活了半辈子，就算现在大家都离开老家，在城里打拼，可也不能忘了当初的乡亲吧。尤其虎梅花还是她马圆的好朋友呢。不管怎么说，两个人毕竟那么亲密地好过。

弟弟发了五十块。没说话。妹妹发了一百元，又给马圆发了个笑脸。第二天早晨马圆又打开链接看进展，有几个人捐助了。不多，三五块钱。捐款总数额三万二。距离十五万还差得远。马圆想再发一点钱，再发一次朋友圈。她相信自己所做的，虎家姊妹都会看到。心里会感到温暖的。只要能温暖到她们，尤其是童年的小闺蜜，马圆觉得很应该。她又选了五百。没发出去。有一点舍不得。同时，她忽然有点担心，万一虎家姐妹看不到她所做的呢，不等于一千块钱白白打了水漂，还有，最后这钱能落到虎家人手里吗，众筹平台能把钱一分不少地转给患者吗，会不会收什么费用？如果真这样，那还不如不捐助，把钱留着，后面虎大朋手术后回到家，自己总会去娘家的，到时候去虎家看看，当面把钱拿出来，交到虎家人手里，不是更好？既然一样是擦粉，能擦在脸上，为啥还愣要往沟蛋子上抹？

马圆刹住了，剩下的五百元还在自己微信钱包里捂着。这时候大哥回话了。大哥不爱打字，用语音说。说了长长的几条。马圆一打开，大哥浑厚的嗓音稳稳响起。妹子，为虎大胡子要钱啊，他的事你咋也掺和里头了，十五万，不少啊，对于土里刨食的农民家庭，确实有困难，帮着吆喝吆喝也对着哩。

马圆听完第一条就赶紧停了，没让继续播放。她回味大哥的话，啥意思，这口气和用词，咋疙里疙瘩的。马圆从小就怕大哥。两个人差距六岁。马圆有记忆的时候。大哥就已经像个小老头一样每天板着脸给父亲打下手做农活儿，连套牛耕地这种大活也能独自拿下来，父母不在家大哥就会临时承担起管理弟妹们的责任。连比大哥大三岁的大姐也听大哥的。大哥不生气脸就黑。这会马圆不知道大哥的脸会不会是黑的。大哥肯定看到了马圆和弟弟妹妹参与捐助的事。难道大哥心疼几百元了？几百元呢，你们手指头一点就发出去了，白白地送了人，你们钱多咬手还是咋地？大哥不会这么想吧？也许真会这么想，钱不好挣，尤其像大哥，每天风里雨里地在外头打零工，受累受气不说，有时候做了活儿要不到钱，有时节还找不到活儿。大哥养活大嫂和侄子们不容易。弟妹们有钱给别人捐助，为啥不掏给自己的大哥呢，好歹还是自家骨肉。

马圆真有点后悔把链接发给大哥。就不应该发给他。他一个肩头扛着一家子生计的农民工，一年四季黑水白汗地淌着，挣几个钱艰难，自然没钱捐助，看到自己的弟弟妹妹们随手就把钱发给了别人，他心里肯定不好受，多心了，有看法了，这个大哥穷得叮当响，你们倒有多余的钱帮别人。

大哥会是这样的人吗？马圆觉得不会。就算没钱捐助，也不会计较别人伸手吧。毕竟是一个村里生活过的乡亲，亲不亲故乡人，吃一眼泉的水，共同吃了好多年呢。

马圆打开下一条语音。

大哥的声音依旧平稳缓慢，甚至有点沉重。他叹了一口气，说妹子，哥说句不该说的啊，这虎大胡子家，要一下子拿出那么多钱看病，确实不容易，我是说作为一个村里出来的，谁家的锅大碗小谁还不清楚哩，他就是砸锅卖铁也一时难凑够那么多，不过，你看里头写的那些了吗，他家好像也没那么惨吧，老婆残病，儿子羊角风，就连梅花子也成了残疾人，还至今让娘家人养着，这都哪里来的鬼话，虎家的情况，别人不清楚，你我还不知道？梅花子跟你关系那么近，你啥时节看她残疾了？

马圆愣愣听着，哥哥这哪儿跟哪儿啊？

大哥说完又叹一口气，说妹子哎，这种事，咱尽力就成了。你不要太放在心上了。话说回来，你们两个小时节耍过，你帮点是应该的。

马圆把大哥的语音又听了一遍。她确定，大哥多心了。没办法，这些年谁都过得不容易，各顾各的小日子，大哥困难大家也就看着，帮不上多少。她打开那条链接，再看虎大朋的筹款内容。

文字描述的口吻很熟悉，是众筹平台常见的那种，这种文字马圆经常看，每次参与捐助前，她会看一下患者的病况，无意之中，将这种叙述方式熟悉到都能背诵下来。正因为太熟悉，刚才她是跳跃着粗看了一遍，竟然没注意到大哥指出的问题所在。

她一个字一个字往下看。虎梅花以自己的口气描述了求助事件。患者是南部山区农民，家里生计本来艰难，仅能温饱，妻子长期患有风湿性腰腿疼，靠吃药维持。大女儿患有小儿麻痹，生活不能自理，常年靠娘家父母养活。小儿子有慢性癫痫，受家中经济条件限制长期得不到治疗，眼看越来越严重，随时有生命危险。

马圆看了两遍，才把所有信息看明白，然后把网上陈述的情况，和她记忆中知道的虎家的情况，进行衔接和融合。这个过程有些困难，尝试了几次都出现卡壳，马圆发现这些年自己真是离老家和虎家人太远了，他们的近况她竟然这样陌生。

照片里躺着的确实是虎大朋，和前几年比，老了不少，可能是病着的原因，显得胖了不少，口鼻间插戴着各种管子仪器，把器官都撑大了一样，五官给人肥大了一圈的感觉。

虎大朋是真的虎大朋，如假包换。可患者家庭经济情况的描述，咋有些不太一样呢？

马圆看了好一会儿，不知不觉长吸一口气，吸着吸着，胸口憋得难受，要爆炸一样。她丢下手机，不看筹款帖子，专心调整呼吸。其实也就是一口气没及时散出，窜岔路了。她揉着心口窝，摇头，自己笑自己，这都哪里跟哪里啊，虎大朋家啥时节出了三个残疾人？

三个人，三种情况，她一条一条梳理，一条一条消化。虎大朋妻子常年腰疼腿疼，靠吃药吊着，这个可以接受，农民嘛，下了一辈子苦，老了浑身疼是常见病。其实马圆的父母也是这样，年轻的时候下的苦太多，上了岁数哪儿都是病，疼得腰来腿不来，睡下起不来。也确实是靠药吊着的。马圆医保卡里的钱，基本上全都给父母刷了腰痛丸腿疼散颈康胶囊。虎大朋女人现在腰腿疼也在意料当中。只是虎家小儿子啥时候成了慢性癫痫？马圆费力地想，这个小儿子她不太熟悉，他出生的时候，马圆和虎梅花的小学生涯已经结束，两个人不怎么来往了，那个新生孩子的事，马圆几乎没怎么注意。马圆努力回想，在一点模糊的印象里，那孩子还小，长得挺周正的，动作神态都不像癫痫患者，没有一点迟缓发呆的样子。难道他真有病，只是属于间歇性的，所以自己没机会看到？

马圆说服自己，也许真是自己不知道，毕竟这种病不是啥好事，也许虎家平时是刻意瞒着的。可是，虎梅花啥时候成残疾人了，还生活不能自己照顾，长年靠娘家养活？马圆回味着。大哥说得有道理，别人你不清楚，梅花子你还陌生了？是啊，马圆和梅花子一起厮混了五六年，从拖着鼻涕到小学毕业，谁脸上几颗斑点，身上有胎记，脊背还是屁股上有瘊子，也都一清二楚。后来两个人远离了，再没机会亲近，不过距离再远，也没有远到一个成了残疾人而另一个还从没听说的程度吧。马圆年年都回娘家，巧合的话会正好在村头路口碰上也来回娘家的虎梅花。马圆细细回忆这些年见面的情景，没见虎梅花哪里有明显的不合适啊，瘸了，跛了，驼背了，还是别的地方有隐痛，都不可能瞒得住朝夕相处的好朋友的。文字里说小儿麻痹，那不是很小的时候就开始发作的病症吗？难道那个每天和马圆一起蹦蹦跳跳上学下学的小女孩，是另外一个虎梅花？

马圆给母亲打电话。问候完父母的近况，话题就转到了虎家。母亲絮絮叨叨说虎大朋病重，县里的医院看不了，到省里去了。又说听得要花大钱哩，这回看虎家儿女们咋出力。又杂七拉八地说了一些四邻八舍家的近况，无非就是东家丢鸡，西家添娃的琐碎。

啰唆了半天，马圆本来要问的内容竟然给忘了，挂了电话再想起来，马圆感觉那种冲动的情绪已经提不起来了，干脆就不问了。不就是五百块钱的事嘛，自己又没出多少力，有必要揪着往下深挖吗？再说发众筹和审核的人，哪能真跑到老家这深山沟里来核实？其实细细回味，字里行间说的也不是太假，农村人嘛，苦了一辈子，谁不是背着一身的病，只是总咬牙扛着，真要按病痛去鉴定，算不上残疾，也难说百分百的健康。

马圆发现世上的事情，只要你想通了，心里的坎儿也就过去了。她变得心平气和起来。她照旧关注着筹款的进度。距离动手术还有一天时间，她终究忍不住又发了五百。同时在朋友圈又转发了。这次没配发任何文字。

虎大朋的手术情况应该是不错的，虎家需要的款，最终款额停留在五万一千四百元，平台显示已经提取。看到这里马圆心里一个悬着的东西落了地，她用不着再牵挂了。

只是她从此有了个奇怪的习惯，就是每天都关注虎家姊妹的朋友圈，有时候临睡前翻出来看看，太困的话推迟到第二天，凌晨一睁开眼就摸过手机来看。她看到虎家姊妹在省医院照顾虎大朋，两个人轮流陪护，有时候是虎丽丽半夜了还醒着，发一张虎大朋病床上的睡姿，有时候虎梅花在给虎大朋擦洗，有时候姊妹俩一起出去吃饭，油汪汪的酸辣粉，姊妹俩筷子伸在一次性圆纸盒里，你一口，她一口，吃得满嘴油，呵呵笑。马圆看到了，想给她们点赞，每次都忍住了，她不想露面，只是这么默默地关注着牵念着，挺好的。

不久马圆看到虎大朋出院了，回家了，虎丽丽姊妹俩应该是一起跟着陪护回家的，两个人的朋友圈里都出现了老家，村子，院子，虎大朋女人。虎大朋的女人果然是有些病态的，走路尤其慢，看来是腿不好，病在腿上了。有一天虎丽丽的帖子里出现了她两个兄弟，哥俩坐在一起，头对头看手机，神态一模一样，都很投入。马圆尤其注意观察那个显小一点的，他是老二，那个得慢性癫痫的，她没看出痴呆的迹象。她觉得自己挺无聊的，为啥要纠缠在某些看不见摸不着的事情上头？都过去了。她干脆不再天天看虎家姊妹的朋友圈了。同样挺没意思的。

春天过去，炎夏跟着就来，有一天马圆给家里挂蚊帐，一个小挂钩怎么都找不到，就满屋子翻抽屉，翻了半天没见踪影，她看着松松垮垮摇摇欲坠的蚊帐，发现它很陈旧了，应该买个新的换掉它。她上京东看，又上淘宝看，看了一圈，发现质量稍微好点的，都得一二百元，还有更好的，轨道滑杆的尤其贵，她其实一直想要买个轨道的。但她掂量一阵没下单，好几百呢，有点舍不得。

退出购物网页，马圆好像被什么牵引着，手指点开了微信。输入一个虎字，跳出来虎丽丽虎梅花。先看虎丽丽。再看虎梅花。虎梅花早晨发了个帖子，她出门了，坐的是火车，没说去哪里，去做什么。一个人远行需要理由吗，需要给微友们解释清楚吗？再看虎丽丽，她的最近帖子是昨天发的，晚饭时候，一张饭桌上摆了八九个碟子，碟子里红的肉卷，白的鸡翅，绿的蔬菜，花红柳绿层层叠叠，一口鸳鸯锅里红的油汤和奶白清汤翻滚着。虎丽丽配发了文字，说简单点，吃个火锅，呵呵。

马圆干脆不管蚊帐了，坐在地上看虎家姊妹的朋友圈。好几个月没关注了，新帖子太多。她一条一条看。一边看，一边寻找。也不知道自己在寻找什么，但能确定在寻找。不可能什么都没有。一个人好好地过着普通日子，忽然就一头栽倒，接着是十五万的天文数额，接着是发帖求助。马圆还记着以虎梅花口吻发出来的文字。我们实在走投无路，只能恳求好心人伸出援助之手。读起来感觉是字字含泪。当时马圆第一反应是眼前浮现出虎梅花的脸。一张被生活揉搓得不忍直视的脸，依稀还保存着少年时候的轮廓。马圆舍不得少年的伙伴这样艰难，马圆那几天吃不下饭，睡到半夜爬起来看筹款进度。马圆替虎梅花姊妹感受着人情冷暖人心凉薄。

时隔半年，马圆又要寻找另外一种冷暖。意义何在呢，她说不清楚，她压不住内心的冲动，这么久了，她其实一直都在苦苦压制。这半年她的脾气变得糟糕了，心情一直好不起来，女儿拿着馒头去楼下喂流浪猫，被她严厉喝止，孩子想不通以前可以为什么忽然就不能去喂了，妈妈不是常说流浪的猫狗可怜，需要人类的关爱吗？马圆也不知道怎么跟女儿解释，她没法解释，她知道自己在往一个深不见底的地方掉落，下坠，那是一个幽暗的黑洞。里头有一种东西在吸引她。她抵御不住这种诱惑。她在虎家姊妹的朋友圈里寻找什么，应该是几句话，几张图片，或者一种心情，想法，念头。她没找到。

哪怕一句话都好。她没看到。她不甘心。一直往前翻着看。虎大朋出院以后的，虎大朋住院以前的……她感受着虎家姊妹的生活脉络，和心境变化。虎大朋住院前，虎家姊妹的生活应该是平静而容易满足的，是大多数小老百姓的那种知足和常乐，该高兴的时候高兴，该欢喜的时候欢喜，忧愁的时候就把忧愁发在朋友圈。她们像无数人一样，柴米油盐地活着。虎大朋病了。姊妹俩都发了帖子，照片不一样，文字不一样，惊吓和悲痛是一样的。接着住院，筹款。两个人都把筹款帖子发在朋友圈，虎丽丽还单独发给了她。马圆没找到这个帖子。当她一条一条看完虎梅花的，再看虎丽丽的，都没有那条筹款信息。关于虎大朋住院的帖子倒是还在，照片里的虎大朋躺在病床上，穿着带条纹的病号服，他的样子无辜而臃肿，不是马圆记忆里那个默默蹲在大门洞里擦铧头的中年男人。

　　马圆反复看了几遍，确定筹款帖子已经不在，被删除了。她心头那种一直浮游的模糊念头，蓦然露出水面，变得明确了，她知道自己在找什么。这确认的后果，让人沮丧，心情更加低落。她坚持往下看。她看到虎家姊妹的心情，从医院回来后，就越来越好，终于回归到从前的状态。她们回了各自的家，每天过着和从前没什么不一样的日子。她们还是晒各种日常生活，打工，做活儿，做饭，赶集，买新衣裳，吃一盘放辣椒油的凉皮，对着镜头拍下美颜照片……好像那段经历就是漫长辽阔的水面上，偶然荡起的一个浪花，现在风平浪静，水面回复了平静。她们也应该忘了那段痛苦。她们有资格忘，谁都没有权利强求她们背负着一个沉重的心灵包袱蹒跚前行。所以，删除筹款帖子没什么不应该，她们有资格，在不背负心灵负担的状态里过正常的日子。

马圆不知道自己怎么就过不了一道坎儿。说白了不就是一千块钱嘛，不，绝不是一千块钱的事，而是什么，是嫉妒，是见不到别人好，还是施恩就必须得到回报，哪怕是听到一句谢谢的心理？都不是。马圆确定自己不是那种心胸狭隘的人。滴水恩，就必须涌泉报吗？虎家姊妹就算涌泉相报，她马圆也没打算接受啊。那她究竟需要什么样的结果？她不知道。也许自己实在不是个有大胸怀的人吧。在她的意料中，虎家姊妹应该是至今还活在因病导致的贫穷里，一边天天发着对生活不易的慨叹，一边不住地感恩所有帮助过她们的亲友和陌生人。这才是她期待中的画风对吧？人心深处，很多时候的施舍，不就含有这样的因素？伸出援手的时候，难道没有用自己的优越衬托他人的悲苦？没有用他人的愁苦，获取自己的满足？这感觉好奇怪，像手里拿着一把刀子，刀刃薄快，寒光闪闪，她一刀一刀解剖着自己，五脏六腑，血肉淋漓，疼痛蔓延，吞噬着遍体神经，她不停手，眼睁睁看着自己对自己实施酷刑。

马圆病倒了，发着低烧，眼角和嘴唇都溃烂了，不想吃饭，只是一个劲儿喊渴，要喝水。丈夫说送医院，马圆摇头，说躺几天就好了。她坚持躺着。女儿天天都抱一大包食物溜出门去喂猫，她当作没看到。她把虎丽丽的微信拉黑了。想了想，又把虎梅花也拉黑了。她给大哥发二百块钱的红包。同样的红包，她一共给他发了五个。她用语音留言，说哥，我买彩票中了一个奖，分你的，不许不要，拿着买糖糖吃哦。最后，她又发了一个龇牙坏笑的表情。那表情又傻又喜乐，好像中奖数额高达五百万。

《人民文学》2021年4期。

良家妇女

西北大地上每年冬天都要闹几场寒流。小城偏远，且小，像体质
孱弱的人，承受力有限，脚跟也不稳，每当寒流在头顶上自西北往东
南席卷而过的时候，小城都要跟着打几个哆嗦。对冷空气带来的温度
变化，最敏感的是那些年迈体弱的老人和娇弱幼小的孩子。苏于每个
冬天都至少得陪女儿住一回院。双胞胎中的儿子壮实，女儿羸弱，两
人之间的健康状态很不平衡。似乎女儿该有的免疫能力大半都分给了
儿子，她一个人同时替两个人面对着病痛的考验。

女儿五岁的冬天苏于又陪着她住进了县人民医院儿科。刚进医院
后苏于被孩子病情牵绊，一心扑在孩子身上，日夜守护，到第四天终

于高烧下降，病情稳定下来，苏于长长舒一口气，一颗心可算不用高高悬挂了。也有心情打量同病室的其他人了。

一共四个床位，苏于靠门，挨着她的是一个年轻妇女陪着儿子，儿子跟苏于女儿差不多大小，病情也好转了，只是还咳得厉害。过去是一位老年妇女，她照顾的一个男孩应该是孙子。四床靠近窗户，是一个小男孩得了肺炎，陪护的是爸爸，一个中年男人。

四个小病人的病情差不多都稳定下来了，病房里一直紧张的气氛就明显有所松缓。孩子们输液，吃东西，看手机，偶尔带着炫耀的神情互相比赛背诵古诗。一二四床的孩子都一样活泼，只有三床的男孩不好动，总是拿着他奶奶的手机摁着玩。他不敢正眼看人，有时候会从手里的手机上忽然抬起头，偷偷地瞄一眼，又飞快低下头去。

陪护的时间难熬，大家不说话的时候，都静悄悄坐着，各有各的沉默。苏于想跟人说话，二床的妇女一副不怎么爱说话的样子，苏于也就不好太贸然去打扰。三床的老年妇女显得心事重重，除了望着窗外发呆，就是仰着脖子看孙子输液的药瓶，瞅着那透明液体在管子里一滴一滴流逝。只有窗口的男人看着面善，还没说话眉眼之间就会浮上笑模样来。苏于开始和他说话，只是离得远，又都在各自的床边坐着，要隔着两个床位的人说话，中间二三床的又没有递话的热情，苏于和男人的交谈，也就变得有些困难，也有些没有必要。只是那男人有时候爱发牢骚，忽然就冒出来一句。说某个护士换药太慢，按了三遍铃才来，来了摆脸子，骂病人啰唆。说医院收费太高，平均一天下来好几百，用的又不是啥好药，是好药的话哪用得上住这么久，他儿子住了这几天咳得还很严重，眼看不输八九天液是出不了院。说外卖送的饭菜凉了，面条坨了，拉面汤是勾兑的，压根没用牛骨头熬。等等。

一个大活人在眼前自说自话，同坐一室的他人总不能干坐着不搭腔吧，苏于觉得没礼貌，那男人也尴尬，所以她就适当地看看他的眼睛，给点个头，或者笑一下，算是应答了。那男人确实是个能侃的，没话也能找到话，时不时就说上三五句。女儿总要用手机看动画片，不给她就哭闹，苏于怕输液的针头会穿，只能迁就孩子。孩子倒是高兴了，大人就分外地无聊。几个大人的情况基本上都是这样，只能在百无聊赖中枯坐。窗口的男人看样子是懂得把握场面的，他这时候就会试着提起话题。慢慢地，二床的女人也加了进来。她终归显得很有节制，男人说三五句，苏于应答一两句，年轻女人能说一句半句。这让苏于有点不好意思，总感觉自己不自觉地就抢了人家的话头。她其实是个平时话不怎么多的人。尤其在公众场合夸夸其谈，不是她的风格。

她就有意识地往回收。收拢的过程里，她发现自己其实已经有一点喜欢和这个男人说话了。不知不觉当中，他们聊了近期的天气，尤其是寒流带来的病灾。医院门口几家餐馆的饭菜，哪家太难吃，哪家还能凑合。哪个护士脾气好，哪个儿科大夫本事大，去年娃的肺炎就是他给看好的。都是笼统的话题，围绕着身边共有的事物展开，圈子始终画得很大，没有牵涉到各自的私人范围。比如苏于的老公做什么工作为啥那么忙，从不夜里来换一换苏于。男人的媳妇为啥也不见来，孩子不是应该由妈陪着吗，尤其病了，怎么只听到那女人在微信里问她儿子咋样了，却迟迟不亲自来医院。其实小范围的话题真的很多。聊起来肯定要比这样远远地画圈子有意思。偏偏就不能近，今天画圈子，明天还是画圈子。

现在收，苏于觉得是及时的，明智的，应该的。对面的男人身上有一种力量，特别的力量，确切说，是感觉，说不清楚这感觉怎么就散发出来了，看不清是从哪里散发出来的，反正就辐射到了你。还有进一步笼罩起来，再抓住，握紧，紧紧包裹住的趋势。这是危险的。苏于是已婚妇女，经历过恋爱，结婚，生孩子。经历过，目睹过，情感智力发育到了和年龄相符合的程度。她能感受，也能认识，更能收步。想明白了这点，她忽然吃了一惊，有些后怕，也有些庆幸，差一点就陷进去了。等陷进去再后退，肯定不如及早刹车效果好。

她让自己变成了局外人。她看着他们聊。是男人把二床女人带动了。他们不但能够简短地说几句，她甚至都能被逗笑了。她笑起来挺好听的，咯咯咯，像个小女孩。这样低龄化状态的笑，让她好像更年轻了，像个还没结婚的大女孩。但她又很大方，不像女孩子会害羞，会捂嘴，或者还有别的扭捏。当然女孩子做这些是无可厚非的，也是合适的。但如果真出现在这个女人身上，肯定就不恰当了，毕竟不是小姑娘了，孩子都四岁多了。这女人肯定是清醒的，自知的。她咯咯咯笑，边笑边照顾孩子，笑完了又开始跟男人说话。

苏于感觉自己被这个女人的仪态给吸引住了。她说话的表情，低调，有点冷漠，又淡淡的，给人一种欲罢不能的感觉。苏于忽然也想加入进去，三个人天南海北地聊。可是女人一直都没看苏于，她倒是偶尔抬头看一下窗口的男人。始终都不看苏于。这让苏于有一点失落。尽管这感觉很奇异，失落也来得莫名，可就是存在着，而且这女人明显在有意地疏远着苏于，爱理不理的。这让苏于有点恼火。两个年龄相仿的女人，不是应该有更多的共同话题吗，为什么她那么一副表情？好像天然地看不起别人，骨子里带着骄傲。苏于在心里有些不喜欢她，反正住院就这几天，出了院谁还认识谁呢，谁也用不着迁就谁。苏于想开了，也就坦然了。

苏于发现男人在讨好二床女人。一开始还不明显。他跟她说话的表情，姿态，口气，都跟与苏于交谈时候差不多。慢慢地，情况有了变化。等苏于蓦然察觉到的时候，已经有些明显了。这发现让苏于有点难以接受。她本来心平气和地陪着女儿看动画片，这个发现让她忽然心里有点慌，有点乱，有点气愤。她一把夺过女儿举着的手机，对她说教，一直看手机不好，眼睛会看瞎的，你不累，手机还累呢。女儿吓着了，等反应过来，咧开嘴呜呜地哭起来。苏于冷静下来了。赶紧抱起孩子哄，又把动画片打开。孩子又高兴了。苏于望着女儿，心里在悄悄进行一场审判。

原告和被告都是苏于，她一个人兼任，法官也是她自己。她质问自己，你怎么了，好好的发什么神经？她申辩，我也不知道怎么了，就是心里有点吃惊，有点生气，难以接受。法官目光炯炯地审视着，说你生什么气，你又有什么难以接受的，他是你什么人，你们有关系吗？他取悦另外一个女人，跟你有关系？你们只是暂时在同一个病房里陪护孩子的家属，这之前甚至都没见过面，等出院以后就是陌路人，这样的关系，你有必要较真，跟自己过意不去？你可能是在吃醋！作为被告的苏于顿时恼羞成怒，心跳都加快了，她撑着不让自己露出丝毫破绽，她硬着头皮反驳，说我没有，只不过多说了几句话而已，我用得上为这个烦恼吗，我有那么无聊吗，他是谁的谁啊？法官冷笑，你目前是没那么无聊，我只担心后面你会真的无聊，既然还没有，那就有则改之无则加勉，好自为之吧。

庭审结束。苏于下地，去了趟厕所。等再次回到病房，她完全是住进医院之前的苏于了。她过去看看一直玩手机的三床男孩，伸手摸摸他脑门，给一直沉默的老妇人笑一下，说娃娃要一阵也得叫他缓缓，这娃一天到黑都在看手机，就把眼睛糟蹋了。她说得诚恳。老妇人听进去了，一直呆滞的神色忽然活络了一下。但是看看孙子，又摇

183

头，说没办法啊，从小就这么哄大的，没有手机哄不住。说着尝试夺下手机。男孩早就有防备，两手死死抱住手机，拿仇恨的目光瞪苏于。苏于望着这目光忽然心累。都说如今的孩子被手机害了，这话不假。眼前这孩子还小就已经这么沉溺，以后上学了如果再不好好教育，恐怕一辈子就被手机耽误了。

苏于知道是自己的职业习惯在作祟，只要看到孩子就想到教育。老婆子好像拿孙子没办法，还有点不拿苏于的劝当回事，苏于就知难而退了。教育最难的不仅是调皮捣蛋的孩子，还有不好好配合教育的家长。家长轻视，纵容，溺爱，护短，不配合，都是教育深陷左右两难局面的重要因素。这里是病房，苏于是患者的家属，不是学校老师。她释然了。

窗边的男人忽然拿走儿子手里的手机，嗓音提高，阿姨都说了不能一直耍手机，要一会缓缓，咋就不听哩？要哭？哭啊，看我不打！他一边说一边真举起了大巴掌。他儿子眼巴巴瞅着，还真不敢哭。二床的女人把她女儿正看的手机往高处挪了下。远点好，远点保护视力。她柔声给女儿解释。

苏于注意到男人的声音里有一点夸张，带着讨好的意味。他是在讨好苏于吗？一刻钟前，他还这样讨好过二床。苏于心底波澜不兴，她甚至冷笑了一下。有点鄙视起他来。什么意思，两头讨好，脚踩两只船？她才不在乎呢。她已经抽身了。现在是局外看戏的。她没看他，也没回应。男人显然还没察觉局面的悄然改变。他依旧显得愉快，笑眉笑眼的，邀功一样继续做着说教，被说教的是他儿子，但内容哪是孩子听得懂的，就是说给大人的。他夸苏于的女儿听话，你看你看，妈妈说不让要小妹妹就不要了。你要向小妹妹学习。接着又转个方向，指二床，小哥哥也比你懂事，妈妈说远点看，他就远点看。你也得向小哥哥学习。爸爸也要向两位阿姨学习。

苏于低头跟女儿一起看动画片。她不看那个男人。有人搭理他没，没人的话他尴尬吗？她不想看。她看出来了，这是个脸皮比较厚的人。只是他有一种很巧妙的掩饰技巧，很好地掩饰了他的厚脸皮。这种男人，应该是很会勾搭女人的。也喜欢勾搭。究竟是个怎么样的人呢？他究竟是出于天性，还是真有手段？连她这个心如止水早过了被情感迷惑年纪的女人，也差点就撞进去了。苏于苦恼，为自己活了三十多年，还没活出该有的明白。

哎，吃苹果了。男人走动，手里提个塑料袋，里头是苹果。苹果不错，大，又圆，像高原姑娘的脸颊，闪烁着健康的光泽，看上去很诱人。不要不要，苏于赶紧摆手。果子嘛，又不毒人——男人说着，已经把两个苹果强行摆在了一床的小白木床头柜上。苏于要下去还给他。今年苹果贵，据说开花挂果的时候遭遇了大面积的倒春寒，全国苹果都减产。像这么大的富士苹果，市面上一斤五块钱。男人给的苹果大，估计一个就要半斤多吧。苏于觉得不能白占人家便宜。女儿举

185

起手要苹果。苏于从抽屉里给她拿橘子。不要不要。女儿甩手，要哭。自从病了，她的娇气就加倍了，动不动拿这武器要挟大人。苏于无奈，只能把苹果给她。就这么拿了人家的东西，苏于心里不安，给丈夫发短信：明天来记得多买点香蕉。她想给四床还二斤香蕉。

男人又给二床放两个苹果。不要，二床女人也推辞。要了嘛，给都给了，你要是不要，就把我的手羞了。男人一本正经说着，同时把两个大苹果按在了柜头上。苏于听呆了，他的话真有意思，世上还有这么劝人收东西的，不收就把送东西的人的手羞了。手也怕羞？还真得佩服这男人啊，嘴就是能说，说的话让你无法反驳。他已经给三床也放了两个，最后才给儿子擦一个，他自己一个，坐下大口吃起来。满病房顿时都是咔嚓咔嚓咬苹果的脆响。

男人一边吃着苹果，一边说话。他总是有话题，那么多的话题能让他想起来。而且一说起来就很少聊入死胡同，他有一种驾驭话题走向的能力，不经意间，一个眼看要聊死的话题，被他轻轻一带，就拐了出来，绝处逢生。苏于假装没听，也始终不往窗口看。但是耳朵一直留意着内容。他其实是个有点浮夸的人。只是这浮夸是被一种别样的东西干扰，遮蔽，混淆，一般不好发现。首先他长得不错。有三十来岁了吧，不年轻了，正是这不年轻，起了很好的平衡作用。让他从英俊小青年惯有的高傲，自大，羞报，或者别的里头脱离蜕变，成功走了出来。三十岁已过的男人，不再一尘不染，高高在上，谁都看不进眼里，而是开始沾染人间烟火，喜欢低头，用平视的目光看人，包括异性，当然也包括年轻的异性。还变得话多了，喜欢和女人聊天，聊的大半是女人感兴趣的话题，有时候还站在女人的角度，替女人想问题。尝到了讨好女人的甜头，喜欢继续做这件事，不觉得累，也从不轻易抱怨。岁月的适当打磨，让青年时期的容颜有了变化，五官的棱角，表情的凌然，都有了一点模糊。这模糊带来了温度。是暖的。暖自己，也会辐射，暖对面的女人。

他气质不错。要在熟悉的环境里看到有气质的男人，好像是困难的。因为苏于这个年纪的女人，明显已经活麻木了，有种千帆过尽不过如此的挑剔。所以在苏于眼中，日常所见，总是难以具备特别触动某根神经的气质。这个男人具备着一种气质。初看跟大众没什么区别，稍微接触感觉就出来了。并且让人不知不觉就特别留意起这种气质。这种男人像游弋在水生动物群体中的一种特别的鱼，面貌稍微英俊，身材稍微颀长，扔在水生世界里不会被完全埋没，但也不是百分百出挑。但是他柔韧，圆，润，具备一种与外界很好地相处的能力。他的身体，心理，神态，动作，语言，都具备分泌性，能快速分泌一种物质，这种物质黏性超强，能帮他很好地协调与外界，与他人的关系，甚至能滋长出一种幽暗而秘密的关系。

苏于饶有兴味地观察，他有一副很好的身材，算不上强壮，但是妖娆。绝不是女人具有的妖娆。是属于男性独有的。太过强壮的，肥胖的，威猛的，或者精瘦的男人，都难有这种感觉。独特的味道，只属于处于中间情况的，少数中的一部分男人。不胖不瘦，不高不矮，不黑不白，不过分阳刚也不太阴柔，有一个度的问题，他恰恰很好地拿捏住了这个度。最要命的是，他本人对自己的优势有清醒的认识，知道怎么发挥优势。所以他能走到哪里都能散射出一股魅力。

苏于回味着嘴里泛上来的苦涩，必须承认，她是欣赏这种魅力的。少女时代，情窦初开的时候，开始想象未来的良人的时候，有一个模糊的憧憬对象，像水面上的月亮，投出的虚幻的影子。然后她照着这个影子去寻找，在生活的广阔里，寻觅那个期待中的男子。最后她嫁给了完全不一样的男人。也过得幸福。也渐渐淡忘了早年的幻想。可是必须承认，生活里总有猝不及防遭遇考验的时刻。就像这个男人的出现，不经意就遭遇了，就召唤她埋葬心底的梦想。激起的不再是美丽的浪花，而是伴随罪恶感的一丝忧伤。苏于知道自己不会再陷入。她为这样的坚强庆幸，同时也有苦涩。所有被赞美的坚硬外衣下，谁又仔细摩挲过层层褶皱掩盖的独自愈合的伤痕。

一轮苹果吃完，男人要外出买饭。你们谁要带呢？他又站在原地，目光看过每个床位。苏于首先拒绝，说谢谢，我已经点了外卖。三床的老年妇女眼神有点犹豫，好半天才说给我带个拉面吧，不放辣椒。她是给孙子买。她自己这几天就没见吃饭，有家里带来的馍馍，她就着开水啃冷馍馍。顺理成章地，男人的目光定格在二床女人的身上。在等答案。苏于心里有一点好笑，她一开始就知道，他问大家只是个幌子，真实的目的是她。他想为她带一份饭菜吧。他就是这样，随时都能拍马屁，这功夫处处都能施展。而且做得有技巧，让你察觉不出他的刻意。相反觉得他就是这么一个人，热情，好心，总是愿意帮助他人。但是，他绝不是眼巴巴地求你，也不是高高在上地施舍于你。他就是一个很平常的存在，你去吗？你带饭吗？就这么简单。

你先去吧，我过一阵自己出去吃。二床女人终于给出了答案。哦，男人随口应和。苏于没从他脸上看出一点失望。他甚至有些愉快地，拎起饭盒，哼着歌儿出门走了。临出门他穿了外衣，雪青色的外套，有一个毛领，把一直露在外头的褐色毛衫盖住了，毛领的毛齐刷刷的，围拱出一张略带风尘的脸，毛色为他的肤色添了一层乳白，他显得既洒脱又柔媚。

苏于回味二床。究竟是个什么样的女人？简单点说，好女人，还是坏女人？千百年来，世人不都喜欢这么划分女人吗？一道界限，简单粗暴，但也自有它的道理。一刀切下来，见棱见角，骨肉明显，对就是对，罪就是罪。苏于从小就接受了这样的分割法，浸润其中长大成人。人到中年，看待世界的心态有了宽度和厚度。但是冷不防还是会不自禁地举起武断的尺度。她赶紧纠正。这个女人，跨出好与坏的界限，用宽厚一点的视觉来看待，她会是个怎样的女人？有一点漂亮，不特别精致，医院的陪护生活让她有些憔悴，但不邋遢，每天早晨去水房梳洗后归来，嘴唇上有淡淡的口红，眉也描过。看得出生活能力较好。有一些高傲吧，应该是。至今不怎么和人说话。没事就和女儿自说自话，要么陪娃看手机。有时候给别人打电话，喊妈，应该是娘家妈。只说娃的病情，没抱怨，是个比较理性的人。她比苏于年轻。除此之外，苏于看不到她的优势。四床男人做出转移选择的原因何在，仅仅因为她比苏于小了两三岁的样子，还是那点淡淡的妆容，还是她很少笑容的表情？苏于觉得困惑。不参与，不计较，抽身事外，不代表要糊涂，她想知道自己输在哪里，换句话说，二床女人赢在哪里。

气氛有点沉闷。甚至压抑。好像缺了的那个人带走了一些东西。苏于忽然觉得这医院的日子分外难熬，她在心里算时间，盼望早点出院回家。门开了，男人回来了。二床女人穿好鞋，告诉女儿要好好听话，说完她就出去了。马家氽面好，我刚吃了一碗，出门右拐，第七家子。男人说。他的声音追着二床女人说的。女人没回头，好像没听见。苏于留意观察，男人的脸上没一点尴尬的意思，反倒来看苏于，说马家氽面味道还行，医院附近的饭馆嘛，能凑合吃就难得了，对面那几家的饭简直不能吃。苏于本来不想再附和他，但还是没忍住点了点头。

接下来的日子，苏于陷入了沉默。她是有意的。她已经看出来了，窗口的男人在进攻。目标是二床女人。他的态度渐渐明朗。他第二天又吃苹果，这回没有全覆盖发放，只给了二床女孩一个，那孩子乖巧，转手就把苹果给了妈妈。真乖。男人夸，顺手又给她一个。于是病房里咔嚓咔嚓吃苹果的有四个人。另外四个闲坐。妈妈，果果。女儿给苏于嘀咕。苏于赶紧拿出香蕉。女儿不要，偏偏要苹果。苏于悄悄拿指头戳她，孩子哭了起来。果果，果果。苏于怕男人听到。这时候男人出去了。不知道干什么去了，也许不是有意的。苏于却认定他是故意出去躲避的。好在孩子的注意力并不持久，容易被别的事物吸引，女儿对果果的热情也就一小会儿，很快就不哭了。

男人回来了。下雪了。他说。苏于没抬头。雪好大。他又说。老年女人也没看他。只有二床女人抬起头淡淡地看了一眼。他们交换了一个眼神。就在这散发着药水味的病房空气当中。苏于捕捉到了。那是什么眼神？苏于好奇。她只看到他眉毛上挂着一点水星，在闪光。可能是雪片化了。雪化了是水。水挂在谁的眉毛上能这么生动呢？苏于低头，慢慢回味那一瞬而逝的生动。

大夫来了，依次问了病况，依照惯例交代完夜间注意事项就走了。外面夜色开始弥漫。男人慢腾腾地穿上外衣，拍拍儿子的脑门，好好耍哈，爸出去走走，吸一根烟。孩子有手机的时候，没大人也可以，只顾埋头玩自己的。男人不急于走，在地上迈步，显得百无聊赖。走着走着走到二床前，飞快地看一眼女人，说，雪下厚了。女人没理他。但是接下来她起了身，给女儿交代，自己看动画片，妈妈得去买点东西。

女人穿鞋的时候，男人走了。苏于想，她不会去的吧。可是她走了，临走从兜里摸出小镜子照了照。妆容是整齐的。一天时间下来了，她还保持着妆容不乱，苏于有点佩服她。病房里少了两个大人，孩子们照旧看手机。苏于下地，到窗边望望外头，果然雪很大，把夜空下出了茫茫的白。视野只有窗外路灯照亮的一小片，远处只有茫茫的白和幽幽的黑交织出的大片未知。苏于忽然觉得自己很无聊。她坐到三床女人的面前，认真看她，也看她的孙子。孙子玩的是一个很简单的游戏，他玩得痴迷，除了睡觉和吃饭，基本上全天都不愿意离开手机。

手机把娃娃害了。苏于说。明天她就出院了，有些话她也就直说了。这个男孩确实让人看着担忧。小眼睛明显已经近视了，看手机的时候不停地眯缝着。家长不知赶紧为孩子矫正视力，还依旧纵容他长时间看手机，再不紧急刹车的话，这娃以后可怎么办。网络确实给人们带来了便捷，但危害也是不可估量的。

没办法么。老年妇女抚摸着膝盖，嘴里喏喏着。苏于看着她的手，忽然心软了，这是一双只有长久干农活儿的人才有的手，这样的老人，生活显然是艰难的，她的艰辛甚至是苏于没法想象的。还对她苛求，是不是有些不厚道？可是不说，不评论，她憋得难受，教师当久了，就是这毛病。如果现在不改变，以后这孙子的境况能比奶奶好哪儿去呢？很可能就要走重复的人生路。

他父母哩？娃娃要父母管哩。

没有么。老奶奶脸上一直绷着的一层东西，似乎终于撑不住，开始破裂，融化。她叹了一口气。唉，唉，他妈跟人跑了，他爸打工去了。娃娃我领着哩。我老了么，拉扯不动了。只能拉扯一天算一天了。

苏于仔细看孩子，果然是一副缺乏母爱的模样。在孩子的成长期，有些爱除了父母，别人是给不了的，爷爷奶奶也没法给。苏于心里沉重，其实老奶奶的事例很老套，她足不出户在手机里就能看到这种社会现象。看看自己女儿，再看这孩子，明显是两个世界里来的。苏于忽然有了一种罪恶的感觉，为什么而罪恶，说不清楚，但是心情沉重。她默默上床睡了。雪依旧在窗外落，朋友圈肯定全是晒雪景的。门开了，有人进来。过一会儿，又有人进来。苏于懒得看是谁先来，谁又留在后头返回。更不愿意想象，两个人在雪地上踏出了多少的脚步。

第二天早晨大夫查床后，确定一床出院。苏于打了电话，丈夫来了。忙着办手续。苏于坐在病床上等。二床也出院，女人的男人也来了。女人在整理东西，虽然在医院才八九天，但围绕着这八九天的用品真是多，盆子，暖水壶，杯子碗筷，卷纸，衣服拖鞋，病历，药……女人整理得很慢，苏于整完好一阵，她还在一样一样地忙。她的动作是拉长的，好像在举行某种仪式。把小碗放进大碗里，把一个纸杯和另一个套在一起，把病历和片子放在一起，又掏出来分开。四床的男人坐在对面，他一直在看二床女人。他终于不笑了，也不说话，好像他忽然苍老了，把一辈子的话说尽了，现在只想沉默。

二床的男人很快办好手续，上来接人。女人抱起穿戴严实的孩子，把大家看了一圈，说你们住吧，我先出了。说完笑了笑。原来她不冷漠的时候，一张脸挺明艳的。没人相送，医院就是这样，走一个来一个，去去来来，都是过客，不用留恋，也不用道别。苏于冷眼看对面，四床的男人也没有送。他在低头看他自己的手。好像那双手值得细细研究。他不笑，不说话。他不讨好女人，而且严肃认真地沉默的时候，整个人的轮廓忽然就有了凌厉的感觉，带着一种厚重的力量。苏于没跟他告别，只给三床的老年妇女笑了一下，就抱上女儿走出了病房。

原发《草原》2020 年 8 期。

绝　　境

1

宾馆名叫"周末·家"。

苏李远远瞅着挂在小楼正前方白色底板上的三个大黑汉字和一个圆圆的黑点，一抹冷笑从心里往上溢漫。这感觉恰如煮肉刚开锅来不及撇掉血沫一样，泛着细碎绵密的热泡，扑飒飒扑飒飒地往上涌。她不想动手将这些沫子撇掉，她让它们增生，蔓延，像灾难一样堆砌。她贪婪地吮吸着血腥味。她觉得解恨。也能消解积攒了太久的屈辱。

她有些留恋一般，甚至有种爱恋一样，玩味地看着这三个字一个点。冷笑蔓延，藤蔓植物的枝条一样，阴森森黏乎乎爬升到了外表，分布在脸上。脸被一个大口罩严严遮住，露在外头的双眼里跳跃着某种光斑一样的东西。那是乍然寻找到了某种结果的惊喜，以及随后滋长的愤怒，交织在一起，汇合成放射着灰光的斑点。找到了。她找到这个地方了。她找到这个狗窝了。

那地儿不好寻，藏在城旮旯里，一看就不是干好事的地儿。堂姐苏远在电话里愤愤地诉说。地儿藏得深沉也就罢了，名字也不咋地，好像叫个啥来着，周末，家，对，叫周末·家。周末就周末嘛，家也就家嘛，当中间还多出来一个点儿，弄得家不像家了，再说有家有口的正经两口子，谁周末跑那鬼地方偷偷摸摸去，所以我敢肯定，那就是狗男女们打野食的窝。

苏远的义愤填膺隔着手机都能感染人。苏李被感染了。苏李再也不能像过去两年一样，只睁着一个眼睛面对张三福。另外那只闭着，装瞎子，扮傻子，当作什么都不知道，在张三福面前该吃吃，该睡睡，日子还那么过着，平稳，和缓，客气，甚至有了相敬如宾的气象。张三福不知道是对她丝毫都不在意了，还是做了亏心事的人心思不能集中，总之他忽略了她日渐升级的敬重，和敬重外衣下刻意的疏远。也许和她一贯的性子有关。她是个很好打交道的女人，不爱计较家长里短，不会在意鸡毛蒜皮，这优点早在当年瞅对象时候张三福就欣喜地发现了。他本来为自己的家庭成员发愁，母亲是个话又多心眼又小的老太太，妹妹脾气大小性子，媳妇娶进门肯定没有安宁日子，前头大嫂子就是例子，小两口和和睦睦的，硬是被婆婆小姑搅和得离婚走人。

等将苏李娶进门，一切完全逆着张三福的担忧而发展，苏李和刻薄婆婆刁钻小姑都能和平相处。苏李成为在张家稳稳立住了脚跟的媳妇。这都源于苏李的好性格。好性格的苏李简直像薛宝钗一样，走到哪里就能把哪里的人际关系营造得和顺友睦，让大家都活得自在舒服。还有可贵的一点，苏李有薛宝钗的大度，贤惠，识趣，知进退，但没有薛宝钗的圆滑世故，她甚至具备着一些被宽厚大度遮蔽了的单纯和老实。这太难得了，也让人对她没有太多的忌惮和防范。总之苏李是个从来不会让和她一起生活的人有压力感的女人。

张三福揣着对苏李一开始就固定下来的刻板印象，想当然地认定苏李后来的慢慢疏远，和微微的冷漠，都不是她发现了什么，而是她性格里本身具备的品质的反映。这样的认定，让张三福从没想过悔改，两年了，他一直反复利用她的大度和包容，也消耗着她的贤惠。

闲话像包在纸里的火星，开头还能捂住，后来火势扩散蔓延，一点点透出纸来。其实早就包不住了。七大姑八大姨什么的都知道了。还好都是张三福那边的。闲话在好弄是非的舌头上跑马，跑了一圈儿，张三福外头有人的事实也就俨然成了张家大家庭里共同的秘密，大家像维护他们家族的脸面一样，结成了统一战线，手拉手，心连心，口径统一，防线牢筑，为维护这个秘密而共同选择了瞒着苏李一个人。苏李其实早就知道了。张家人再怎么瞒着遮着，苏李自有苏李的渠道。首先是张三福本人的反应。还有就是苏李作为女人的直觉。最后是苏李朋友的暗示。

秘密之所以能那么顺利地野蛮生长那么久，还有一个重要原因是苏李的娘家人没有掺和进来。苏李的娘家离得远，七大姑八大姨鞭长莫及无法掺和到这类事情当中来，没人为苏李通风报信监督跟踪甚至大打出手地捉奸，自然也就没人在屁股后面煽风点火激化事态。这也为苏李装聋作哑容忍张三福出轨创造了条件。

苏李慢慢迈步，一步一步往前走，直到面前的路面忽然开阔。本来悠长细瘦的道路在这里分叉，成了三岔口，有三条道路出现在眼前。她被迫收住脚步，前后左右看。路面上的柏油很陈旧，泛着苍白，布满了裂痕和小坑洼。路也是有寿命，有体温，有情感，有表情的，看来这是一条承受过无数车轮碾压的痛苦，从而饱经沧桑的老路。向右，向左，还是直行，成为一个紧迫而尖锐的现实摆在眼前。她要何去，何从，哪个方向才是正确的？选项当中包括转身向后，沿着原路走回去，重新回到那三个大字所在的房屋。

苏李毅然转身，大步往回走。一种紧迫挤压着脏腑，一丝模糊的疼痛随着这挤压而蔓延。她忽然很想面对那三个字，好好地看看它们，像面对一个失散很久的亲人一样，像抓住一个丢失的贵重物品一样。她怕稍微迟缓三两步，它们就消失了，再也找不到了。她这段时间的辛苦也就等于白费了。这段时间她没少受折磨，甚至不断地午夜做梦，惊醒后就咀嚼着嘴里的苦涩，苦苦地熬煎。要不要去那个地方呢？至于去干什么，怎么捉奸，怎么厮打，怎么面对被堵个正着的那对男女？她都没想。也许是还没顾得上想。情绪也不允许她想。她有一种被架在火上的感觉，其实从内心深处讲，她还真不愿意闹腾，她甚至隐约做好了一辈子就这样的打算，揣着明白装糊涂，眼不见心不烦，只要张三福不把人领回家，只要没撞见现行，她都不准备主动去揭开那一层遮羞布。

问题是苏李的好友亲朋不这么想，尤其是堂姐苏远，不但捅破了苏李假装看不见的那层窗户纸，还热血沸腾地扑着喊着要来帮忙，她在电话里说她都要气出心脏病来了，血压高到了一百八。苏李就这么被推出来了，推到了风口浪尖，阵地的最前线。

苏李不表态是不行了。就算她是女人，在大家千百年来形成的认识体系里，女人是不用像男人一样拥有血性、骨气和刚性的，女人被戴了绿帽子也不用像男人那么羞耻到被世人集体耻笑，可是，苏李还是不能再装傻了。这不是旧社会，没有三从四德封建礼教压制，也没人要求她必须忍着。能过就过，不能过，那就离。离了张三福，她不是嫁不出去，还有好多男人娶不到老婆打光棍呢，只要去老家乡下看看，你就知道寡妇，尤其像苏李这样的年轻寡妇，是不用发愁没男人要的。是什么把苏李牵绊住了，迟迟不愿意揭开那层皮，就那么一直捂着，直到发脓了溃烂了，脏汤污水地渗出来，这才下决心行动呢？她没想明白，她也懒得想，她觉得日子就这么过着挺好，张三福混蛋是混蛋，每个月工资的一半还是要交给她的，由她米呀面呀肉类菜蔬地买，买来了蒸煮煎炸地支配，对儿子的穿衣用度还有幼儿园的选择，都是最好的。还有公公婆婆等张家的一大家子人，对苏李都是不错的，就算在张三福出轨这件事上集体瞒了她苏李，话说回来，这难道不是另一种方式的保护？他们不说破，帮忙遮掩，就是怕她知道。所以说，日子还是可以凑合下去的，为什么非得撕破呢，为什么非得跑去捉什么奸，抓什么现行呢？

最难的就是那犹豫不决拿不定主意的几天几夜，按照堂姐说的去捉奸去打闹去出气去挣回这个面子，还是继续装聋作哑把这份已经千疮百孔的婚姻维持下去？她拿不定，她没有准备好面对这一切的心理。她觉得能拖就拖吧，一年一年拖下去，说不定一辈子就拖出头了。她又觉得不能拖了，离不离的以后再说，首先得闹一场。至少代表一种态度。只有闹腾一下子，在关心苏李的亲朋好友那里也就能够交代了，表明她不是软弱可欺的人，一直都在可怜巴巴地受着欺负，她已经去闹了，捉奸了，手撕淫妇了，打了张三福的脸，挣回了面子。然后，如果可能，她就继续过她原来的日子。

2

苏李又回到了原点，站在那个挂着"周末·家"牌子下面的台阶下。仰头望那几个字，她不敢直接看，没有阳光，可她怕刺眼。她慢慢地一丝一丝地松开紧闭的眼，把三个汉字和标点符号都装进视线。它们好长，很占地方，憋得她眼睛疼。她努力把眼睛拉长，往眉角拽，才能把它们完整地装进来。确实挺有意思的，大到宾馆，小到旅社，乡间的民宿，古代的客栈，都是离开家的人在外住宿的地方，起的名字她也没少见，一般都带个宾馆、旅社之类的后缀，眼前这一家，要不是提前有准确情报，她还真不敢确定它是一家依旧在营业的宾馆。

正像苏远嘲讽的那样，这店名确实不伦不类让人费解。张三福平时都忙着上班，周一到周五，早出晚归，踏着点儿上下班。只有周末才能在家里休息。他周末陪着她和儿子吗？她竟然没好好留意过，现在想起来，没什么规律，有时候一整天都在，有时候忽然就跑出去了，说打篮球，锻炼身体。男人参加体育运动很正常。她没计较过。他什么时候出去幽会，每次花多少时间，多长时间去一次，她都没好好揣摩总结过。

原来他每次都在这里办事。苏李打量建筑的外貌，一座很不起眼的小楼，三层里头全部是客房的话，也不过二三十个房间吧。和小城里近年来兴建的大宾馆比，它又小又旧，简陋得寒酸。来这里住宿的，肯定不是那些有钱的公差和游客，价钱也不会高到哪儿去。刚结婚那两年，苏李跟着张三福也游玩过一些城市，住过一夜八九百的好宾馆，也住过几十块钱的小旅社，对于住宿行情她还是多少知道的。

这个丢在小城最偏僻角落里的小宾馆，当年也应该有过风光的时候，那时候小城的核心区可是在这里的。谁能知道，城市扩建，脚步就往西北上迈了，这一迈，步子很大，甩包袱一样，就把这一片给甩下了。小楼的风光也就成为历史。

就像女人，有如花盛开的时候，就有朱颜凋零的一天。苏李不年轻了。张三福迷恋的，应该是年轻的女孩吧。苏李毅然上前推开了门。不是宾馆常见的旋转门，简单的两扇落地玻璃门，脏兮兮的，从外头不能很好地看到里头。苏李站在前台，腿有点软，她暗暗撑着，真的闯进来，她发现自己其实很没底气。不要说怎么掌掴奸夫，手撕淫妇，她发现自己其实连怎么应对宾馆的服务员都没做好准备。

一个女孩趴在桌子上打盹。看样子就是服务员了。打扮很随便，没穿服务员的制服。再看前台的陈设，跟正规宾馆没法比。狗窝。苏李心头马上冒出这个词。这不厚道，但看看这宾馆的破落，你就一点都不觉得苏李不够厚道。苏李伸出一个指头在柜台上敲了敲。女孩醒了，抬起头来扫一眼，额角耷拉着乱发，问，住宿吗？一晚上八十。

会员打折，六十。声音是程式化的，不带任何情感。

苏李是做了充分准备才下决心冲进来的，她保持着镇静，摇头，不住，我找人。

找谁？女孩眼里的睡意荡漾了一下，正式看苏李，目光里有了警惕。

苏李把身子靠住柜台，口气有点软，说一个熟人，张三福，你帮我查查，他住哪个房间。她的声音里出现了一丝颤抖。她也不知道为什么，一开口，内心强自撑着的那种坚强，就开始松劲，摇摇欲坠。

对不起，我们不能随便透露客人的信息。要找，你可以打他的手机。

打了，他不接。苏李赶紧回答。其实电话她没打，她怕打草惊蛇。现在需要的不是过早惊散那对狗男女，而是找准房间，破门而入，堵个正着。

不是你熟人吗，熟人还能不接电话？女孩打个哈欠，看样子要赶人了。

苏李站着不动。

人就住在你这里，你帮忙查查还不成吗？苏李的口气里有了哀求的成分。她确实需要最精准的定位，需要知道张三福开了哪个房间。不然的话，一切都会白忙活一场，轻点说，闹一场笑话，自己打自己脸。这也还好说。如果严重，张三福恼羞成怒，翻起脸来，反咬她没事找事，那时候主动权就全在他手里了。就算闹到公公婆婆面前，她也是吃亏的。谁规定了张三福没事不能出现在某个宾馆，他找朋友打牌不行吗？古人不是早总结了吗，捉奸捉双，拿贼拿赃。不知道张三福在哪个房间，她就不能贸然乱闯，乱闯只能过早走漏消息。难道一个门一个门敲开去找？宾馆不允许，闹起来张三福或者那妮头不会提前跑？无论怎么，她都会陷入被动。

苏李有种冲动，上去抓住女孩的胳膊，恳求她，帮帮忙，帮帮忙好吗，你也是女人，有一天你说不定也会和我一样，撵着你的男人捉奸。你也会面临跟我一样的难题。对于你来说很简单，就看一下你们的登记册，万一张三福真的用了他身份证做的登记呢。

她站着没动。她怕小姑娘拒绝。她都快四十岁了，要是被一个二十来岁的小年轻拒绝，她没有足够的底气。这个脸她拉不下来。

既然不住你快走人吧，不要影响我们做生意。女孩白一眼苏李，再纠缠，我可就喊保安了。

苏李也不知道自己怎么就出来了，出来才发现自己是退着出来的。她保持着那个姿势，傻站着看玻璃门。什么都看不清。有一对男女，一个搀着另一个的胳膊，两个人挨挨挤挤从苏李眼前走过，推开玻璃门进去了。一股复杂的味道从空气里飘过。有女人的香水味，还有，应该是男人身上特有的那种气味。

也许压根就没什么气味。只是苏李出现的幻觉。他们进去就没出

204

来。应该是登记开房，进房间去了。是什么关系？一男一女，年龄相当，又那么紧地挨挤着，进去又不见再出来，除了开房还有什么？开了房做什么，除了幽会，还有什么好事？苏李越想越紧张，心里一股一股地冒寒气。果然这里是狗窝，是野男女苟合的地方。果然有男女就这么明目张胆地进去住了。她的张三福会不会也这么拥着一个女的进去的？出示身份证登记的时候，那个女服务员肯定会注意的，而且张三福不是一次两次来这里，他都已经住成常客了，所以那女孩早就认识他。自己这么冷不丁地冒出来，要求她帮忙查人，找房间，自己肯定傻透了，那女孩不定心里怎么偷着笑呢。

苏李有种脱光了被人展览的感觉，前胸后背都凉飕飕的。

这时候应该怎么办？忽然就变了脸，冲进去，疯狂地闹，哭，喊，骂，能把事情闹多大就闹多大，那女孩难道还不怯火？还有什么保安，他来动苏李一指头试试，你们开狗窝，招狗男女，挣肮脏钱，你们倒有理由拒绝一个家属找人了？苏李还可以随时打电话报警，不是天天宣传什么扫黄吗，一个黄窝就在这里，你们能不管？

念头在心里千回百转，苏李人一直站在原地没动。这些她也就只是想想，她做不出来，她真的做不出来。她低头抹泪。眼泪为什么就出来了呢？她说不清楚。她委屈，这委屈不是因为张三福出轨。而是为她自己的懦弱。她怎么就这么懦弱呢？要不是今天这件事，她还真不知道自己是这么个好面子没胆子的人。

她伸手，向路边招，她要拦个出租车，没力气走着离开。这里偏僻，苏李的手被冷气吹得凉飕飕的，还没车停下。她有些绝望。她孤零零站着，和自己对抗，和内心的绝望对抗。竟然没有车。好像全世界的人都知道这个女人在捉奸的路上半途而废，要做逃兵，所以大家都商量好了一样，不来拉她走，在等着看她的笑话，看她怎么办。

一辆车摇下了车窗。是一辆私家车。什么时候开过来停在身边的，苏李竟然没发现。等察觉的时候，车在按喇叭。

喇叭只响了一下，苏李就察觉了。车紧擦着苏李的身体而立。苏李大吃一惊，她竟然差点撞到了车头上。

车缓缓行驶。一个红绿灯过去，另一个红绿灯过去。车没有停下来的迹象。再走就要出城了。距离苏李的家，越去越远，背道而驰。开车的人没有刹车的意思。视线里早就没了巍峨林立的楼房。全是平房，民居，零零散散的，这儿几座，哪儿一簇。分布完全没有章程。每一座院落，没有围墙的房屋，前墙上都刷着一个大大的"拆"字，红字，写完了好像孤零零的一个字太冷，太孤单，所以再用红笔刷一个大圈，把"拆"字围拢起来，像保护，也像囚禁，如此就风吹不进，雨打不上。

苏李用目光篦着那些建筑外的红字。它们像小孩子戴在胸前的涎水帘帘，显眼而窄小。如果风大一点儿，会不会掀动起一大片红艳艳的帘角，哗啦啦哗啦啦，像无数小巴掌，在阳光下欢快地拍打。

车在待拆的民居之间穿梭。道路曲折，蜿蜒，千回百转，环绕在一座又一座院落的前门和后背。路面有陈旧的，有新碾压出的，一截一截都不统一，是跟随这些院落房屋而临时开出来的。每一个屋脊的瓦片和前墙的瓷砖一样崭新。阳光落上去，没有一丝斑驳，相反新得虚假。这世上什么又是真的呢？苏李坐姿端正，怎么颠簸都不倾斜，她像一根柱子，就那么钉在了这辆私家车的副驾座上。

时间由阳光的脚步做着呈现。车轮把郊区这片民居的零落小路碾压了一遍，又掉头进去。重新开始碾压。郊区，时髦的叫法应该是城乡结合部，这一片就是城乡结合部。城乡结合部有老的，也有新的。这几年城市疯了一样膨胀，扩张。高楼把老的结合部吞噬，变成大型小区，单位，学校，和公路。原来附庸结合部而生存的群体，像被惊散的尘埃，轰然一声离散后，各奔各的去向，部分回迁上楼，部分得到了大额拆迁款，骤然暴富，成为有钱人中的一员。一部分本就是租住借住的，失去根据地后，后撤并寻求新的落脚地。尝到拆迁甜头的有钱人，握着人民币，审时度势，找准一片地皮，继续盖起新的房子，那房屋密密扎扎，比老结合部还拥挤，水泼不进。老结合部拆下来的那些楼板砖头，很快在这里发挥了作用。旧砖砌新墙。外头白灰一刷，照旧是等待拆迁的房子，是主人发财的指望。新的人群呼啦啦住进来，砌砖的，刮痧的，卖菜的，扫大街的，伴读的，卖淫的，掏下水的，要饭的，做贼的，应有尽有。因为盖起来的目的就是拆迁，所以连下水都没有做，污水流出来，路面上到处都是积水。车轮碾过水泥，沥青，砂石，和水痕。走得歪歪扭扭，行程艰难。车成了一个饱经风霜的风尘女子，在经历着属于它人生路上的苦难。

等游荡完所有的街巷胡同，车辆驶出最后一截盲肠一样的城中村道路，在路边熄火停下。

快没油了。司机说。扭头看副驾座，还能跑最后一段路，住哪里，送你回去吧。

我为什么要回去？我无家可回。副驾座上的苏李回答。

那，总得有个目的地吧？

还是你做主吧，想去哪就去哪，车费照付。

男人又看一眼苏李，笑了，真不怕？不怕我抢劫？劫财，劫色，杀人害命？都有可能，我可不是什么好人。

他的口气有一点轻佻。

苏李好像压根感觉不到他的轻佻，她冷笑，我也不是什么好人。

车辆重新疾驰而行，像脱缰的马匹。

北山加油（气）站近了。

车在入口处减速，刹住。苏李下车，车里的男人跑在苏李前头下去拉开了车门。同时冲苏李做一个请的姿势。姿势舒展，优美，有一点绅士风度。苏李只匆匆扫一眼，就知道他上穿175号外套，下穿34码的裤子最合适，脚细长单瘦，应该穿42码鞋。张三福的穿衣打扮

208

由苏李常年包揽，她最清楚这些了。只是这个男人没有张三福那么大的肚腩。人显得更精干一点。

那边有座椅，你可以过去坐一会儿，我马上就出来。男人嘴里说，从车里拽出个绵垫子。

苏李有些不明白。

坐啊，男人说，铁椅子，太凉了。说着把坐垫晃了晃。晃到了苏李手里。

车一溜烟奔向加气处。

苏李抱着垫子走近座椅，四处看半圈，把垫子放在加气站出口等待区一个铁座椅上。伸手按了按，果然绵软了很多。她没坐，把一百块钱压在坐垫下，转身向远处走去。

3

一个月后苏李又出现在"周末·家"的招牌下面，她抬头饶有兴味地打量着。这名称什么意思呢，周末的家，周末之家，周末与家，还是周末来这里，这里是你的家？看着看着，她禁不住冷笑，无论何种意思，都不是好地方，奇怪的是，明明已经认定不是好地方，她却忍不住又来了。她心里有一盆火，燃烧，炙烤，她不能在家里过日子，总觉得这里有什么在吸引着她。周末来了，张三福说出门去打球。他前脚走，苏李后脚就借口要买东西，一出门就直奔这里来了。

这一回她亲眼看着张三福进了那两扇玻璃门。大概过了十分钟，还不见张三福出来。苏李知道他开房进屋了。她不再犹豫，跨步上前，毅然推门而进。她想好了，早在家中，半夜失眠的时候就下了决心，这次不能再软弱，如果服务员拒绝，就翻脸。这世上的很多事就这么可笑，既然苦苦哀求没用，还不如翻脸闹腾。她现在是光脚的，还怕穿鞋的吗？

服务员换人了，是个男人。苏李只看了一眼就退出来了。那男人看上去高大肥胖，一脸凶相，苏李根本没勇气跟他吵架。真和这样的人开吵，只怕苏李来不及报警，就被几个耳光扇得满地找牙了。

难道就这么放弃？怎么甘心？回去以后她又要经受熬煎了。她打开手机，准备给张三福打电话，打通看他怎么说，又说自己在打球，还是和朋友在茶楼喝茶？反正这样的谎言他跟她说了不止上百遍，再听一次又何妨？电话只响了两下，苏李就挂了。她没勇气和此刻的张三福通话，她怕自己会哭出来。

她扭头看路，路上有车，不多，和新建的城市中心区域相比，这里十分冷清，交通管理设备松懈，没做严格限速。车辆经过这里，大半是为了绕开繁华区的拥挤，来这里绕道。车速都很高，属于疾驰而过。每辆车途经而过，都会带起一股劲风。劲风之强，她上次就已经领教。上次她气糊涂了，尽管一直以来都装作无所谓，没那么重要，眼不见心不烦，当真的站在宾馆门口，仰头望着眼前的这栋建筑，她还是在意的，伤心，气愤，委屈，更多说不清楚的情绪，搅拌，膨胀，发酵，直充脑门，她当时完全糊涂了，只想马上离开这肮脏的地方。这次是清醒的。反倒不想离开，心里的悲壮感在膨胀，离开又能去哪里？世界很大。哪里又能安放她这个人，和这五味杂陈的心？她走向路边，车这么多，来来去去，去去来来，带着谁的离别和相逢，载着谁的悲欢和起落？哪一辆车，哪一阵风，能够带她走，带她疯，让她明白，什么是恒长，什么又是短暂，她究竟需要什么样的日子？哪种幸福能够承载起一辈子的脚步和路程？

她感觉自己很清醒，这辈子从来都没有像此刻这样清醒过。正是因为醒着，闭上眼就不知道的那些沉重，才倍加沉重。冲上去大哭大喊，把张三福闹出来，还是坐在门口等，一直等到他办完事出来？宾馆只有一个大门，只要进去了，就会有出来的时候，哪怕需要等一天，一夜。问题是有闹和等的意义吗？

她看到了那辆车。静静停在离她几步远的路边，车窗慢慢摇下，一张男人的脸看着苏李。

这么巧？苏李苦笑，还拉人吗？车钱照付。

还是没有目的地，随便开，满城随便逛，直到把油耗干？

苏李要点头，可头只是晃了一下，眼泪就簌簌滚落下来。

她不让司机看见，用厚厚的纸巾捂住。她忽然明白自己不急于回

211

家的原因，她不想让儿子看到这么多眼泪。

小城实在太小，没什么好玩的地方，车很快就从城南溜达到了城北，行踪画了半个圈。在一个山坡上停下。这里也算小城北边的一个制高点了。苏李钻出车，回头看，山下是他们上次从其中兜圈而出的平房区，城乡结合部。身在其中的时候，迷宫一样兜兜转转，全是路。感觉比棋盘还复杂。走出来以后居高望低，发现它其实很小，和整座城市相比，只不过巴掌大的小小一片。

要不是亲自深入走了一圈，又怎么能想象，那里的每一寸空间都演绎着那么多的人间烟火，拥挤，狭窄，随处丢弃的垃圾，泼出来横流的污水，污水路上追逐打闹的孩子，半开半掩的铁门，蜂窝一样拥挤的房屋，每家门外大写的红字，行色匆匆的租客……也许还有表面看不到的悲欢离合与恩恩怨怨。还有正在抢盖的房屋，盖起来就为了拆，拆了再继续盖 城市在乡村的尸骸上扩张。

密密麻麻的院落和房屋，像需要取暖一样挤得很紧很紧，真让人担心那些房子里居住的生命，人类，人类豢养的宠物，是怎么生活，怎么呼吸的，会不会每呼吸一口，都是艰难的。

苏李蹲下，静静地看，苏李说挤那么紧，多疼啊，骨头都要挤散了。

挤着暖啊，司玑从车里下来，蹲在苏李身边，苏李看他一眼，他离得远，也不看苏李，他看山下，远处。

212

你离我近点行吗？苏李听见一个女人说。女人的口气可怜巴巴的。把苏李都吓了一跳。女人怎么能这样？跟乞求一样。乞求什么呢？她都没勇气面对。这还是自己吗？

男人也被这忽然冒出来的话吓了，他不进，往后退了两步，又收住了，两个手一摊开，笑了，我是说，我是个坏人，可，做坏人也要个思想准备嘛。

苏李也不知道为什么就跟着笑了，也学他的样子把手一摊，说大天白日的，前面那古塔前就有游玩的人。只要我喊一声……男人望着她。苏李不说了，原本绽开的笑容，慢慢收缩，像花朵枯萎一样，碎裂在脸上。苏李的声音忽然低下去，像个无助的孩子，她看着男人的脸，说我不会喊的，你抱抱我吧。

男人抱了。只抱了苏李的右胳膊。他的样子有点笨，像抱一根木头桩子，动作僵直。苏李没动，她有种渴望，把右胳膊后面的身体，再多给他一些，哪怕是小半个身子，可男人没有占便宜的意思，他拍了拍苏李的右肩头，说想哭就哭吧，没人笑话你。

苏李忽然甩开，转身，往山下跑去，为了捉奸方便，她特意穿了平跟鞋，在宾馆门口没发挥作用，在这里倒是用上了。她很快跑远了，等跑出足够远，再回头看，喊，我哭不哭关你啥事，要你多管闲事！才不要你管呢，你谁呀你。她骂着，哭着，笑着。她疯疯癫癫地跑着，路畔的乱草被脚步踏倒，然后又挣扎着爬起来。

213

4

古塔是小城的最高点。古塔是有历史的。塔体外表早被岁月剥蚀得白一块灰一块。几乎找不到一块完整的砖头。苏李的指头沿着墙面缓缓划过，砖缝里尘土和旧灰簌簌地落。塔其实很小，不知道是最初建得小，还是饱尝了岁月里太多的风雨磨难，它变得分外瘦小，像个小老头儿。她绕着走一圈，一百三十五步。再走一圈，一百二十九步。她不怕累，坚持走着，每一圈都数出不一样的步数，似乎每一圈都有了新的收获。塔角悬挂着铃铛，样式简单，古朴，细看就是一片生铁弯曲成一个碗状，中间有一根铁钉悬空，风吹过，铁钉敲打碗沿，发出叮当之声。铃声悠长，幽远，让人百听不厌。

苏李不走了，也不数脚步了，她靠着面西的一个拐角坐下，看远方，太阳正在下落。塔下是山，山下是城，城里是千家万户。此刻所有的房屋上涂洒了一层余晖。这余晖是有质地的，有形状的，毛茸茸，水润润的。苏李的目光摩挲着一座座建筑，余晖里有芒刺，软的，但伤人，望着望着，苏李的目光里隐隐泛起一层泪影。她偷偷看过对面几次，那个送她来这里的男人好像懂得她需要什么。送上来就不靠近，不说话，不打扰，她发她的呆，他出他的神。

那个男人靠坐在塔对面的一个石头上。他不看落日，不看古塔，若有若无的，有心无心的，看对面的女人。女人面向夕阳，她和身后的塔都被夕阳包裹。女人和塔一样古老。男人心里有一支毛笔一张宣纸，笔在纸上慢慢画，蘸着余晖做墨汁，他画古塔，也画被复杂情绪浸泡的女人。男人用比较的目光反复揣量女人，女人身上的烟火味，世俗味，在打击面前的坚韧，在变故面前的犹豫，都构成了她的特征。她胆小，温和，单纯，傻。一个不会捉奸的女人，却奔走在捉奸的路上。这样的女人，如今难找。社会飞速进步的节奏，锤炼出与时代相匹配的精明，女人不输于男人。眼前被夕阳吞没的那个躯体，是个例外。她是缺乏社会磨炼，还是生来如此？但愿是后者。

苏李看落日下山。头顶的铃铛被风摇动，发出声响。声音忽然沧桑，像一个年迈的老人在咳嗽，沧浪，沧浪，沧浪。咳出一声，好半天才有下一声。苏李看着落日从有到无，最后一点红线被远山吸没，她站起来，没有走向男人，而是沿身后的人行石板路下山去了。她今天穿了高跟鞋，鞋跟敲在石板上清脆有声。她用脚步在石板上叩击出一声一声脆响。男人没来撵，似乎他知道她现在最需要任性和自我折磨。她步行回家，他开了车从来路返回去了。

张三福和他的情人第四次幽会，在四个月以后。苏李已经掌握了张三福和情人幽会的时间规律。是有规律的，每个周末，只要他说出去打球，却不像平时那么潦草随便，穿起臭球鞋就出发，而要对着镜子把自己悄然打扮一下，甚至会给腋下喷男士香水。她就知道他又去那里。

苏李其实一直在等这个时间。当张三福已经走了，她对着镜子收拾自己的时候，她猛然发现自己竟然在等待这个时间。这发现像一粒子弹，无声无息，却精准无比，射中了苏李。苏李停下对镜梳妆的手，她看镜子里的人。这女人面目平静，头发柔顺，新洗的肌肤上刚刚上了一层粉底，接下来还需要打个淡淡的眼影，腮红，唇线，口红。五官像带着渴意的某种植物，叶片娇艳，隐隐散发着魅惑。这是苏李的五官。也是苏李的面孔。苏李的双目。苏李的神情。但从里到外透出的气息，不是苏李的，不是几个月前那个傻里傻气的苏李的，也不是那个急吼吼要去捉奸的苏李的。这个苏李是新的，是在前几个苏李的旧壳里钻出来的，像一枚新发的叶芽，不经意就冒出了头，在忐忑不安地有些放肆地看着苏李。

苏李逮住了自己心里那个鬼。她狠狠地攥着。她觉得羞耻，本来是去办一件事，却怎么好像拐上了另一条路，朝着一个完全没想到的方向去了。她为这改变深感烦恼。她开始矫正。用清水洗，把每个五官从欲望里拯救出来。她又变成了那个要去捉奸的怨妇。她清汤寡水地出门了。

苏李这次没看到那辆车。"周末·家"门口的路上，车流依旧，没有车缓缓靠近，幽灵一样摇下半个车窗，然后静默无声地看着她。他竟然没来。苏李长舒一口气，顿时轻松了。可是，她不允许自己多想，她紧紧束缚着自己的内心，捉奸就是捉奸，哪能心有旁骛？她怕楼上房间的人无意间从窗口看到自己，就紧挨着宾馆一楼的屋檐站立，然后看车来车往，心里有些迷茫，好像要捉的奸夫淫妇不在身后的楼上，而在来去匆匆的某一辆车里，在所有的车里。

苏李发现她在想一个人。不是女人想男人的那种想。不是朋友想朋友的那种想。是什么样的想？是含着一点儿恨，带着一抹轻松，又包裹着一些依赖的渴望。就这么把我丢下了？她笑。就这么放弃捉奸了？真不是个有毅力的人。

苏李在原地站了两个小时，电话响了，堂姐苏远问她怎么样了，抓到那对狗男女了吗，是不是人手单薄，她可以帮忙的。又说这种事千万不能忍，不能认命，不能心软，不能指望男人会回心转意，不要傻乎乎盼着用自己的等待和包容让男人收心，那简直等于盼着狗改了吃屎，狼改了吃肉的本性，她当年就吃了这种亏，她不能眼看着妹子再走姐姐的老路子。当场逮住了，录下视频拍下照片，就把男人的命根攥在手心里了，到时候逼他和淫妇断绝来往，还是离婚，分割家产，争取娃娃，都是最最重要的证据，是铁证。

铁证你知道吗？你得尽快抓住，攥牢了，不能松手！堂姐有些声嘶力竭。苏李松开不知不觉攥紧的手，手心里全是汗。她愣愣看着对面，也许堂姐是对的，是为她好，毕竟堂姐已经走过这条路了，前车之鉴后车之师。难道真要冲进去？和他们厮打？从小到大，类似的狗血剧也看过，真要实践，她发现自己压根就没做好准备。

第二天，不是张三福幽会的日子，他一大早就出门上班去了。苏李把儿子送到学校，看着他走进校门，苏李没有像以往那样奔早市买菜，然后提着大包小包回家，为午餐做准备，其间还抽空去公婆那里，帮忙做些家务。持续了十几年的习惯，苏李就这样终止了。她一直走，走到"周末·家"宾馆楼下，看到那个牌子她踏实了，她只望着牌子看了一小会儿，就转身看马路。路上有车，还是老样子，不多不少，像一段被小城的世人遗忘的河流，任性地自由地流淌。不像繁华区，高峰期就得了肠梗阻一样水泄不通，需要交警像泻药一样去疏通。

苏李小心翼翼地看那些车，一辆来了，近了，又走了，远去了。她只看白色小轿车。北京现代。她记住了它的模样，还有车牌号。她不敢看车牌号，怕远远地就把希望掐断了，她只看颜色。这样希望就多一些。希望像无数浮萍在水面上漂，轻飘飘的，但有柔韧的根，扯着，连着，目光被扯长，又拉断。午饭时间快到了，她快步回了家。

张三福怎么还不和情人幽会？一个周末过去，又一个周末过去。他都没去那个地方。苏李的耐心受到了挑战。她依旧耐心等着。心里却像打开了潘多拉盒子，各种猜测乱纷纷地滋长。为什么不去了？第一个周末在家大睡了两天。第二个周末，陪着苏李去看父母，还帮忙包饺子煮饺子吃饺子，吃完了一起看电视剧，中途说了几个笑话。苏

218

李笑得最响，还夸他包饺子手艺好。苏李发现自己不自禁地在巴结他，想用好驱赶他，督促他，快点出发，幽会的时间真的到了。张三福四平八稳，好像忘了世上还有个情人需要去见面。苏李悄悄观察。张三福看上去挺正常的，脑子没出毛病，身体也不像有了毛病。哪里出的问题？闹掰了，分手了？还是彼此厌倦了，感情就此结束，永远画了句号？反正张三福是不去了。

第三周的周末，苏李如坐针毡一样熬了过去。第四周，她忽然就心静下来了。冷眼打量，张三福身上看不出变化，他该吃饭吃饭，该看手机看手机，该陪孩子玩的时候玩得很高兴，晚上老早就躺床上了，死猪一样打呼噜。半个胳膊横过来戳在苏李枕头上，胳膊上汗毛又密又黑，他完全是敞开的，好像没有任何戒备。他是对自己出轨的事压根就无所谓，觉得跟出去打球一样，还是以为苏李至今被蒙在鼓里？苏李看着他，她不知道答案。也不想知道了。她只好奇，他为什么忽然就不再幽会了？

第五个周末，苏李不等张三福行动，她没耐心再等了。她对着镜子慢慢打扮，整理出一张精致耐看的脸，穿了高跟鞋，临出门又脱了，换成一双价格不菲的悠闲平跟鞋，脚步轻快地出门了。她很快站到了"周末·家"的楼前。

白色轿车在那里。北京现代。在一个个流动的车的河流中，它就像一艘静静停泊的船。

苏李感觉自己成了一根桨。桨找到了它的船。桨向船靠拢，偎依。她拉开车门坐了进去。车果然在等待。等待的人到了，车就出发，向着城外驶去。

堂姐苏远又打来电话。苏李拒接。苏远还打。苏李继续挂断。苏远又发短信。咋样了妹子，堵住那对狗男女了吗？姐跟你说，这事你不能手软。要不要姐帮忙？需要你就说一声，我会立马带着咱们娘家人来支援你。咱苏家人没死绝，不会眼看着你受委屈的！

苏李看完就删了。周末来了，张三福要去打球，临出门换了内裤袜子，又对着镜子刮胡子，刷牙，还喷了一点香水。他临走还抱了苏李一下，伸手拍拍苏李的脸颊。苏李像小女孩一样仰头目送他出门。她眼神纯净无瑕，倒映着窗外清澈的阳光。苏李知道，他又去了。终于去了。苏李面对刚映出过张三福面孔的镜子，看到了自己的脸。她眼神里还有绝望，这是表象，表象下闪烁着另外的东西。她描眉，拍粉，抹唇，也喷了一点男士香水，然后出门，临出门她给镜子里的脸龇牙，坏笑，她说我走了，去捉奸了啊。祝我好运。

小城的发展和扩张从来都不曾停下过脚步。有一天苏李眼前的"周末·家"的前墙上出现了一个巨大的红色"拆"字。苏李看着那个字出了一会神。白色小轿车启程的时候，苏李指了指右边，说要拆了，真拆了的话，我们还能见面吗？

男人笑了，你真的希望他们就这么长久下去？你真那么喜欢戴着绿帽子？

苏李也笑，绿帽子，我戴一项，你不也戴着一项？

男人笑得胳膊都颤抖了，方向盘乱打，车拧麻花一样乱扭。

吓得苏李赶紧伸手去抓方向盘，喊，注意安全，注意安全啊。

他们把车开到市区最繁华的地方，男人拉住苏李的手就要下车。苏李打掉他的手。

干什么？苏李警惕。

摘帽子。男人的大手捏住女人的小手不放，我是认真的，我们结婚吧。

5

离婚的过程充满了各种意想不到的麻烦。苏李实在扛不住，就主动向苏远求助。苏远跟打了兴奋剂一样，果然喊来了七大姑八大姨，在大家的一起努力下，张三福答应离婚，张家老人也放手让儿媳妇走人。但儿子他们不放。为这个又上了法庭。法院判决儿子跟了苏李。

张三福很快就再婚了。苏李想去看看新娘长什么模样，是不是那个一直偷偷来往的地下情人见了光？想想还是算了。她再婚的事也很快办了，没有惊动亲友，只去民政局领了个证。苏李捏着证，男人捏着苏李的手。他们上了车，然后车就在城里兜圈子。繁华区去了，北山坡去了，古塔在高处，他们望了望，没上去。最后绕过郊区那片巨大的待拆区，来到了最北边那条街道。

在"周末·家"的门前停下，他们登记了一间客房，像情侣一样手挽着手走了进去。房间很小，装修和布置透着陈旧，下水道可能有问题，一股臭味明显弥漫。苏李推开窗户，向外看下去，楼下车辆慢慢流淌。

他们就住这种地方，他们也太……有点可怜了吧。

苏李喃喃。脑子里是张三福和一个女人做贼一样的情景。

自从遇上你，看到你一个人站在路边，等着被车撞死的时候，我就想好了要娶你。一个那么绝望的女人，一定是好女人。

苏李脑子里还是张三福和一个女人躲在这房子里的情景。

男人抱住苏李，要往床上推。身子刚躺到发黄的白床单上，苏李被电击了一样狠狠跳起，推开男人，夺门而逃。

当苏李和男人把二婚日子过得像头婚一样家常平静的时候，有一天苏李去买菜，走着走着走到了城北，走到了"周末·家"的位置。令她吃惊的是，那栋小楼不见了。周围的大片平房也不见了。要不是拆迁的车辆正在运送建筑垃圾，苏李真不敢相信，这里真的曾经掩藏着一栋楼，有一个宾馆，有一个奇怪的名字。

苏李仰头看着，高处除了被建筑粉尘污染成淡灰色的天空，没有别的，她看着挖掘机的大铁手一爪子一爪子挖着，最后一块肌肉一样的墙体被拔掉了，只剩下一个瘦骨嶙峋的空架子孤零零挺立着。一丝悔意幽幽地爬上了心头，苏李想，当初，自己要是豁出去大大地哭闹一场，会不会把张三福从小楼某一间客房里惊动出来，张三福出来后会怎么做，当众给她甩几巴掌，还是拉着她的手恳求她原谅？那样的结局，和如今相比，更好呢还是更坏？

不论什么结局，都只能是猜想了，现在已经来不及回头了。

原发《小说林》2021 年 1 期。

蒜

1

老黑老两口来告别。抬一个大瓷坛子，看样子挺沉。两人把坛子往老白家地上一坐，喘着气说他老两口要去江苏给女儿带娃娃，这一去估计没个三四年回不来，最迟也得等外孙进了幼儿园。这几年不在，房子空着也是空着，所以已经租出去了。需要麻烦老白两口子的是，每年供暖之前去房子里看看，尤其注水打压那几天，麻烦去关注一下通水正常不，会不会漏水。以前漏过，顺管道渗下去把楼下屋顶湿了，为此和楼下邻居还闹了纠纷呢。还有，楼道声控灯的充电卡交

224

给老白，没电的时候需要楼上楼下收一下全体住户的电费，再去供电所充卡。

老白老婆一边伸手拍了拍坛子，一边感慨老黑的热心忠厚，做邻居这些年，这个单元的住户没少受老黑的好处。时不时窜进来乱贴小广告的总是被老黑撵走。打扫楼道的保洁总是偷懒，多亏老黑监督才不敢太过分。还有这声控灯，隔三五个月就没电了，整个单元的人就得摸黑进出，还不是老黑跑上跑下挨家挨户地收电费。更重要的是，物业管理难免出纰漏，还变着法地糊弄业主，每次都是老黑出头去交涉。就拿去年来说吧，不知哪一路暖气管子破了，数九寒天的，就这一个单元停暖，问物业说属供暖公司管，问供暖公司说应该先找物业，再问物业说应该先从住户手里收钱，再请专业工人来维修。老白当时也给物业和供暖打过电话，都用车轱辘话来推诿扯皮。最后还是老黑出面，黑着一张脸先骂物业，再去供暖公司吵，硬是把三方都拽到一起才算解决了问题。

要不是老黑呀，谁知道大家要被冻到啥时候去！老白老婆不止一次这样感叹。

老黑今儿没时间多逗留，直奔主题，解释说腌了两坛蒜，没时间吃了，一坛送你们，还有一坛留给小刘了，小刘年轻人，肯定不会腌这个，再说要把这么一大坛子搬上你家来，实在不容易。

小刘是刚刚租了老黑家房子的人。

老白笑开了花，说一坛够了，那坛就留给房客吃吧！好重的一坛子蒜，不要说吃，就是闻闻，我已经馋了——说着就要开了盖子拿筷子来捞几个尝。

老黑老婆拦住了。说还没腌好，再等上半个月吧，等调料把蒜瓣儿吃透，每个蒜瓣都入了味，那才算香哩。

她说着帮忙把坛子搬进厨房，老黑特意留了一把备用钥匙，老两口就告辞去江苏了。

2

老黑到江苏的第三天打来电话。接上电话老白有点感慨，上下邻居当了多年，他们从来没有互相打过电话。连彼此的电话号码也没有。老黑临走才要了老白的手机号，为的是以后就那套租出去的房子产生什么需要交流的事宜好随时联系。

老黑在电话里笑呵呵的，说老白你看窗外，能看到啥？

老白很配合，真的趴在窗口看了一圈。对面几栋楼，楼下停着一些车，这都是司空见惯的，没啥看头。老白有点摸不清老黑的路数。

我说的是风景。老黑提醒。

风景嘛，自然和花草树木有关。大冬天的，除了几棵在初冬的冷风里瑟缩的乱蓬蓬的垂柳，夏秋时节葳蕤出一片姹紫嫣红的蜀葵现在早死了，枯萎后的枝干还瑟缩在原地。小区老旧，早年预留的绿化地带被侵蚀成了免费停车场。除此之外，老白眼前实在看不出有什么风景。

老白说大冬天的，除了一片灰秃秃，还能有啥风景！是不是南方风景正好，你老伙计命好，这辈子有条件去那儿享受，是不是不想回来了，后半辈子都留那儿养老了？

老黑哈哈笑，说风景确实好，跟我们那里完全不同，我们数九寒天的，人家照旧是花红叶绿，一点都不冷。

老白有一点烦老黑，反正南方他这辈子是没机会去长住的，一个去不了的地方，深入探讨有什么意义，他说你放心，房子的事我记着呢，会帮你操心的。算是打断了老黑的卖弄。

挂断电话后，老白给老婆喊一声，说老骚情，咋地，到了江苏整个人就飘起来了，给我卖派上了！

老婆正忙着对镜子换衣服，搭丝巾——老白瞥见她今天在一件大红的风衣脖子里搭了条葱绿的丝巾。一边瞅着镜子，一边问老白咋样，好看吗？

老白说老黑是个小心眼，这才去三天，就来电话，距离供暖还早呢，难道这就操心上打压注水的事了？

老婆翻出一个老年业余秦腔主角的白眼，用唱腔怼老白：不懂风情！

227

老白其实懂。他是懒得评价。通身大红，脖子里一抹绿，加上老婆人胖，像根刚从地里拔出来的带着绿叶的红萝卜你信不信？他不敢给老婆描述真实感受。真话伤人。如果女人向男人征求意见，除了一些很特殊的情况之外，她们预期的结果其实就是想听到你的肯定和赞美。老白犟了一辈子，难道老了老了，会强迫自己做口是心非的选择？

好在老婆也只是随口问问，老白不回答，她也不会真的等待。她参加了社区的自乐班子，每天出去和一帮老头儿老太太唱秦腔。老嗓子们咿咿呀呀地吊起来，带着真真假假的悲伤与欢喜，经扩音器放大后，飘得满小区都是。

老白对那些没兴趣，也就从不去排练现场凑热闹。他也有自己的乐趣，饭后下楼，到小区外马路边上取一辆共享平台投放的小黄车，骑上满城转悠。从大街溜达到小巷子，从南边蹬到城西头。老婆子唱戏上瘾，到了饭点了回来，饭熟了也不等他，吃完又会出去。他一整天不回家没人惦记。他乐得这样自在。老白不是本城人，童年在本市一个县下辖的乡镇村子里完成，上学工作后成了县城人，可以说大半辈子都在小县城过了。三年前退休后才彻底成了小城居民。他喜欢这座小城，它有历史，据说好几千年呢，有历史专家将这片土地的人类活动史上溯到了新石器时代。小城建城史则有史料明确记载到了元代。所以说小城历史悠久，厚重沧桑，丝毫都不算夸大。

老白骑着自行车，一边观看眼前流水一样展现的今人生活，一边满脑子回想千年前风吹草低见牛羊的景象，耳边交织的时而有百年前兵家必争之关隘要塞的金戈铁马之声，时而是某个店铺里传出的现代电子乐器交响。他看也看得投入，听也听得陶醉。陶陶然乐悠悠在城东遗留的老城门根下晒一会太阳，看城门洞下一帮老头子下棋，又到城南清真寺大门口，看铁艺大门里长须如雪的回民老阿訇领着满拉们进大殿去做礼拜。兴致再好一点，精神头足一点，他甚至会把小黄车往路边一锁，徒步爬上本城怀抱里的一座小山，看山顶小观里年轻的道士给泥坯彩塑的玉皇大帝上香拂尘。

老白走，看，听，都是为了消磨时间。他当了一辈子干部，后来在领导岗位上退休，属于闲不下来的那种人。真要闲着就浑身难受。即便现在，他那爱操心好管闲事的习惯还在，骑车慢行，忽然咯噔一颤，是路面上受损的下水盖子。他会下车，记下这个盖子的位置和编号，立即给城管打电话要求马上更换，不然存在安全隐患，出人命就迟了！公园广场上的路灯被小青年们砸了，他一边沿着灯杆子拍照片，一边愤愤地骂，现在的年轻人缺德，少教养，危害社会。遗憾老白的这些举动大多都是在他自己一个人知道的范围里闹腾，所以影响范围有限，真要是登上什么媒体平台发声的话，他估计早成为小城的公民意见领袖了。

老白习惯良好，作息准时，晚上新闻联播一结束就洗脚上床睡觉。不到十点钟已经进入深度睡眠。到了梦里也不闲着，继续满小城闲转。老婆平时晚上也会在家陪老白的，只是最近班子里接了场演出，据说有两千元的出场费，这让老头儿老太太们乐开了花，一致认为必须把戏唱好，要保证让主办方满意地掏腰包。他们白天练，晚饭后也加排一场。老白老婆是主唱，不能缺席，她每次回来都十一点钟了。

这一晚她照旧脚步轻飘飘，一路嘴里哼着薛平贵你把良心卖，我王宝钏寒窑十八年……上楼打开自家门，屋里黑洞洞的，老汉早就睡了。老白不懂风情，不通音律，一辈子就爱个吃喝游玩，老了老了，她改不了他，也就不妄想能改了，只是两个人兴趣大不相同，心与心的距离实在太远——她轻轻打开灯，灯下明闪闪一对大眼，瞪得像老牛。吓她一跳，她一边拍着胸口，一边骂，兴啥妖哩，大晚上的不睡黑灯瞎火地坐着吓人？

睡不着——老白光脚下床，走向客厅，盘腿坐在沙发上，灯下他一脸的皱纹像墙皮一样明显，他朝下努努嘴，说吵啊，太吵了，我哪能睡得着？

老婆顺着他的目光往下，一直看到脚底，不明白他又打什么哑谜。她动手脱大衣摘围巾，嘴里说咋了，谁能吵着你呢，我们班子晚上排练可一直都在清唱呢，自打你向物业告状后，我们哪敢开音响用喇叭哩！老婆的口气气愤愤的，说起这个茬儿就来气。老白投诉别人也就罢了，竟投诉到自己老婆头上。物业找他们班子打招呼了，说有户主打电话抗议他们扰民。她知道这个业主除了老白没有别人。难道这名户主现在还不满意？还要进一步刁难？

老白脸上有疲倦，打个哈欠，说十二点了啊，平时这个点我早梦周公去了。我说的是楼下，老黑家，吵嘴哩，那两口子，抬起来吵，就差把屋顶给揭了。

老婆扑哧笑了，楼下二层？他们头顶上不是还有我们三楼，上头还有四楼五楼呢，哪来的屋顶可揭，你也太夸张了吧，再说楼下老黑家，那不是租给别人了吗，吵你的哪能是老黑两口子！再说，楼下真要吵，也没理由传到上头来啊，这些年除了头顶上那个女人的娃娃在地板上跑，闹，打架，练滑板，会吵到我们，楼下啥时真吵到我们了？

老白眼里的疲倦一点点变成了气愤，他又光脚下地，走回卧室，头靠在床头前感慨，你们这节目要是再排练下去，就不食人间烟火了吧，超脱到这种程度了。

老婆洗了脸，往脸上拍着爽肤水，肉肉的手掌拍得肉肉的脸蛋啪啪颤抖，她刚要还嘴，突然老白身子一缩，被某种凌厉的东西穿透了一样，摆手，快听，又吵起来了。

果然吵起来了。声音还真不小。老婆听了三五句，就下了结论：一男一女，是两口子吧，还真是楼下呢，对了，是老黑家的租客，叫啥来着？唉唉，现在记性真是不好，那天老黑说过来着，我就是记不起来了——

老婆的激烈反应老白很满意，似乎他瞪着眼，巴巴地不睡，就是为等她回来后的这番吃惊。他没那么疲倦了，也许是困劲熬过去了，倒是来精神了，他目光里甚至有了亮色，闪闪地观察着老婆。

骂声时断时续，整体来说，是比较密集的，一男一女在对骂。女人的声音细而高，不依不饶，骂完一句，又追加一句。男人调门低沉，但也听得出不是笨嘴拙舌的人，女人甩出的每一句，他稍微迟几秒钟也就回上嘴了。

老婆用水、乳、霜把一张脸拍冬瓜一样浸润一遍，冲了身子，换了睡衣，香气扑鼻地爬上床。

老白点头，对，是房客，姓刘，刘啥来着？一边伸胳膊搂住老婆，一边瞪着眼睛想，他越老越固执，啥事都要有个一清二楚的结果，尤其面对今晚热腾腾的老婆，他心里也热了，热烈让他冲动，很想给老婆一个确定的答案。可那房客叫什么来着，他怎么都想不起来。

他的记性早就衰退了，尤其从领导位子上退下来后，断崖式地下滑，即便这样，在同龄人当中，他还是比较强的。一年前的同学聚会，五十年前的小学同学，赶在离世前聚最后一次，大家见面后第一件事，就是相认。很多已经认不出来了，毕竟五十年的时间啊，变化太大了。老白眼窝毒，再加上连猜带蒙，成为认人最准最狠的一个，饭桌上他还讲得出好多同学的当年趣事。满桌的人都羡慕他记性好。老白深感自豪，事实上他记性还真不算差。可今晚就是记不起老黑老两口交代过的人叫什么名字。

老婆推开老白的热手，说睡吧，不想了，人老黑就没告诉咱们那房客叫啥，只说是小刘，一个年轻人。再说他叫张三还是李四跟咱有啥瓜葛？又不是租咱们的房住。

老婆不热情，老白有点受打击，既然她推辞，他也就不勉强，老了，退了，当领导时那点架子和气势还残留着一些，也算不上架子吧，就是心里的一点高傲，不喜欢上赶着主动恳求他人成全好事。

他悻悻地松手，拍自己的脑门，对啊，老黑还真没说那么清楚，小刘，他只说房子租给了小刘！可能是老婆的拒绝，让他有了一点点的挫败，还是这么晚不睡实在太困，他心里忽然对老黑有了一点模糊的恨，感觉他在什么地方对不起自己。

小刘应该是男的，他在和一个女的吵架。不是一般情人之间打情骂俏的感觉，应该是真的动了火，在真刀真枪地对戳呢。已经凌晨十二点半了，老婆打个呵欠，拉被子时蹭一脚老白，说人家吵架，关你屁事，你倒上心了？

两个人老夫老妻半辈子了，彼此说话早没了委婉的必要，是想啥说啥，话总是直接就从肠子里往出来射。

老婆睡觉不爱开灯。得灭灯。灯一灭，黑暗像稀释的血，很快把屋子填满了。

3

第二天老白没有早起，也没骑车去转悠。但也没闲着补昨夜缺失的觉。倒是早早醒了。老婆一大早就出去了，她不跳广场舞，因为她觉得自己不应该停留在广场舞大妈的水平上。她是唱秦腔的，还是他们那个班子里的角儿。她早晨出去，在广场上的人群中旁若无人地吊吊嗓子，顺道从早市上买些新鲜又便宜的菜蔬回来。

老婆不在，凌晨的家中安静得让人怀疑这种安静的真实性。老白把电视打开，又关上，手机里播放着新闻三十分，他一句也听不进去，他想骂人。找不到挨他骂的人。老婆不在，儿子一家常年在外，一年半载见一次面，想骂也骂不上。父母早就过世，埋在土里的尸骨早就寒凉，也不能骂。单位的同事、下属，还有同学，哪一个都不敢骂，不能骂。那就只能骂自己吧。活到这么大岁数，是应该安稳享受生活的年纪了，为什么就不快乐呢，就这么烦躁呢？不就一夜没睡好吗？

他再次躺回床上。情况跟昨夜后半夜一样，楼下的争吵熄灭后，一切静悄悄的，好像一切都从未发生过，只有他醒着，怕错过什么重大事项一样，坚持醒着。双眼闭上，耳道敞开着，注意力往窗边那个角落跑，拉都拉不住。那儿有暖气管道，上水与回水两根管子，按老式供暖管道的连同方式排列，贯通上下楼房之间，把他家与楼上楼下串联了起来。当年刚住进来，他和老婆试图想办法堵塞这些细小的空隙。努力的结果是，没别的好办法，如果请专门的人来处理，得花钱，他们感觉不划算，就自己塞了些棉花团，感觉串音的现象没那么明显了。他们慢慢地也就适应了那个空隙的存在。

老婆说别的倒不怕，就担心夜里夫妻有活动时，声响传到楼上楼下。这倒是真的，好在他们老了，无论是频率还是强度，都已经不复当年。他就以这个为借口，懒懒地放过了老婆的担忧。其实他内心有一个隐秘的念头，留着吧，说不定能听到楼上楼下的现场直播呢。楼下老黑老两口跟他们一样，老了，收敛，安静，多年下来没听到什么太异常夸张的响动。倒是楼上曾经有一对夫妻满足过老白。夜半人静了，床被巨大的力量碾压发出有规律的震荡，伴随着震荡，有女人在唱歌一样地呼喊。那呼喊有魔性，汪着大团的油腥味，扑人鼻息，好像那女人在粉身碎骨，在替全人类承受着所有的刑罚。

老白跳下床，光着脚，趴在暖气管道上听。老婆骂他没出息，为人猥琐。等他起身后，老婆自己却又趴下去听。

那段时间老白和老婆被一种躁动的情绪撩拨着，两个人好像都渴望着什么，彼此又不能让对方满足，他们就频繁地吵架。和睦了一辈子的夫妻，那时候竟然喊出了离婚的口号。还好风暴很快就过去了。那两口子搬走了。新来的住户基本没什么响动，老白两口子一度紧绷的关系，也就慢慢松了下来。后来的几年里，老白竟然偷偷怀念过那对男女，当然还有他们通过暖气管空隙传送下来的声响。

根据这么多年住楼房的经验，老白知道，声音从上往下传响亮，从下往上传，要耗损许多。但多年后老黑的租客小刘刷新了老白的认知。原来只要分贝高，力气大，楼下的响动同样可以无比清晰地送达楼上的耳朵。

现在暖气管道那里没一丝响动，如果通水的话，会有流水的声音。那种声响是绵密厚重而内敛的，不会影响到室内人的听神经。但愿昨夜只是一次偶然吧。老白起床，准备下楼去骑车溜达溜达，日子照旧，一次偶然不应该破坏这种秩序。

路过楼下的时候，老白左右扫了几眼。二楼的防盗门和老黑在时一样，紧紧关闭，门口的小脚垫还是老黑留下的，只不过和老黑那会儿比，脏了许多，也铺斜了。他没停，脚步很轻，抬脚把那错位的垫子往端正处踢踢，就快步离开。他有点担心，怕那门忽然开了，撞见门里走出的人。

这晚老白早早关了电视，躺在床上闭着眼假睡。他在没有干扰的情况下出现了入睡困难，这在退休生活里还是第一次。他在等待什么，青年时代与姑娘第一次约会，也不过这种感觉。他说服自己放弃等待，排除一切杂念早点入睡。晚年要想活得健康，长寿，睡眠太重要了。

十点过了，没有动静。老白确定昨夜只是偶然事件。再不会重复上演了。老白心里有点空，好像还在坚持等什么。同时忍不住回味昨夜的闹腾。到底是年轻人，真是能吵啊，嗓门大，调儿高，不遮不掩，无所顾忌，还大量使用了脏话。女声数次用含着生殖器和生殖行为的词语，问候男人的父母祖父母。男声也表达同样的问候，而且每个动作每个行为的前头都加了他自己，由他自己去完成上述行为。暖气管道充分发挥了传声筒的副作用，它尽它最大的努力，把楼下那对男女的对骂传送了上来。他们一直在卧室里骂。完全可以去另外的房间啊，他们偏偏不去，就选定老白身下的这间卧室。

十点半过去了，平时老白去见周公的时间早到了，他终于有了一点睡意。迷迷糊糊中想，昨夜的事只要再重复，他就下去敲门，警告他们一下。年轻人不懂事，半夜扰民，是不道德的。

老婆准时归来，开灯后看见老白没脱衣服，横趴在枕边，睡得很香。看来暂时被打乱的秩序，可算是回归了正常。

第三夜，老白九点入睡。一周后，老白骑在小黄车上转悠一天后，特意去小区社区工作室看了老婆他们排练。老婆打扮得像个花母鸡，可能她在努力让自己表现成一只花孔雀。在老白看来，那样子就说不出的别扭。作。他恨恨地想。难以理解的是，几个拉胡扯弦打板伴奏的老头子，怎么就看不出这种作呢？他们好像一点都不反感，很默契地配合成一体，用一片粗糙的器乐声衬托着孔雀的高傲和优雅。

都是这帮糟老头子惯坏的。蠢婆娘。老白悻悻地离开。上楼经过二楼老黑家，门是关闭的，他想敲门，敲出屋里的人，看一看叫小刘的租客长什么样，多大年纪，干什么工作的，和他吵架的女朋友长什么模样。他现在只知道他叫小刘，每个月往老黑的账户里打上当月的房费。此外一无所知。

手指头伸出来，就要敲击在防盗门上，老白又刹住了。老黑交代需要他照顾的内容是，通水的时候注意一下，怕万一漏水。现在还没到供暖通水，难道他能敲开门说自己查看水管来了？

理由不硬，他收回手，上楼回家。

这一晚老白又听到了吵架。新闻还没播完，就吵起来了。老白没兴趣关注国家大事和世界大局，走出家门，站到了楼道里。在楼道里也能听到骂声。他被骂声牵着，下楼，一步一步靠近，站到二楼门口。隔着一道门，门里的骂声更明显了。是一对男女在吵嘴。听得出，还是上周那对人。可能刚开始，处于预热状态，所以争吵还不激烈，属于有一搭没一搭那种。不过他们不加收敛，调门尽可能地高，一句顶着一句，门外的人都听得清清楚楚。

遗憾的是那女的语速太快，男的又好像舌头有一点大，老白努力听了一阵，弄不明白他们争吵的核心矛盾何在。他发现在门外听还不如在自家床上清楚，也要提心吊胆地防着有人忽然出现在楼道里撞见了他。他回家了。那对男女好像要配合他，也把战场挪到了卧室。

老白牙也不刷，脚也不洗，直接上床，躺在枕头上听热闹。女的开始冒脏话了。男的也不让人失望，同样用脏话来还击。战争毫无过渡，就飙升到了更高的档次。双方都开始问候彼此的祖宗八辈。

老白软软地躺着，有些感慨，两个男女嘴里使用的方言脏语，都是老白曾经很熟悉的。小时候生活的乡村环境里，乡亲们吵架骂人就常用这些做武器。人们在一辈辈繁衍生息，脏话也发生着传承和革新。他后来上学，工作，一步步远离了乡村，也就远离了那些脏话存在的环境，他以为他完全忘了，生疏了，再也没机会听到了。现在有人很好地继承了这套语言体系，而且像村妇村夫一样熟练地使用着。他啼笑皆非，上学时历史老师说人类社会是螺旋式上升的，现在他忽然感觉自己理解透了，眼前楼下上演的这一幕，不正是前进中的一种倒退？

他一点点代入，让自己站在一个方言使用者的角度上，听了一会儿，他明白了一点眉目。女的跟小刘不是夫妻，是暂时住在一起。女人说男人骗了她，白睡她不负责任，男人反问她有什么值得他骗的，她蹭吃蹭住，说好的合租呢，凭什么他一个人提前承担了三个月的房租？

大概就是这么个意思吧。女人太快，像打机关枪，男人呜里呜噜的，拖泥带水，要准确听懂他们是困难的。老白只能靠活了六十几年的经验，来自行脑补。补出一个概况，他愤怒了。找衣服，想下去敲开门，说那男人几句。应该是叫小刘的男人，他这话也太混蛋了吧，你好歹是一个大男人呢，还有一个爷们的样儿吗，都和人家姑娘住一个屋里了，你还让人家分摊房费？你好意思说出口我老白还不好意思听呢。

老白下楼，一个人正沿着楼梯往上爬，他们两个人撞在一起。都站住了。来人头戴头盔，手里提一个塑料袋。看打扮就知道是送外卖的。外卖小哥让开老白，掏出手机打电话。门里的吵闹停了。你的外卖到了——小哥电话还没说完，门开了，一个手探出来，同时有语声冲出来：怎么才到？半小时内没送到，给你差评！

塑料袋被接了进去。老白被厚重的防盗门隔在门后，没看清说话的人，听声音应该就是刚才还在干架的那对男女。

对不起，我不是有意耽误的——小哥赔着小心解释。外头下雨了，不敢开太快嘛——他没说完，门砰一声关上了。声响太重，把老白吓一跳，不过小哥倒好像习惯了这种待遇，他有点不好意思地看一眼老白，可能实在不堪把这份委屈冒雨带回去，他给老白苦笑，说确实下雨了啊，路滑得很啊——

老白点头，他信，窗外的雨敲打玻璃时，他过去收了老婆晾在窗外的鞋还关了窗户。外卖小哥的外衣湿了，滴滴答答地落水呢。老白拍拍小伙子的肩，说我信，雨还不小呢。小伙子舒一口气，转身噔噔噔下去了。

老白看自己的手，手湿了，他有点疑惑，那小伙子明明比自己高了一个头的样子，自己怎么就拍到了人家的肩头？刚才确定拍到的是肩膀？他举着手上楼回家。门里那对男女肯定忙着对付外卖去了。吵闹完全平息。老白躺在床上有点无聊，满脑子竟然忍不住想象起外卖小哥送给小刘和他女友的那包外卖。匆匆一瞥，他看见塑料袋里有好几个塑料盒子，不知道那盒子里都装的什么饭菜。对于他来说，外卖是新生事物。儿子结婚前常和他妈通话，问他吃了吗，说吃了，点的外卖。老婆就嘀咕说外卖吃多了不好，为此老白专门上网查询，弄清楚外卖究竟是个什么东西。儿子很快就结婚了，娶了个会做饭的媳妇，从此再不吃外卖了。老白老两口也就不再担心儿子的健康会被外卖祸害。

这一年来老白自然把外卖给淡忘了。在街头骑车悠然闲转的时候，当然会时不时遇上送外卖的。穿戴得跟蜘蛛人一样，沉默而迅速地滑行在小城的大街小巷，有时候老白甚至感觉都要和他们迎头碰撞上，他们普遍骑术不错，倏忽一下就滑了过去，像沉默而滑腻的鱼。

每每都只是擦身而过，老白沉默而无视，他没兴趣关注那个群体，总觉得新冒出来的事情，好与不好还需要被时间考验，不值得投注精力去了解。他更愿意在老城墙根下想象一块老砖头蕴藏的历史味道。今晚他第一次和外卖人员近身接触，他撞上了那小伙子眼里闪过的委屈，尤其是那些辩解都没人好好听，被关在门外头的时候，那一刻老白的心忽然有点软，感觉自己要是不好好配合一下，那孩子的身体可能就撑不住要散架。

外卖盒子里究竟装的是什么？无非是吃的喝的，面条或者炒菜。这些老白自然知道。可他还是忍不住要想。问题应该是，他想知道那对男女吃的是什么。什么样的饭菜，能让他们吵起架来有那么充沛的精力和激情？

老白睡不着，前思后想，又开始生起那个女人的气来，先前只生小刘一个人的气，现在他有了新看法，一个女人竟然不做饭，两个大活人有手有脚的，怎么可以点外卖？这样的女人，怎么和别人一起生活的？女人不做饭，还要来做什么？还能叫女人？还是儿子命好啊，找了个会做饭肯做饭的好媳妇。

老婆回来了。老白迎头就告诉她外卖的事。老婆竟然不耐烦，迎头顶了回来：点外卖咋啦？你凭啥说有女人在家里就不能点外卖？凭啥我们女人生来就要做饭，一辈子伺候你们男人吃喝？！我要是年轻个二三十岁，我能点外卖吃我就一顿饭也不会做，油烟味不熏，我肯定不会这么早就成了黄脸婆！

一边骂一边卸妆梳洗，完了气鼓鼓钻进被窝睡了。

老白瞅着满屋子的黑暗，又气又闷，真是奇了怪了，去年老婆还和他一起声讨外卖对儿子健康的危害呢，这么快就已经转了观念？不反对外卖也就罢了，也用不着对她老头子这么凶吧？

第二天老白还没起床，楼下就传来争吵。短促而高昂的几声吵，老白还没听清楚究竟为什么吵，门砰一声巨响，像一把刀切了下去，一切中断，什么也听不到了。赶下去看究竟的话肯定来不及了。他扑到窗口，贴着玻璃往下望。一个小伙子，刚从单元门出去，右肩头挎着个公文包，脚步匆匆，很快走远了。老白回味所见，那应该就是小刘吧，看那穿着，可能是干保险或者推销什么商品的。

4

楼下的吵闹变成了常见现象。白天老白还是会骑车出去，但是晚上睡不好，白天就蔫蔫的，提不起精神，刚到城门下就能靠着墙根儿打瞌睡。帮几个老伙计观棋时，动不动出差错。输了棋的老头子们不满意，终于在全城通暖试水打压的前一天，有一位老棋迷掀了棋盘，当着老白的面发作，指着鼻子数落他这段时间的频频失误导致输棋的恶劣后果。

棋子哗啦啦溅落在石头棋盘上下，老白就在那叮当声中起身离开。他耳边隐隐有金戈铁马声。他悲壮地想，自己的时代结束了，这帮老头子们的棋局世界，他再也融入不进来了。他也不愿在里头搅和了。

他上楼，敲二楼的门。他觉得有必要，而且到了非这样不可的地步。他要跟小刘和他的女友好好谈谈，当面说一说他们大吵大闹的事。你们小两口吵架是你们的事，但不能那么大声音，已经严重影响到他老白的正常作息了。

看小刘的年龄，也就和老白的儿子差不多。年轻人难道不知道尊重老人？他怀着愤愤的心情敲。敲了几下。门砰砰响。敲了十下。再敲十下。没动静。他又敲。心里的气在噌噌地蹿。手指上的劲加大了。每一声怦然里都带着情绪。在寂静的楼道里，声音好像被扩大了。

没人开门。看样子都出去了。年轻人白天出去上班了。

老白沮丧，但也一阵轻松。不在也好，如果真要在家，他就免不了要面对他们，好好说教一番。批评，说服，教育，针对年轻人，他最有经验了。当领导这些年，年年都要给下属讲话，还有单独的谈心，做年轻人的工作他很有信心。只是他近来实在没能休息好，精力不足，连上楼也有了气短的感觉。一场说教可是需要足够的精神头儿的。

既然不在，那就下次吧。他怀着一点庆幸，抬步上楼，下次找个养足了力气的机会吧，好好把这两个小年轻训上一顿。

老白每天外出转悠的心情被破坏了，就在家里待着。家里怎么待得住呢，他可是劳碌了半辈子的人。补觉吧，大白天他睡不着。他把电视音量开大，听国际新闻。某国挥舞着大棒又在欺负叙利亚，老白有些心塞，叙利亚在水深火热里熬煎了好几年了，咋还是没有个出头之日呢？还有，这老黑老家伙啥时候回来？只有他回来，楼下对老白的折磨，也才能彻底根除。

老白就有些怨恨老黑了。你把房子租谁不好呢，偏偏租给这样的人，出租之前也不打听一下人品。老黑的女儿不知道生了没有，那孩子啥时候才能长大啊。老白觉得时间漫长得遥遥无期。他咬牙切齿地恨老黑。好好的老家不待，跑去给女儿看啥娃娃，女儿么，嫁出去了，就是别人家的人，那娃娃也是别人家的种，跟你老黑家有屁的关系，用得上你老两口屁颠屁颠地跑过去。

在肚子里骂人也是会口干舌燥的，老白骂累了，坐下喘息，舌根发硬，满口苦涩，怪寡淡的，想吃个啥有味的改一改。他想到了腌蒜。骂老黑老两口，拿老黑老婆腌制的蒜做下酒菜，这主意妙极。

装蒜的坛子老婆搬到厨房去了，通暖之前，厨房是比较寒凉的地方。老白洗了手启盖子。老黑老婆捆扎得真结实，瓷盖子外头还包了层塑料，用毛线绕着坛子的脖子扎了一圈。两个毛线接头处还打了个好看的蝴蝶结。老白慢慢割开毛线，揭下塑料，提起盖子。一股凌厉的味道扑面。老白有思想准备，歪过头等一会，那股因封闭而酝酿的气息散开，后面跟着上来一种特别的味道。

245

是腌蒜的气味。老白吸一鼻子，味道不错，刚开始只觉得是腌制品的味儿，慢慢品，有了内容。酸，甜，辣，臭，香，五味杂陈，五味俱全吧。老白伸筷子夹。封闭了一段时间，蒜有了颜色的变化，不像市面上所卖的任何一种蒜。看外形是白蒜，没有一瓣一瓣全分开，全是一整个儿的囫囵蒜，外头的粗皮剥了，就剩最里头的一层细绒皮。屁股用刀刃削了，没留残梗，只剩很浅的一点蒂儿起连接作用。

老白提起一头蒜看，再看坛子里卧着的那些，给自己点头，老黑老婆真是个细心妇人，腌个蒜就能把蒜打理得这么精细，可见下了功夫。也真舍得下功夫。看看这些蒜，每一骨嘟都拾掇得这么齐整！老白伸筷子进去扒拉，没看到一个有潦草的迹象。老白就有些吃惊，也禁不住感叹。原来女人的好，并不都在外表上。老黑那个老婆，在老白的印象里没什么出彩的地方，长相一般般，属于你看了第一眼就不会有兴趣多看第二眼的那种类型。话还很少，每次在楼道里见了面，都是跟在老黑身后，不说话，站着静静地听老黑和老白打招呼。实在迎面躲不开，她至多给老白老两口点个头，算是招呼了。

老白老婆一直都看不上老黑老婆，她曾试图和她走近，做一个老年伴儿，但很快就放弃了。说本来想着拉上一起加入班子唱戏，可那么个窝囊样儿，哪里拿得出手，她更不能说是老乡了，这么个三棒子打不出个响屁的闷坑子人，领着她倒是别人的拖累——老婆跟老白这么形容过老黑老婆。老白也觉得老婆的看法有道理，他也觉得这是美中不足的事，他和老黑投脾气，每次楼道里遇到，只要不紧急，就能站着说好一阵话，两个妇女却没有共同语言，搭不到一起去。老白就认定那女人没什么出息，听说还没工作，是靠老黑过了一辈子的。说不定还是个文盲呢。真不能想象老黑一辈子跟那样的女人过了下来。现在看着这些蒜，老白不得不感叹，自己可能有些看走眼了。

老白掐一瓣蒜入口。先用舌头包裹，让味蕾接触，再慢慢地咬。咔噜，一声脆响。老白有些夸张地睁大眼，又闭上。接着咀嚼。口齿咬合，蒜粒破解，汁水从里头冒了出来。里外的味道是不一样的。老白感觉到了享受，所有的味蕾好像被一种香甜清脆唤醒了，它们齐刷刷张开，跟老白呼喊，太好吃了，再来一瓣儿，再来两瓣儿，哦不，再来一骨嘟，再来半碗。

老白真的拿了个碗，不用筷子夹，直接伸手捞。抓了半碗，再拿半个馒头，坐在电视机前，舒舒服服地吃了起来。一口馒头，一瓣蒜，馒头微甜的滋味，跟蒜里微辣、微酸、微甜的味道，混合，搅拌，交织出一股说不上来是什么味道的滋味。反正这味道不错，让口舌极度舒适，合他的胃口，他很喜欢。

老白吃得仔细，先把蒜外的汁液用嘴咂巴了，扯下蒜皮嚼，连蒜皮都是嫩的，也能嚼碎下咽。最后吃里头的瓤儿。蒜皮是有颜色的，微黄，泛红。蒜皮在嘴里反复唆一阵后，还是有颜色，这色彩是浸透了的，深入那层细嫩绒皮的肌理，跟生来就具备的一样。他不由得啧啧，一个人发着赞叹，老黑那婆娘啊，还真有两下子，能把蒜腌成这个成色，这个味道，这种感觉，这哪是一般的能干，没有相当的本事别妄想腌得出来。

半碗蒜吃完了，老白又去捞，夹出五六骨嘟，他停下了，这么好的东西，可不能这么一顿两顿就吃完，等于糟蹋了，他得留着，慢慢享用，每顿饭来上那么半骨嘟，日子可就有滋味了。他盖上坛子盖，洗手，上床去躺下，这次生物钟竟然不乱了，舒舒服服就睡着了。

梦里他见到了老黑老两口，他和老黑在楼道里说话，他老婆还是跟在身后。老白想多看看她，尤其看她究竟长了一双什么样的巧手，把大蒜腌得那么可口。偏偏她把两个手插在兜里，像怕冷一样缩着腰。老白着急。想伸出手扯她一把，好歹把手露出来啊。这时候老黑刹住话题，说他们有急事要走。老白还没看到他老婆的手呢，一着急他扑过去就抓。不就一双老女人的手吗，有什么金贵，他老白又不是有别的企图。他女人的手那才叫好手呢，年轻的时候就长得细长白嫩，老了唱戏的时候，更加注重保养，用她自己的话说，手就是戏的一部分呐，水袖翻转，兰花指曼妙地翘，那才叫戏的味道。老白不耐烦看戏，但老婆的手是真好，至今还葱根一样。老婆恨不能让全世界的人都看到她有一双妙手，唱戏的时候刻意地翘兰花指，老白看了都觉得过分。

老白的手刚伸过去，老黑老婆见鬼一样大喊，一声喊把老白吓醒了。醒来揉眼看，哪里有老黑老两口，他也没在楼道里，在自家床上呢。老婆看样子刚回来，被老白吓了一下，问，你咋了，大白天的咋咋呼呼做啥？说完皱眉，你咋还没做饭？我可跟你说啊，我们马上要演出，排练紧得很，我吃了就得去排练。说着去卫生间洗手，洗完举着手进来，一面催老白做饭，一面细细地往那对修长的手上涂润手霜。

老白看一眼老婆的手，他有些丧气，不想跟她说实话了。说了老婆肯定不高兴，自家男人梦里想摸别家女人的手，换了谁都不会高兴。老白只是忽然有点羡慕老黑了，以前以为老黑的日子没滋味，守着个没工作没相貌的乡下老婆，肯定没意思透了。如今看来，还是自己没有把生活理解透彻啊。老白做了一辈子饭，只要在家，就是他下厨。在单位是几十号人的领导，有人伺候着，回到家就是老婆的奴仆，水里火里伺候着这位女王。

伺候她这么多年，老白都认了，谁叫他贪图人家的美貌呢？这世上的事，有得就得有失，得失之间是有平衡的，老白信这个理。老白像平时一样去做饭了。吃饭的时候，老白特意掏了几瓣蒜，装在一个雪白的小瓷碟里，摆到老婆面前。老婆看到了，说老黑家给的蒜，能吃了吗？说着抓一个剥皮，丢进嘴里。老白不动声色，捡起她剥下的皮放进自己嘴里吃了。老婆一边咀嚼，一边皱眉，说这咋就忘了晚上还排练哩，吃了蒜臭烘烘的。

老白心里来了气，真想阻止她再吃，这样好的腌蒜，你吃了去和几个老骚情厮混，真是糟蹋了这好东西。老婆连着吃了五瓣，吧唧着嘴，眼里有了光，说哎，你还不要说，味道挺好，这老黑老婆手艺不错啊。可是她接着就皱起眉头，观察着蒜，你说这老黑老婆还真有耐心啊，一骨嘟一骨嘟的蒜都剥了皮，皮剥了，蒜还不松散，保持着原形，这得花多少时间呐。

老白口气压得很稳，说她还一个一个把根儿也削了呢，不带一点点杂根，留下的全是能吃的。她用的调料也好，能把蒜泡透了，味儿入了筋骨，不香都不行。难得的是，开水焯的时候火候很准，蒜这才能不嫩不老，你不知道，这开水不焯吧，腌出来有辣味，是生的。焯太过了，那就老了，腌出来是烂的，放进嘴里一摊软泥，没意思。

不等老白科普完炮制腌蒜的要点，老婆吃完站起来，说以后可好了，既然她腌蒜有一手，以后每年叫她帮咱腌一坛子吧，邻里邻居的，她肯定愿意帮，再说她一个闲人。

老白端起碗筷进厨房去洗了。老婆这话他不爱听，听着刺耳。什么叫人家一个大闲人，好像全世界就你最忙了，能忙什么呢，还不是成天跟一帮老家伙瞎混。

晚上看新闻的时候老白老走神，回味那一坛子蒜。每打一个饱嗝上来，就有一股蒜味伴随着。这味道不臭，是香的。这就怪了。哪次吃蒜后打饱嗝不臭呢，是蒜肯定就会臭，不管是生的熟的还是腌制的。今天这蒜神奇了，它不臭。老白就有些喜欢上打饱嗝了。他胃不好，吃得太饱就一个劲儿打饱嗝。老婆最嫌弃的就是他这个毛病。说他越老越邋遢，还没到卧床不起的时候，就屁都夹不住了。这话伤人，明明是饱嗝，能跟屁联系上，老婆真是恶心人不偿命。老白打饱嗝的时候就很生气，恨自己不争气。

日头打西边上来了，今晚老白发现打饱嗝是个美好的事。老婆不在，他就放开了打，呃，一个，呃，又一个。打完了他呵呵笑，觉得舒畅。这都多久没这么舒心了。好感觉是那坛子蒜带来的。有这种感觉，说不定今晚能睡个好觉。老白怕磨蹭一会这种状态会消失，就关电视上床，早早入睡。楼下没有响动。今晚应该不会有暴风雨吧。但愿能够如愿。

5

毕竟这个点就睡觉太早，老白就专心想蒜。蒜他自然不陌生，小时候家里日子紧巴，那时候也没有反季蔬菜，漫长的冬天靠土豆大白菜当菜吃，为了调剂胃口，人们时兴腌蒜。白皮的红皮的都成，剥去粗皮，开水锅里稍微过一下，焯出一点蔫来，晾晒凉了，撒上盐巴压进缸里、瓦盆里、小瓷罐里，过些日子启开盖子就可以吃了，那是腌蒜。那时候日子贫寒，腌蒜的时候除了盐巴，至多加一把花椒颗粒，儿根葱，那就已经香得不得了了。老白的娘就擅长腌蒜。明明是一样的蒜，半锅开水里过一过，再加几把粗盐，只要经过娘的手，那味道就有了别样的味道，好吃，百吃不厌，老白他们从小吃着长大成人，都还没吃厌。

后来日子过好了，吃喝的花样多起来，腌蒜的味道寡淡，就有人想到了往里头加各种调料，大香茴香八角桂皮等等，熬煮成水，倒进去，再放上生姜，小尖椒，白醋，白糖。老白看过别人这么做，乱七八糟的材料摆满了锅台，具体怎么操作，他不会。有一年老婆跟风，也兴冲冲要做腌蒜。也是红的白的甜的酸的买了一堆的材料，还喊老白帮忙剥蒜皮，两口子剥得手指头疼，把十斤新蒜全装进了一个红瓦罐。密封一段时间后取来吃，太酸，醋放多了，老婆就加盐，说盐能改酸味。加的后果是咸到发苦。老白真怀疑这也算腌蒜，还蒜呢。后来那一瓦罐蒜臭了，倒了，老婆发誓这辈子再不腌啥蒜了，就不是人干的活儿。她说到做到，还真再没有捣鼓过。老白爱吃腌蒜，只要去餐馆吃饭，肯定点一碟蒜吃。遗憾的是，饭馆里那些蒜，都只是背了个名罢了，离真正的腌蒜差得远着呢，至多就是在糖醋盐水里泡了泡，根本就没泡够时间，不要说入味，连色都是拿酱油染出来的。用的醋也不好，一股防腐剂的味道。老白就经常怀念童年记忆里娘的手艺。可惜娘早就不在人世了。

想不到老了，吃到了这么好吃的腌蒜。老白有了一点点遗憾，这辈子咋就没娶老黑老婆一样的女人呢？真要娶了跟她一样的，他老白这辈子不就都有吃腌蒜的口福了吗？偏偏他犯了天下男人都会犯的通病，看女人首先看到了貌，想当然地认定，只要长得好看就一切都是好的。一辈子搂着好看的女人，一路滚打过来了，现在才忽然发现，古人说娶妻娶德，也许是有道理的。古人还说丑媳妇是家中宝，看来也没错。只是如今后悔也来不及了，再说像老黑老婆一样擅长腌蒜的女人，也不是随便都能碰到，还是需要缘分的。

楼下又吵起来了。把老白从梦里吵醒了。女孩子在哭，哭声一股一股的。老白揉揉眼窝，望着窗跟前暖气管那里，他想不通这女的咋回事，想哭就大哭吧，痛痛快快早点哭完，大家好早消停，这么哭不像哭，笑不像笑，脖子被卡住一样，不难受啊？哭的人就算不难受，他听着难受哇。是不是女孩脖子真被卡住了，才这样艰难？老白跳下床找鞋，这还得了，不会是小刘要谋杀人吧？

老白赶到楼下门口，巧的是一个人也往上走，楼道里灯亮了，是一个送外卖的。又点外卖啊。老白往后退，倒着上楼梯。外卖哥电话一打，二楼的门开了，外卖盒子被接进去了。老白有些气馁。刚才门开的时候，他分明听到门里没有哭声，一个女孩在说话，声音还挺响亮的。难道那女孩又不哭了，两个人不闹了，在外卖面前和好如初了？

老白再次把敲门交涉的念头按住了，这大半夜的，敲人家门不太合适吧，还是等到了白天再说吧。要不等通暖的时候也好，他就有更正当的理由去登门，他可以借着查看管道通水情况，顺带提醒他们注意一下，不要影响邻居的正常作息。

吃腌蒜成为老白每天的特别享受。他怕吃得太快就没了，特意定了量，每顿饭取三骨嘟，掰成瓣儿，一瓣一瓣地吃。好在老婆不怎么感兴趣，说吃了口臭，刷牙也不顶事。老白盼着她不吃。真不吃恰好随了老白的心。老白吃一次，在心里把老黑羡慕一遍，怎么就娶了那么能干的老婆，蒜腌得这么好，别的茶饭可能不会太差吧，人家能成天守着家，说明做啥都是静下心在做。哪像他老婆，像一只艳俗的花蝴蝶。老了老了，扑腾劲儿不减，一天到黑在外头乱飞。家里就没个家的样子，没有家该有的温度。老白甚至有时候会冒上来一个很凶险的念头，如果早几年和老黑他们认识，如果他早一点尝到了老黑家的蒜，他会不会被这销魂的味道勾引，爱上老黑的老婆，并且魂牵梦萦地想要娶了她给自己做老婆？

这念头荒唐，多想没用，只能当下饭菜，顺肚子咽了。

有一天，腌蒜吃光了。本来老白以为还能延长一些日子的，没想到就这么见了底。抠出最后两骨嘟蒜，老白望着彻底空了的坛子有些失落，怎么说光就光了呢。他已经很省了呀。

老白把仅剩的两骨嘟蒜慢慢地剥皮，半口半口吃，让口齿把这种享受放大，无限大。吃完他发现问题出在这个坛子上，它的形体和实际的容量不符。它有一个又大又圆的肚子，好像就要临盆的妇女，打量这个大肚子，你会惊喜地以为里头怀着双胞胎甚至三胞胎，可结果是，它就生出了一个。

老白一手贴在坛子里头，一手在外头相应的部位叩击，坛子发出浑厚好听的声音，像器乐在发声。坛子的肚皮太厚了，厚度导致内外之间有了较大的视觉差异。总之老白后悔自己错误地高估了拥有量，吃得太快了，现在他没腌蒜可吃了。以前没有也就没有，反正自从老娘去世后，他已经失去了那种口福。没有腌蒜吃，他的日子照过，似乎不影响人生的幸福。

问题是不经意的时候，忽然就吃到了一直想吃却总也吃不到，从而已经淡忘的腌蒜，居然说不出的好吃，还有一种童年记忆的味道，依稀就是娘手里才能做出来的味道。从这以后，后面的日子可怎么过呢？不要说以后，现在他就又想吃了，刚才那两瓣根本没能解馋，反倒把馋虫给勾出来了。那种入骨入肉的滋味，他贪恋呐。蒜，**盐**，酱，醋，花椒，八角，桂皮，大香，茴香……她都用了什么呀，又是怎么配放的，分量和火候，还有时间，更有耐心，成就一坛腌蒜的一切，她都是怎么处理的呢？老黑的老婆真是舍得下功夫，这世上的事啊，只要真的把功夫下到，就会有好成果的。以前他哪里想得到呢，那么一个很不起眼的女人，却能有这样的好，用这样细致的心思对待生活，生活肯定能被打理得头是头尾是尾，熨帖齐全。

老黑那老家伙真是有福气。

老白决定给老黑打电话，问问他们啥时候回来，要暂时不回来，就问问那蒜怎么腌的，他照着腌一坛子出来。万一做得好，不就可以解馋了吗？他想把老黑老婆的手艺学过来。

通话很顺利，老黑在江苏笑呵呵的，说了近况，又喊老婆来跟老白说大蒜的腌制办法。老黑老婆居然连一声问候都不说，直接就说蒜怎么选，怎么剥，怎么焯，怎么晾晒，又如何放调料。老白拿着笔，她说一句，老白赶紧记一句。记完了，老白刚说一句谢谢，电话里已经换了老黑，老黑哈哈笑，说你老伙计跟她客气啥，她呀，别的本事没有，就爱捣鼓个吃吃喝喝，一辈子的老毛病，改不了了。

挂了电话老白才记起楼下小刘的事，本来要说的，建议老黑快把房子收回来，另外找人租，那一对男女他受不了了。这段时间要不是那一坛子腌蒜安抚了他的情绪，他肯定早就爆发了。还要不要再打过去？算了，要不就再忍忍吧，万一老黑嫌麻烦不换人呢，再万一老黑多心了呢，不但不体谅他这里在受罪，反倒会怪他多事的。要不，还是先忍忍吧。

老白说干就干起来了，找了几个手提袋这就出发。下午就把东西购买齐全了。大蒜 配料，一样一样摆开，都是最好的。为了这点口腹之欲，他舍得花钱。他迫不及待就动手做起来，给每一骨嘟大蒜剥粗皮，一层又一层 直到露出里头娇嫩的细白皮，再用水果刀把根部

256

切挖到最深，只留下起连接作用的那点细嫩根络。到时候腌透了，这些也能吃呢。

老白把劳作场地搬到阳台上，坐在小马扎上，晒着太阳，一边干，一边哼歌儿，心情竟然这样好。他这辈子娶了个花瓶一样的美貌老婆，外人面子上倒是很有光彩，谁不羡慕他享了艳福。他既然享受了表面，里头的不如意也就只能自己吞咽了。老婆越来越不沾人间烟火了，他承担的活儿也就越来越多。但是，洗衣做饭这些家务活儿面前，他总是在应付，大男人家的，他总觉得做这些是一种无形的耻辱。今天他竟然感觉到了一种乐趣，与食材打交道，原来挺有意思的。等成果出来，每天吃的时候，他可要珍爱每一瓣蒜，因为它们身上都留下了他的指印，还有期待。他一定要把它们腌泡好，争取让它们像老黑老婆腌制出的一样，每一骨嘟都像一座完整的莲花形宝座。好看，美味，有它们相伴，日子也就有滋有味了。

6

楼下又起了响动。阳台离暖气管远，声音是透过阳台玻璃传来的，和通过暖气管道来，是不一样的。没有那种依附管道空间而前行过来的空洞感，好像整个管道都做了扩音器。阳台是开阔的，声音就有些干燥，有些瘦。一男一女的对骂，像用两根竹竿打架，你干巴巴刺过来，他干巴巴对戳回去。

老白假装听不见。他在心里掰扯老黑最后那句话呢。老黑说他老婆这辈子没啥本事，就爱捣鼓个吃吃喝喝，还说那毛病改不了了。哼，老家伙，真是占了便宜还卖乖，娶了那么好的老婆，还不知道感恩，你听听那口气，好像压根就不稀罕。这就叫身在福中不知福。给他换了人试试，像老白家这口子，本事倒是有一些，有工作，有工资，能跳能唱，能打扮，美了一辈子，可不实用啊。老黑他可能不知道，人生真要是能重来，他老白宁愿拿现在这个换了老黑家那个。

砰——一声巨响，吓得老白差点一刀削到了手。狗日的！他反应过来，丢了刀子，冲下楼去敲门。再不交涉是不行了，是可忍孰不可忍。他砰砰砰敲门。同时想好了，回头就给老黑打电话，提请老黑换人，再给现在这人租下去，老黑家房门肯定全破成碎片，说不定连楼板都要拆了。

没人开门。老白反复敲，就是没人来开。他真想抬腿踹门，理智告诉他不能，他没权利踹别人家的门。再说他是有教养的人，哪能真那么粗暴。门里的吵闹倒是停了。老白喊，开门，我知道你们在里头，开门说话！还是静悄悄的。奇了怪了，明明在里头，刚才还把门甩得那么响。转眼就不在家了？跑这么快？还是一边骂架一边出门离开了？老白不信这个邪，拍着门继续喊。门里没有任何声响。老白喊累了，看着门失神，楼道里也一片寂静，他怀疑自己听觉出了问题，这扇门里压根就没有争吵，和摔门。都是他出现了幻觉。他看表，下午五点，上班族还没到下班时间。年轻人应该在外头上班呢。也许真是他脑子出问题了。

　　有人上来了。老白悻悻地收手。来的是老白家对门邻居。一个中年男人。他用疑惑的目光瞅瞅老白，点个头，不停步，要绕过老白上楼去。老白想喊住他，跟他说说二楼的事，问他听到吵闹了吗，有什么意见，要不要去物业上反映一下。老白是藏了私心的。这事他不好出面，房子是老黑家的，老黑临走还嘱咐他帮忙照看呢。他受了委托，什么都没做呢，难道能先站出来去告状？这不就是给老黑家找麻烦？所以这个举报人还真不能是他家。要是同单元别的住户出面举报，事情就当别论了。

　　中年男人点过头就走，没有跟老白攀谈的意思。老白的嘴没时间张开，眼看着他上去了。老白气得嘴都歪了，他悄悄在肚子里啐了一口。还对门邻居呢，连句多余的话都不肯跟你说，这叫啥邻居啊，关键时候连个屁都不是！他忽然感觉自己很孤单，在孤零零地作战。他真是气愤起来了，他这么用心，还不是为了大家，这二楼动不动吵，被吵到的又不是他白家一户，难道小刘对门家就不吵？楼下就不吵？怎么不见他们出面干涉？倒成了他老白一个人的事了?！他凭什么这么卖力，出了力还没人记好，连搭把手也不愿意。他这是何苦呢他？

　　老白不再计较门里有人没人，他回家继续忙活那堆蒜。

老白用开水焯蒜的时候晕倒了。等老婆踏着晚饭的点归来，看到锅台上白花花堆满了蒜，电热锅里的水熬干了，电源自动断开了。老白横躺在厨房地上，手里还握着一个铁笊篱。

老婆摇着喊了几声，老白就醒了。老婆说打电话叫救护车，送医院吧。老白慢慢爬起来，摸着脑门想了想，说算了，我身体没毛病，年年体检着哩，血压不高，血脂不稠，又没有心脏病糖尿病，可能就是这些日子睡得不好，今儿忙着腌蒜，累过头了，才脚下一滑跌倒了。

老白挣扎着还要亲手焯蒜，晾晒，泡制。老婆推他一把，老白猛退，撞到了墙上。老婆冷笑，看看，都这样了，还没我一个女人家力气大，还说没病，你就听我的，乖乖躺着去，这些烂摊子我帮你处理还不成？我一个女人家还不如你大老爷们？就算我从没泡过这些，我就不知道上网查看？

老白没话说了，又试了试，还真感觉不太好，脚跟软绵绵的，只想找个绵软地方靠着。看来还真不是要强的时候。他回卧室躺下，心里记挂着那些蒜，喊老婆过来，把老黑老婆的腌蒜要诀给她，叫她看着纸片，一步一步地操作，千万不能马虎。

老婆吭里吭当地忙活，老白听着她忙碌，他不放心，喊，蒜不能煮，只要在水里打两个滚儿就往出捞。三个滚儿都不成，就熟了，熟了就会烂，挂不住盐，一进坛子就会烂，还会臭，那就白忙活了。

老婆把笊篱狠狠磕在大理石锅台上，骂，叨叨叨，叨叨叨，就知道叨叨，对我不放心吗，不放心你来，我还不管了！臭烘烘的，你以为我有多愿意弄这个！

还真把老白唬住了。他不敢再叨叨，乖乖听着老婆忙活，老婆挺麻利的，很快就把一堆蒜装进了坛子里。老白又不放心了，问你凉好了吗，咋这么快就进坛子了？一定得晾凉，不能有一点儿温劲。

老婆不搭话，端几个冷馒头，一杯热水，往床头柜上一放，砰一声关了门，走了，去参加晚上的排练了。

老白苦笑，这贼婆娘还真没治了，唱戏要唱魔怔了。

7

老白没想到自己这一躺下，是真的病了，成天晕乎乎的，头比脚重，总感觉头像一颗长得太大的南瓜，沉甸甸的，身子支撑不住，老是要往下栽。他不敢坐，只能躺着。其实躺着也难受，不闭眼的时候眼前老有一些带颜色的圈圈在打转。转啊转，要套成一个大圈，又总是套不到一块去。这么套来套去的，绕得老白心头犯恶心。闭上眼吧，也挨不了多久，好像后脑勺那里有什么在拖着他，在拉他下坠，不知道要坠落到多深的崖下去。老白怕掉下去会粉身碎骨万劫不复。他只能闭眼睁眼，又睁眼闭眼，轮换着来。眩晕感一阵轻一阵重，身体一会在上浮，一会又下沉。沉沉浮浮的间隙，他才能获得一点休息。

老婆说去医院吧，病了就得让医生看看。老白说去了肯定要住院，住下谁伺候？你吗？老婆脸色变了，说他们马上演出，一天都不敢耽搁，要不喊儿子回来吧。老白翻白眼，摆手，算了算了，我还没到死的程度，不要惊动娃娃，娃要回来不还得请假?!

老白怕老婆真给儿子打电话，就强撑着坐起来，摆胳膊踢腿儿。说看看，这不还能动吗，离死还远得很呢，躺几天肯定就好了。老婆不强求，安抚一下就匆匆出门去了。老白在心里恨自己这身板不争气，还没上七十岁呢就给他撂挑子。他爷爷可是活到了八十多还挂着拐棍满院子转悠呢。父亲也是七十过了才卧床的。也恨老婆绝情，他都病倒了，她还不收心，连明带夜地往出跑，真不知道勾引她的是老戏还是那几个老家火。

一场寒流来了，早晨起来，窗玻璃上有了霜，暖气通了，管子里哗啦啦跑水，老白躺着听，水流刚开始有些涩，像一个初到亲戚家门上做客的人，试探着踏进门，慢慢迈步，是在试水哩。过了两天，像客人熟悉了环境，自如起来了，步伐也流畅无阻了。水流冲破了暖气管子里残留空气的阻碍，像溪水一样欷欷地淌。老白挣下地，各屋子转动看了一圈。管道接头都完好，没有漏水，松动。他心里就踏实了。自己家的是没事，只是楼下老黑家怎么样呢，老白应该下去看看的，老黑临走特意托付了这事，又吃了人家一坛子腌蒜呢，他就得把这个心操到。

老白下去了两次，两次都没能敲开老黑家的门。这上上下下的，倒把老白累出一身虚汗来。第二次敲门失败后，他坐在楼梯口歇了一会儿。始终等不到小刘他们回来，他只能回家。到家里写了个白纸条，又下来贴到了老黑家门上。我是楼上邻居，有事找你们，看到纸条请打电话联系。为了引起重视，老白又特意在末尾加了两个字，重要。

老白没等到电话。迟迟不见小刘打过来。这打过去吧，他没有人家的号码。晚上十点的时候，他再次爬下楼梯，都这个点了，他们无论如何都该回来了吧。没听说卖保险的能白天上班，晚上也上班。老白敲了几次门，没人来开。他想拿脚踹，试着举脚，眼前又开始转圈圈，差点栽倒了。他只能拿巴掌拍，拍得通通响，里头的人就是死了估计也能被吵醒。偏偏里头就是没动静。老白真的回去给老黑打电话了。

在老白看来很严重的事，没想到老黑一句话就打发了。老黑笑呵呵说没事没事，小刘给我打过电话了，管子没漏水。老伙计啊，你就不用操心了。听到这话老白还真一颗心落了地。不过他还要建议老黑考虑换房客，把这个小刘退了，只要一退，他老白紧跟着就帮他把房子租出去。小城要实行旧城改造了，从西头菜市场那儿拆起来了，听

263

棋摊上那些老伙计们议论，说估计一出这个冬，就会全城都动工，到时候租房住的大有人在，还怕房子租不出去吗？

老白到底没有把这话说出口，因为老黑没给他机会。老黑说完暖气管道的事，紧接着就打了个哈哈，告诉老白，以后他家租房的事，老白就不要再操心了，毕竟，房子租出去使用的权利就暂时归人家了，人家咋用，咱没必要管，管多了，谁都不方便。最后老黑还用了反问句，他问，老伙计，你觉得呢？

老白觉得眩晕感再次袭来。眼花得他都没法说话了。老白躺下，把电话挂了。眼前一圈一圈的波纹渐渐平息下去，他发现自己在颤抖，身子筛糠一样。老东西。老白恶毒地咒骂。愤怒退潮，潮水背后有悲哀的味道。老白为自己悲哀。他从头想自己和老黑的关系。七年前认识的。那时候他还在县城当小领导，工作很忙，这个家只是买来准备养老的，所以只有周末或者节假日过来住住。在楼道里碰上了老黑，听那口音怪熟悉，一问是老乡，一个县出来的。以后每次见了都打招呼，慢慢地成了熟人。等他退休后搬进来，老黑也退了，两个人的关系更近了。要不是老黑老婆那么个闷性子，他家这口子又成天忙着为戏曲艺术献身，他们两家的关系应该会更进一步，成为亲密无间朝夕相处的好朋友，说不定会经常凑一起吃饭呢。

总之老白早就拿老黑当朋友了。是那种君子之交，不刻意拉近，不有意疏远，见了面说说国家大事，也说说身体保养，说说小城的发展，不见面也不怎么挂念。就是这么个关系。一直都是这么个关系。不远不近，不稠不稀，刚刚好。什么时候突破了刚刚好的界限呢？应该是从老黑举家南下，奔苏州去给女儿带孩子，临走拜托老白帮忙看顾房子开始。不。更确切些，好像是从老白吃了那坛子蒜开始。老白给自己点头，确实是吃了老黑家送的蒜以后。以前的关系再怎么不错，也只是停留在说说话拉拉家常的分儿上。吃了蒜，那味道就入胃了，入骨了，也入心了。老白被彻底俘虏了，也就想当然地把老黑当成贴心贴肺的好朋友了。

今天这事可真是当头棒喝啊，老白被打迷糊了，然后就清醒了。他越想越来气，气得望着屋顶骂娘。屋顶上头是四楼的邻居。四楼跟这事什么关系？没关系！四楼住着一对中年夫妻，平时不声不响的，是那种有素质的邻居。老白骂的是楼下，小刘，和他女朋友，还有小刘的房东，老黑那个老混蛋。太没素质了，啥人嘛。有话直说嘛，还跟我老白拐弯儿。既然不想让我多管，当初就不跑来告别了，还抱着一坛子蒜，还煞有介事地拜托了一下。既然接受了拜托，蒜也吃下了，他老白就得把心操上嘛。想不到他老黑能来个倒打一耙，反过来提醒他老白不要多管闲事。

啥意思？那意思就是我多管闲事了？我管了吗？暖气刚刚才通水，我还没来得及管啊。那小刘不开门，见不着人，我怎么管啊？听老黑那口气，好像我已经管了，管得还超越界限了？老白发现生气也有好处，他头没那么晕了。头不晕，脑子也就清醒了。老白扣着脑仁儿想今天这茬。想想就有了一点思路。老黑的话不会凭空而来，肯定是有根由的。明明临走说得那么诚恳，半路上忽然换了口气，这分明就是哪里走风漏气了。是小刘。铁定是小刘。

老白又开始眩晕了。小刘有作案的动机，也有便利条件。动机明摆着，老白为了扰民的事找过他们。虽然门没敲开，批评的话没当面送到。但老白敲过几次门，还隔着门喊过话，还在门外贴过纸条。好几次敲门的前几分钟，他们明明还是在家的，等老白敲门就没声息了，看来不是外出了，而是故意不出声，不接茬。让老白空有满腔义愤，浑身力气，也找不到对手，只能对着空气打，拳拳走空，掌掌打虚。看来他们也知道在家里大吵大闹是不对的，是严重扰民的，所以躲起来死活不见，让你拿他们没办法。这也就罢了，老白目前也还没做什么对不起他们的事，一没报案，二没找物业，三没来得及跟老黑反映。他倒赶到前头了，出手还这么绝，直接把老白装进去了。听听老黑那口气，虽然还留着点儿婉转，可这也够劲了，跟隔着距离打巴掌扇脸没多少区别。分明有生分的意思了。

想明白了这些，老白那个不得劲啊，被人当猴耍了。明明他是受害人，生物钟也被打乱了，好好的生活秩序完全被破坏了，说不定这场病就跟这事有直接的关系。他还没做什么呢，小年轻倒先告状了，还不知道在电话里都怎么臭稀他来着，肯定说得不好，不然老黑也不

266

会那么说了。毕竟是多年老邻居，事情不严重，老黑不会如此不顾情面的。

老白给物业打了电话，正式投诉了楼下。又想给 110 打，一想还早，等下一步的事态变化吧，如果物业没效果，他就报警。不知道真是物业起了作用，还是老白已经适应了那种高分贝吵闹，要么是他的感觉变得迟钝了，再或者是老婆买了些地缝胶带顺着暖气管道的缝隙粘了一圈起了作用，反正好像从这以后，楼下没那么吵了，偶尔有打闹传来，也比过去弱多了。老白慢慢地又开始能新闻联播结束后上床，半个小时后入睡。眩晕症却一直都在，稍不注意就会发作，为这个他特意去了一趟医院。

8

时间过去了两个月，有一天老白把楼下的租客堵在了楼道里。只有小刘，没见那女的。这更好，两个男人对话，没有女人干扰，省心得多。老白看着眼前的男人，把他从头打量到脚面，再从脚面往头上看。这是第一次正面相对，也是第一次说话。老白心里暗暗吃惊，小刘太瘦了，个头本来不高，这一瘦，就突出了高，腰也就有些弓，给人感觉他随时要给人鞠躬行礼。老白也怕他行礼，就悄悄后退半步，错开了一点。这样才不至于太迫近。老白想到了儿子，小刘看来就是儿子的年纪，可怎么能这么瘦呢，一副营养不足的模样。儿子要是这么单薄，老白肯定愁得饭都吃不下了。老白看着年轻人的眼睛，说小刘啊，你咋不好好爱惜身体哩，看你瘦的，一定得好好吃饭么，还得吃到时间上，人是铁饭是钢，身体才是革命的本钱嘛。

小刘还真给老白鞠了半个躬，他问，叔，你买保险吗？他的眼睛是淡黄色的，一对瞳孔里有两个缩小了的老白。老白有些慌乱地摆手，不买不买，我从来不买，我怕不保险。小刘眼里散射出奇异的光彩，好像他不卑不亢，又好像要恳求老白答应下来。他说不用怕的叔，我帮你选险种，最划算的，到时候赔付我亲自出面给您办，挺划算的叔。老白逃一样跑回了家。他怕年轻人纠缠，真要纠缠起来，他没勇气拒绝跟他儿子一样大小的年轻人。小刘又那么单瘦，老白怕自己更没力量狠得下心去。

从此老白只要路过二楼都有点提心吊胆的，怕小刘忽然出来，问他买保险不，他可以帮忙选险种。老白知道自己心软，拒绝不了年轻人的哀求。上次是突然相遇。可能小刘根本没做好心理准备，下次如果他有了充分的准备，要说动老白是很容易的。老白这人最大的毛病就是嘴硬，话多，伹心软，有时候比女人还软。

老白骑着单车满世界转悠的兴趣淡了，身体也不如过去结实了，上次医院查出来他血压有些高，还有糖尿病。大夫让吃药控制。说饮食也得严格注意呢，不能吃的坚决忌口。后面不行就得打胰岛素。不能吃的多了去了，肥的腻的冷的凉的酸的甜的精的细的，统统都在名单里。老白说这跟判了死刑差不多啊，就是还没定枪决日期。老白特意问，蒜能吃不，不多吃，一天就两瓣儿。大夫从眼镜片后面瞪一眼，说嘴馋你就吃，只不过死得快了些。老白那天没生气，反倒笑了，他觉得这位比自己年龄还大的内分泌科大夫有一点可爱。

按照老黑老婆的吩咐，三个月时间到了，腌蒜能吃了。这三个月时间确实漫长，在耐心等待的日子里，老白没少想到过老黑的老婆。那个奇怪的女人，教了他如此奇怪的大蒜腌制时间。居然需要这么长久的时间。就差把等蒜吃的人给活活地馋死。有时候他实在忍不住想打开看看，不多看，就开一道缝儿瞅瞅。每次都忍住了，他的自律能力良好，当年在领导岗位上抵挡住了多少糖衣炮弹的诱惑，还不乏女人卖弄的风骚，如今难道连一坛子腌蒜都挡不住？老白就耐心往下等。时间不到，火候就不到，功夫也就不到，可能老黑老婆的说法是有道理的，没道理的话她腌制的蒜就不会那么好吃了。

他还从记忆里找到了佐证，小时候娘腌蒜，可不就是老早就腌起来的，蒜挖下来不久，秋忙的间隙就抽空儿剥了，晒了，焯了，盐杀了，然后腌进了缸里。大石头压着，一直到寒冬里饭菜清寡的时候，才取出来上桌，一天天调剂着一家人寡淡的舌头。虽然不知道是不是也腌够了三个月，算下来也差不多吧。老白对娘，对老黑老婆，都有了钦佩。要是如今的人，做事情都能这么下功夫，耐得了性子，那做啥还有个不成的呢？有时候他望着蹲在旮旯里的坛子，它很安静，好像肚子里装的都是秘密，太多的秘密让它变得沉重，苍老，寡言，不声不响。它像是具备了一种生命，就那么静悄悄地和老白对望着。老白感觉这哪是一个坛子，分明是一个亲生的女儿，他在等着她长大，成人，然后在豆蔻年华里出嫁。

老黑如今是惹了老白，老白想起他就有气，骂他是小人，眼睛里就认得钱，房客一个月一千多房租就把他俘虏了，就成了比多年的老邻居加老乡更可信任的人。真是差劲啊。不过他对老黑老婆还是老看法，她教的法子他还是信，也坚守。如今他不能吃蒜了，但既然早就腌进去了，那就好好腌着吧，好东西不愁没人吃，儿子一家回来可以带一些嘛，还可以送别的亲朋。

一个老婆不在的傍晚，楼下又在哭闹，老白一边听着他们的闹声，一边启开了坛子。他怀着美好的神圣的心情，像迎接一个新生的孩子一样，徐徐揭开了盖子。哗啦，楼下砸碎了什么。镜子，玻璃杯，瓷器，还是灯具？反正是大件的易碎的。不然没这响动。老白好像闻到了一点臭味。暖气通了后，他怕蒜受热变质，早把坛子放在阳台一个旮旯里，还拿一块木板挡着阳光。屋里这温度，也不至于发臭啊。他细看蒜的颜色，有些偏黑，可能酱油放多了。不要紧，颜色只是外表，他期待的是内里。

老白小心翼翼地剥开一骨嘟大蒜，掰一瓣放进嘴里。他有些艰难地嚼，忍着痛苦。蒜是臭的，微微的臭味从蒜瓣尖儿上，煮熟发烂的地方散发出来。然后往腰部蔓延。好像如果再不打开，这烂臭就会蔓延到每一个蒜瓣的根部，直到整体都烂掉，最后变成一坛子臭水。老白咽下了嘴里那瓣蒜。再剥一瓣。再尝。还是臭的。烂的。

老白不肯认栽，伸手往深处摸索，抓出坛子最里头的蒜，他就不信会全烂，总有一些是好的吧，好歹让他先吃上几瓣，解一解这段时间的馋。按照经验，腌制品一般是压在最下面的要比上头的好，下面的没机会接触空气，等于是在真空空间里待着，所以掏出来后，往往是最好的，能很好地保持食材的色泽和爽脆，还会因长久的浸泡而衍生出另外让人惊喜的味道。

老白感觉手伸到的地方都软乎乎的。坛子深处也是一样。这些蒜勉强保持着一整骨嘟蒜的形状，手碰到就松散了，烂了，像稀泥一样。老白从最深处揪出一骨嘟。细看，头尖上全烂了，尾巴根部也烂了。每个蒜都有臭味。农村媳妇腌菜常有瞎了的说法，意思就是臭了不能吃。看来这坛子蒜也瞎了。

怎么会瞎了呢？老白查看着成色。很快有了答案，老婆把蒜焯得过头了，甚至是煮熟了。酱油放多了，还没放匀称。有些全是酱油色，有些还寡白着，着色一点都不匀称。老白徒手翻搅着看，越看越气，老婆太浮皮潦草了，调料也没撒匀，他甚至抓出一把大香颗粒来。

老白坐在坛子跟前走了一会神，起来把坛子里的内容倒进塑料袋，足足倒了两大袋子，十斤大蒜，再加调料，量挺多的。他忍着眩晕拎着袋子到楼下去扔。回来把坛子洗了，放到阳台上的一个旮旯里。他感觉做完了这件事，把什么重大的牵挂给了结了。

9

既然大夫吩咐老白不能吃蒜，老白从此就忌了，什么蒜都不吃了。时间长了，连老黑老婆那可口无比的腌蒜也淡忘了。时间一年一年过去，他甚至都记不起腌蒜的味道了。他的糖尿病日渐严重，开始自己给自己打针了，每天一针胰岛素，打完了把药品冷藏进冰箱，然后躺着看电视，视力不太好了，看画面费事，就把音量开大，听各种声音在里头响动。有一天老白在沙发上听着电视打盹的时候，有人敲门。砰砰砰。把老白惊醒了。他猜不到是谁。自从老婆去年去世后，这个家里就他一个人了，儿子一家只有年前节下来。来之前也是会先打电话说一声的。

门打开，老白揉眼睛，揉出拥塞的眼屎，揉出了清亮。是老黑，还有他老婆。老黑居然不显老，还好像年轻了，脸上有光。他老婆却明显老了，腰佝偻下去，越发不引人注目了。两个男人握了手，老黑把老白胳膊上重重拍了一巴掌，说老伙计啊，你头发咋全白了？这才几年不见呐！

　　老黑是来拿钥匙的。当年走的时候不是把一把备用钥匙给了老白吗，拜托他照看着点儿。还说万一房客粗心丢了钥匙，也可以来老白这里拿。老白脚步有些蹒跚了，他慢慢走到阳台上，弯腰在一个旮旯里揭开坛子的盖儿，掏出一把钥匙来。他告诉老黑，这些年这把备用钥匙从没发挥过作用，一直都在沉睡中。老白的语气里有一点幽怨，他是有气的，那个疙瘩还没散。当年老黑走的时候像托孤一样留了这把钥匙，后面又围绕着小刘发生了那件事，等于推翻了对老白的信任。老白那时候认定老黑是不可深交的人。从此他们的联系就断了。老黑家的房客也从来没有找老白要过钥匙。

　　老白交了钥匙，也要他们把坛子抱走，坛子在他家阳台上闲置了几年，到了物归原主的时候了。老黑抱起坛子，拉老白的袖子，说带了好多苏州土特产，还有各色精美小吃，快下去尝尝。都装在箱子里，得你老伙计下去我们再开封。老黑的口气里有讨好的味道。看来他也认识到了自己曾经的过分。

　　老白心里的成见还在，一时间消弭不了。就犹豫要不要去。老黑老婆一直沉默，这时候忽然开了口，说下去看看吧，我们这次回来不走了，外孙子上幼儿园了，我们老两口以后就在这里养老了，以后我们三个还是邻居。

　　老白被这话打动了。他忽然鼻腔很酸。老黑老婆心细，感觉出这

273

个家里的空了。这种空，是没有女人才滋生出来的。是男人无法填补的。老黑老婆看破没说破，什么都没多问。但是"我们三个"这说法，不动声色，却有力量，把老白纳入了一个新的圈子。老白知道从今以后他不是孤零零一个人，他有组织了。

老黑开锁，同时给老白抱怨，说小刘那年轻人不像话，租了房子就赖上不走了，别人房租年年涨，小刘不涨，还缠着不走，要不是他人在外地远着一步，早就把房子收回来了。这不，最近四个月房租没交，现在连电话也打不通了。他怀疑这小子听他说要回来，就逃了。事情牵扯到小刘，老白就不爱说话。他心里想的是，老黑你这是自作自受。要不是小刘，我们还不至于生分的。

门锁还认得钥匙。老黑插进去转了两圈半，咔嚓，开了。拉开防盗门，里头的进户门闭着，老黑推了几把，竟然有困难，好像里头什么顶住了。老白帮老黑一起推。什么东西哗啦啦响着，往后倒。终于全开了。老黑老白一起往后退，老白踩到了老黑老婆的脚。老黑老婆没叫。老黑大叫，我的妈呀，这都咋了？还是我家吗？

自然还是老黑的家。只是家变了模样。就一个变化，家里堆满了垃圾。他们没见过家里堆这么多垃圾。也没有想象过一套单元楼里塞满了垃圾的景象。景象很惊人，很壮观，让三位五十年代出生的男女完全傻眼了。为了让他们的心脏有个缓冲的过程，他们的本能这时候发挥了作用，逼着他们齐刷刷退出门，在门口先把气喘匀了，心平复了，意识里接受了眼前的事实，他们才再次鱼贯踏入。老黑打头阵，他老婆殿后，老白怕心脏病真给再吓发作，他慢慢迈步，看到老黑老两口都进去了，好像没什么事，他才亦步亦趋跟上。

老黑家除了垃圾还是垃圾。垃圾从门口开始，一直蔓延，最后把整个客厅塞满。老黑拿脚踢，踏，拿手扒拉，为大家开辟出一条通道。他们顾不上惊诧，挨个儿查看每个房间。

我的卧室。老黑老婆喊，她带着哭音。

这可是做饭的地方，狗日的！老黑冲到厨房门口，扒着玻璃门骂。

老白站在卫生间门口探头往里瞅，除了马桶还露在外头，洗澡的莲蓬头挂在高处。别的地方全被垃圾占领。

视觉效果轰炸完三个人的眼睛后，接着他们闻到了臭味。臭味可能一直都存在，只是他们首先被眼睛看到的壮观景象给惊呆了，才让嗅觉功能排到了后面。现在嗅觉发出了警报，很臭，臭味熏人。老黑凑到窗口打开一扇窗户。打开所有的窗户。室外在刮风，清凉的空气欢快地灌进来。新旧空气对比之下，臭味更明显了。老黑捂住鼻子跳脚，报警——我要报警——太不像话了，把我家当啥了，当狗窝了嘛！

报警你说啥？有命案，还是大活人失踪了？还是遭到抢劫？

老白是旁观者，他发挥了旁观者此时此刻没有被气晕头的作用。

他冷静地看着老黑，提醒他慎重考虑再报警。

那咋办？你见过这么脏的家？不叫警察把刘辉铐走，我心里气不过！他还是人吗？租的房子就能这么糟践啊？我咽不下这口气！老黑瞪圆眼瞅老白，他眼里有了泪光，是真的要气疯了。

老白发现自己有一点高兴，在幸灾乐祸，在看老黑的热闹。原来那个小刘叫刘辉啊，你不是很信任他么，为了他连多年的老邻居都不待见了，怎么，现在可是打嘴了，啪啪地打，你老黑不就是自找的吗？

当然老白只在心里满足了一下自己，他很快就压制住了不良念头。人家有麻烦了，这个关头冷嘲热讽可就不厚道了，得诚心帮忙。老白让自己完全站到黑家人的角度去看问题。警察真要来了，难道你能说家里垃圾太多才报警的？这可不是警察管的事哟，弄不好还会被警察骂一顿的。我看这种事找物业合适。

老黑被提醒了，抬腿就跑，还真找物业去了。

老白这才有时间从容地打量眼前的景象。老黑的家跟老白家一样大，120平方米，老式楼房，没电梯，公摊小，室内空间挺大的。老黑老婆过日子细致，给每个房门口都挂了短门帘，客厅玄关高处还挂了一副串珠帘子，一个刺绣工艺品。现在眼前的每一个门帘上落满了土，工艺品穗子上吊着长长的尘埃穗子，完美阐释了什么叫狗尾续貂。老白过去触碰，尘埃做的貂尾软乎乎晃，居然很有柔性，不断，不掉。老白狠狠地拽断一个，说看看家具都在吧，没丢什么吧？

老黑老婆摇头。看样子都在，都是旧家具，不值得偷。只是现在的年轻人，你说真能这么懒啊？这么多垃圾，得多长时间来攒，难道住了这四年半，他就没打扫过卫生？没扔过一回垃圾？

老白先不回答她，让目光在垃圾上游走，大概走半圈，就分出了大致类别。这些垃圾里有一次性餐盒——圆的方的，纸的塑料的。分明是外卖食品的包装。一次性筷子。还有方便面包装——塑料袋和纸圆筒。用过的餐巾纸，一片片，半条条，一团团，带着每顿饭菜的颜色——方便面里的红油，凉皮汁液，烧烤调料……总之只有又油又辣的食物，才能擦出这样艳丽的颜色。酸辣粉，麻辣烫，拉面，烤串，关东煮，盖浇饭，米饭……房客的生活水平和喜好，一目了然呈现出来。他们酷爱吃速成食品，快餐，偏辣。那些开通了网上外卖的餐馆，基本上都做这种食品，速度快，口味重。很方便，食客足不出户，在家里动动手指头，就有人送上门来了。食客要做的只是开门，从门缝里接进来，打开就吃，吃完了嘴巴一抹，不存在洗碗筷的麻烦，一次性餐具往塑料袋里一塞就可以了。眼前这些垃圾的制造者，甚至连到楼下丢垃圾这一环节都省了，他们把屋子都当垃圾站，哪儿有空往哪儿丢，天长日久，就有了现在这蔚为壮观的景致。

老白有些喘不过气来，不是被臭味熏的，他没那么娇气，他是想到了儿子，曾经他儿子也是这么生活过的，多亏结婚了，有了孩子，为了孩子，他们才不敢吃外卖了。他又想到了自身。他老婆一辈子不爱沾染烟火，都是他在下厨烧饭。好在外卖这东西被创造出来才是这几年的事，真要是早几十年，他会不会也变成靠外卖活命的懒人？老白为儿子庆幸，为自己庆幸。为眼下的年轻人悲哀。生活方式便捷了，但是人更懒了，懒惰到没有底线了。现在是方便了，舒服了，但是长远去看，等于在糟践自己，毁灭自己。看看眼前这些餐具，这些擦嘴纸，都是刺激性调味品，难保里头没有地沟油。还有，热乎乎出锅的饭菜，立即就扣进了塑料盒子里，打包上路了。科学研究不是说了吗，高温下塑料制品会分解出有害物质。现在这些孩子是不懂科学呢，还是压根不把自个儿的身子当一回事？他们毁掉的哪里只是自己的身子骨，简直是一代人，未来的社会。

老白知道自己的老毛病又犯了。多年领导当下来，就养成了忧国忧民长远思虑的习惯。老婆活着时候最看不上这一点。说他脑子轴，全社会的人向右，只有他一个人爱向左，早就不合时宜了。

他是真的落伍了吗？老白揉眼睛，一生气左胸口隐隐胀痛，不能生气，不能生气啊。

老黑老婆找到了臭味的源头。是卫生间里的垃圾桶。不仅仅是里头，还有外头。老白赶过去看。老黑老婆用一个拖把杆子往出来扒拉，看得出刚开始使用者还是把擦屁股的纸投进垃圾桶的，后来满了，装不下了。他们就往垃圾桶上放。垃圾桶盖子也满了，就往马桶四周扔，天长日久，整个卫生间里都是这种纸。可是，这得多长时间才能堆出这么多废纸啊？老白捂着鼻子，老黑老婆也捂着鼻子。老黑老婆手一抖，挑散了一个凝结的大疙瘩。卫生纸簌簌乱落，露出里头藏匿的纸巾。那纸巾黑乎乎的，脏到无法再看。老白赶紧退出卫生间。纸巾是卫生巾，上头的脏痕分明是女人的经血。

老黑回来了，一张老脸黑成了驴粪蛋。五官因为被愤怒挤压，滑稽地抽搐着，眼里居然还跳荡着笑，那笑意分明是邪恶的，是压不住从心底迸溅出来的。要是有一把刀子，而且杀人不用吃枪子儿，老白敢肯定此刻的老黑会杀人。老黑受气了，快要气疯了。

老黑冲眼前的垃圾山吐一大口唾沫，骂，吃人饭不拉人屎的东西，都一个鬼背回来的，你们猜他们给我啥答复？说租房子是业主自己的事，和他们物业没关系，房东和房客的纠纷，不在物业的管理范围，他们不管。他们不管？他们居然做甩手掌柜的！

他骂着不解气，狠狠一脚踢飞了脚下几个垃圾盒。那垃圾盒好像有灵魂附体，忽然就高高蹿起，在屋顶又急速反弹，咣一声砸到老黑头上。又哗啦落地，盒子肚子破了，里头乱七八糟的小垃圾乱纷纷地落。

老白笑出声来。这一回不是厚道不厚道的事。现在他笑了，不算刻薄。他被老黑的黑脸逗笑了。也被眼前的荒诞现实逗笑了。这不是戏剧，也不是传说，而是现实，活生生出现在他们眼前。比噩梦还真实。可能那些趴在电脑前成天制造悬念和传闻的专业编剧，也不一定能想到这样的桥段。

我就说嘛，老白带着了然于心的口吻，物业要是连这种谁家里饭吃了不洗锅，屎拉了不擦沟子的事都管，那物业几个人不得要累吐血？

老黑眼里的火一点点暗下去，窗外天色眼看不早了，老黑抓一个大塑料袋子，说装吧，再不拾掇夜里真要睡垃圾堆里了。

老白不好意思早走，撅着老屁股给老黑老两口帮忙。三个人把垃圾装满一袋子，再装一袋子。装得楼道里都摆满了，老白和老黑就拎下去扔一趟。好在垃圾当中塑料袋很多，随便抓一个就能装好多踩扁的垃圾。老黑老婆戴上手套，从卫生间里拖出一蛇皮袋子卫生纸疙瘩。

老黑一边忙活一边骂人。把一个叫刘辉的人顺着骂三遍，再倒着骂三遍，从里到外骂三遍，又从外往里骂三遍。

老黑哗啦——踩碎一个方便面桶，说狗日的，天天吃这个？不怕吃死？不怕吃成木乃伊！

老黑砰——压破一个塑料饭盒，说狗日的，一顿饭不制造垃圾能死啊，自己动手做着吃不好吗？家里有煤气有电，我们还留了煤气灶，电热锅，哪个都好使，不怕把自己懒死！

老黑咣——把一个易拉罐砸到地上，说能喝得起饮料，说明手头

280

没那么困难嘛，买点菜买点米面，自己做自己吃，吃了洗洗刷刷，既省钱又健康！狗日的，看这样子，难道搬进来四年半就没动过烟火？

老白听着他骂。老白惊讶地发现，老黑骂人的技巧和水准都很高。用的全是方言土语，好像骂人是一件很舒畅的事，让老黑投入又深情。老黑甚至还复原了乡间的粗俗言词，他问候刘辉本人，问候刘辉的父母，问候刘辉父母的父母，问候刘家的祖宗八代，他不知疲倦地问候着。老白听得入了迷，他分明感觉自己又回到了少年时代，在老家的乡下，在听乡亲们骂街。老白的心情就说不出的兴奋，还有一丝弱弱的幸福。

垃圾一袋袋搬出去，家里渐渐露出空间来，像一艘舱里吃满了水的舟，他们努力地往出舀水，水浅下去，船舱就露出原本的模样来。老黑家的电视机出来了。书柜出来了。茶几出来了。沙发出来了。低处的花盆出来了……

我的金钱树！老黑呼啸着扑过去。一棵金钱树早死了，只留下一个骨架，保持着枯死的姿态，直挺挺立在花盆里。

我明明给他说了好几遍，电话里也常说，要记得浇水，这可是我养了十年的金钱树，年年开花，喜庆又好看……老黑拖着哭腔嚷。

老白觉得老黑絮絮叨叨太烦人，转身进了厨房。垃圾清出大半，厨房地上露出一个大坛子来。老白看出来了，这个坛子，和在他家蹲了四年半的那一个，是夫妻，是一对儿。

老白蹲下去，抱着一点点希望，慢慢地揭坛子的盖儿。坛子脖子里扎着一根毛线。老白认得，这毛线当初也扎在另外一个坛子上。老白的手颤抖得厉害，他就要揭晓一个旷日持久的秘密一样，庄严无比地揭开了盖子。一股气味直冲而上。老白在闻清楚气味之前，赶紧用手扒拉。满满一坛子的腌蒜。虽然经历了四年半时间，每一瓣蒜都还保持着鲜艳，好像它们只是在里头睡了一觉，从来都不知道坛子外头的人间已经变换了无数轮日月。

原发《江南》2020年3期。

生活史与纪念物
——马金莲的微观诗学

季亚娅

"这里的终点，将会是他处的起点。"马金莲在《公交车》里让主人公遭遇个人生活与处境的时光之变，也将长时段更大背景里地方城乡变迁的历史纳入自己的叙述。某种意义上这也像是作家的自话自白，与变化着的生活同步，拾掇起昨与今、新与旧之间的碎片与裂隙，这本集子，可以看成马金莲由乡土记忆题材转向当下城市现实书写的集束式体现。有意思的是，她把这些改变嵌入一种微观诗学，一种物象与心象的双重显微结构，一种与中国小说伦理和日常生活相关联的叙事传统。

俗世是中国式小说的教科书。沉下去，"深入到生活内部，密布在肌理层次下的更为细小琐碎的器具"(《公交车》)，马金莲笔下的那些意象、物象、事象，大多是细微、琐屑、带有人间烟火气味的"微物之神"，朵面、公交车、一坛腌蒜，搬家、捉奸、相亲、同学聚会，一不小心就会碰碎生活内部的坛坛罐罐;而她对与时代、社会改变相对应的人的日常与生命的感知,那些沉默而曲折的心事描摹,也是绵密而体贴的,将"心象之微"做到了极致。

她的城市从过去的遗留物中牵牵绊绊地生长出来。盐碱地老村庄拆迁成高档小区,几辈人的大滩地消失得干干净净,只留下一株老榆作为唯一的证物(《榆碑》)。丢弃在老城区,见证过小城风光岁月的周末情人旅馆(《绝境》)。城市小区的小两口吵架依然操练着村夫村妇骂架的方言脏语,离乡数十年的退休干部老白贪恋童年记忆里的那口腌蒜(《蒜》)。公交站点的指示牌换了好几遭,由最初独木撑起的简陋木牌,到后来的双杆不锈钢玻璃牌子,再到现在的带顶落地式双面玻璃屏幕和 LED 电子显示屏(《公交车》)。改嫁的母亲生下了新的婴儿,来探望的孩子偷走了母亲的"拖鞋"(《拐角》)。这些都是时光的纪念物,是生命的见证和羁绊。在风驰电掣的物是人非中,一些新鲜的、变化着的事物浮现出来。朋友圈里乡亲伙伴的众筹链接(《众筹》),邻居小伙年复一年塞满整个居室的外卖垃圾(《蒜》)……如果旧时代的物带着脉脉温情的光晕,这些新的事物则充满了不适与震惊。城乡变迁中都市新的人际交往方式中的"恶"、"自私"与"逐利"的一面,取代了乡村伦理里的邻里互助与知恩图报。这也是年代的象征物,另一种时光的"物"之坐标。

与日常性和俗世生活相对应,马金莲的叙事多是去情节中心的,更像是娓娓铺陈的经验分享。她的小说里常有一位中年女性的叙事主体,《化骨绵掌》《良家妇女》《绝境》《公交车》《听众》, 这一组苏姓女子(苏昔、苏苏、苏李、苏于、苏序)的自我"心象", 她们对家庭、性别与生活的感知, 那些沉默与隐忍、顺从与反抗, 于微末之间波起云涌。她们有着大致相似的性格特征, 温和、顺从、识大体、"顾家"。《化骨绵掌》里的苏昔, 参加十八年未见的同学聚会要先赶回家把丈夫孩子的晚饭安排好, 也顺便捯饬下憔悴的外表。镜中是精心修饰好的妆容, 身后是打量和套话的丈夫。愿望是苏昔眼神中企盼的鱼, 现实是一条条送这些鱼儿赴死。马金莲用做饭、面叶子、雪片这些常见之事, 贡献了"鱼"这个经典意象, 苏昔最终发送出不能赴约的微信文字, 也"像黑色的小鱼","被投入开水锅之前, 乱纷纷跳荡, 逃逸, 从视线里消失"(《化骨绵掌》)。然而鱼儿不死, 在人人称道的"顾家"主妇的生活里,"苏昔目光清澈, 安静, 目光里有两尾鱼, 两池深不见底的清水养着它们"。除了捆绑在母亲、妻子、主妇身份下的规矩与义务,"鱼"也是苏昔"我是女人"的幽微心象的显影。

《良家妇女》将中年女性的隐忍爱欲, 处理成眉间那一抹将融未融的雪。儿童病房的四位陪护家长, 分别是苏于、对床中年男子、二床年轻母亲和三床老妇。在日夜陪床共居的相处里, 苏于感觉到了对床男子的吸引力,"对面的男人身上有一种力量, 特别的力量, 确切说, 是感觉, 说不清楚这感觉怎么就散发出来了, 看不清是从哪里散发出来的,反正就辐射到了你。还有进一步笼罩起来,再抓住,握紧,紧紧包裹住的趋势"。感觉到危险的苏于决定及早刹车自我克制,却目睹了这异性间的吸引力之网将男子和另一位适龄女性二床女子紧紧裹缚。幽暗而隐秘的情愫在眉梢眼角、在言语的双关与机锋中辗转传递。叙事的高潮发生在雪天,一句下雪了,一个交换的眼神,一前一后出去又归来的两个人,雪夜的风景、人和事,作者全部留白,只留下一段这样的文字:"她只看到他眉毛上挂着一点水星,在闪光。可能是雪片化了。雪化了是水。水挂在谁的眉毛上能这么生动呢?苏于低头,慢慢回味那一瞬而逝的生动。"这必定是刹那间的生动,小说结尾孩子病愈出院,这一对彼此的过客甚至没有言语的道别,沉默的男人突然变得凌厉而厚重。

而就在这样黏稠幽微的叙事之网里,马金莲还借"手机"这个物件,编织进老妇人与留守儿童、儿童养育中的城乡差异细节,让叙事的主题更加开阔而多义。她是克制而隐忍的,也是热烈和决断的。她让绝处的人逢生(《绝境》),让重负的人解脱(《拐角》),让失意的人互相拯救(《听众》),让心中的所爱和所恨都有"物"的依托和基石。是的,作家拾掇起来这一堆纪念物,这些碎屑与边边角角,如聚沙成塔,在自我与他人、生命与时代之间达成微妙平衡,终成我们这个时代日常生活的宏大建筑。"物"有时软如泪水。"物"有时坚硬成"碑"。这就是马金莲,作为叙事者的造物神话。

创作年表

2010年：小说集《父亲的雪》由宁夏阳光出版社出版，入选"新绿丛书"

2012年：小说集《碎媳妇》由宁夏人民出版社出版，入选"回族当代文学典藏丛书"

2014年：小说集《长河》由作家出版社出版；长篇小说《马兰花开》由宁夏人民教育出版社出版，该书获中宣部"五个一工程"奖

2016年：小说集《1987年的浆水和酸菜》由花城出版社出版，该书获中宣部、中国图书评论学会、中央电视台"2016年中国好书"提名奖，中国图书评论学会2016年5月"中国好书"上榜图书

2017年：小说集《绣鸳鸯》由中国言实出版社出版，入选"当代中国最具实力中青年作家作品选"

2018年：长篇小说《数星星的孩子》由辽宁少儿出版社出版，入选"中国当代少数民族儿童文学原创书系"，该书获中国出版协会第七届

中华优秀出版物奖图书奖；长篇小说《小穆萨的飞翔》由北京少儿出版社出版，入选"金骏马民族儿童文学精品"；小说集《难肠》由宁夏人民教育出版社出版，入选"文学固原丛书"；小说集《头戴刺玫花的男人》由作家出版社出版，入选"文学宁夏"丛书；小说集《河南女人》由作家出版社出版，入选"第七届鲁迅文学奖获奖者小说精选集"

2019 年：小说集《伴暖》由北京十月文艺出版社出版

2020 年：小说集《我的母亲喜进花》由安徽文艺出版社出版，入选广西师大出版社文艺分社"文艺联合书单"，入选安徽出版集团"七月书单"；长篇小说《马兰花开》阿文版出版；小说集《长河》英译本在英国出版

2021 年：小说集《白衣秀士》入选中国作协"2020 年少数民族文学之星"，由作家出版社出版，入选北京师范大学文学院教授张莉主持的女性及"持微火者·女性文学工作室"女性文学好书榜 2021 年夏季书单；小说集《午后来访的女孩》由中国言实出版社出版，入选"中国政府出版品国际营销平台精选图书·文学书系"；长篇小说《孤独树》由人民文学出版社出版，入选辽宁文学馆推荐 2021 年度"秋天好书"，入围"阅文·探照灯书评人好书榜"